천년의
만남

천년의 만남

1판 1쇄 발행 2011년 1월 21일
2판 1쇄 발행 2011년 5월 25일

지은이: 노수민
교정/편집: 김현미 / 이수영
표지 디자인: 이상근
펴낸이: 서지만
펴낸곳: 한국문예산업연구원
신고번호: 제305-2010-000034
신고일: 2010년 11월 03일
주소: 서울시 동대문구 신설동 97-18 정아빌딩 2층
전화: 02)929-2237
E-mail: klii2237@naver.com
홈페이지: www.klii.re.kr

값: 12,000원
ISBN 978-89-965657-0-3(03810)

천년의 만남

노수민 장편소설

차 례

서막 007

1. 계시 013

2. 증발 021

3. 비밀 034

4. 인연 053

5. 탐욕 068

6. 교신 091

7. 미련 108

8. 작전 124

9. 전생 134

10. 만남 156

11. 해후 169

12. 회한 194

13. 상봉 208

14. 열정 233

15. 탄생 256

16. 증인 278

17. 화합 302

작가의 말 311

서막

"깨는 것을 두려워하면
다시는 물레에 앉을 수가 없어.
그릇은 깨고 다시 만들고, 만들어
다시 깨는 것이다."

불의 축제는 끝났다.

불때기 전 가마 앞에 차려놓았던 고사상도 물렸다. 특별
주문받은 대작들을 재임하고 불을 땐다는 소문에 밤 시간임
에도 불구하고 많은 사람이 모였다. 이천 지역 도공 외에도
일본에서 일부러 찾아온 많은 인사들까지 모여 성대하게
고사를 지냈다. 불을 댕기는 순간 축제는 시작되었다. 수십
명의 인원이 환호성을 지르며 일제히 카메라 플래시를 터뜨
렸다. 날씨는 온화했고 바람도 내불지 않았으며 바깥기온과
가마의 온도도 잘 맞아 불길은 활활 타올랐다.

전통 가마 앞에 큰 천막을 치고 그 밑에 멍석을 깔았다. 밤기운이 차가웠지만 밤늦도록 실내로 들어가는 사람은 없었다. 추운 사람은 교대로 가마 앞에서 달궈진 불에 몸을 덥혔다. 술기운과 불기운으로 새벽을 맞이하던 사람들은 여명이 시작될 즈음에야 집으로 돌아가거나 안으로 들어갔다. 축제의 끝이 언제나 그렇듯이 날리는 휴지 조각과 허탈한 빈 가슴만 남았다.

가마는 스스로 제 몸을 식히면서 안에서 그릇들을 품고 있었다. 만 이틀을 기다렸다. 이제는 품었던 그릇들을 가마에서 꺼낼 차례다. 언제나 가슴 설레고 손 떨리고 알지 못할 두려움으로 심장이 뛰는 그 순간이 다가왔다. 일꾼들이 칸을 막았던 흙을 떼어냈다. 도공은 채 식지 않은 열기를 견디기 위해 머리에 수건을 쓰고 목에 젖은 수건을 두르고 첫 칸으로 들어갔다. 아, 일그러지고 터지고 넘어진 도자기들이 먼저 눈에 들어왔다. 뭐가 잘못되었던가? 그릇이 얇았을까? 잠시 자리를 비운 사이 일꾼이 장작을 잘못 던졌을까? 첫 온도를 높일 때 불땀이 갑작스럽게 상승 했었는가? 그때 바람이 너무 들여 불었던가? 도공은 온갖 추측을 다하며 뜨거운 줄도 모르고 첫째 칸(요리 칸)을 지나 둘째 칸으로 자꾸만 들어갔다. 뜨거운 열기에 온몸이 그릇처럼 익어 화석이 될

듯해도 그는 멈추지 않았다. 뒤따라 들어간 식솔 일꾼들이 그릇을 거두었다. 150점을 가마에 넣었는데 다행히 멀쩡한 도자기가 70점은 되어 보였다. 안으로 갈수록 작품들은 자기를 온전히 지키고 있었던 것이다. 일꾼들이 가마에서 마지막으로 꺼내온 그릇을 앞에 놓고 박수를 쳤다. 그때 도공이 허리를 굽혀 '청자상감모란문호'를 두 손으로 들어 올렸다. 요장에서 가장 기대하는 작품이었다. 벌써 오랜 세월 요장에서 일해 온 눈 밝은 일꾼들이 보기에는 그런대로 잘 나온 것 같은데 도공의 평가는 과연 어떨지 그들은 모두 숨을 죽였다. 도공은 이리저리 돌려보고는 번쩍 쳐들어 바닥에 내리꽂았다. '쨍그랑' 높은 온도에서 무르익은 청자는 유리보다 더 날카로운 비명을 지르며 순식간에 박살이 났다. 바닥을 향해 내던져지는 순간 주변 사람들은 질끈 눈을 감았다. 또 다른 매병도 주병도 다 그렇게 깨뜨려 나갔다. 참담해야 할 도공의 얼굴은 의외로 침착했다. 감히 아무도 그를 말릴 수 없었다.

연화조차도 스승인 아버지 앞에 단 한 마디의 말도 건네지 못한 채 쌓여가는 파편을 내려다보며 코끝이 시큰해짐을 느꼈다. 몇 달간의 공정을 거치면서 신비로운 완성품이 태어나기를 빌었던 기대가 한순간에 무너지는 처참한 꼴을 목격

하고 있는 것이다. 아버지의 공정을 거들었거나 자신의 그릇을 빚었던 연화를 질책하는 것 같기도 하고 도공이 되겠다는 딸에게 고통의 의미를 몸소 보여주려는 것 같기도 했다.

해연은 단 한 점 조그만 주전자 뚜껑 한 개를 건져 들고 안으로 들어갔다. 거실에 앉아 차 한 잔을 만든다. 도천 선생님의 다완에 말차(抹茶) 한 잔을 만들어 한 모금 한 모금 마시며 마음을 진정시킨다. 단 한 점도 눈에 차지 않았다. 유약이 두껍거나 얇거나, 불이 강했거나 약했거나, 환원이 잘 못 이루어졌거나 변수는 얼마든지 있었을 것이다. 어떤 이유에서건 청자의 아름다움은 그 매끈한 자태에 앞서 신비스러운 색감에 있다. 청자의 아름다운 색은 구원이고 최상의 가치일 수 있었다. 그런데 색이 비취색도 아니고 녹청색도 아닌 텁텁한 담녹색으로 태어난 그것들을 그냥 받아들일 수가 없었다. 색이 맑지 않고 텁텁하면 그림도 선명치 않고 탁하다. 삼 개월을 불 땔 날만 기다린 그릇들이었다. 삼십 점이 넘는 연화의 작품을 재임했는데 초기 작품치고는 수준작이라고 말해도 무방한 도자기였다. 그 정도를 칭찬하면 거기에 만족하여 그 자리에 머물 수 있다는 생각에 해연은 과감하게 내던졌던 것이다. 연화는 일꾼들이 치우겠다는 파편을 굳이 제 손으로 치우며 울었다. 자기가 빚었던 그릇의 파편을 집어 들어 관찰을 한다. 아버지 작품의 색과 자기 것의 색을 비교해 본다. 별 차이를 느낄 수 없었다. 균열과 광택과 유약의 두께를 살핀다. 아버지 것보다 자기 것이 광택이 죽어있음을 본다. 아버지 것은 미세한 균열이 아름다움으로 보이는 반면 자기 것은 얼음이 깨진 것처럼 균열이 크고 깊었다. 두 파편을 맞부딪쳐 본다. 소리가 다르다. 두께의 차이 때문인 것 같다. 연화는 아버지 것과 자기 것의 파편 몇 조각을 집어 간직한다. 파편을 뒤꼍으로 옮기고 돌아서다가 문득 오늘 이 많은 그릇을 다 깨뜨린 것은 자기를 가르치기 위함이 아니었는지에 생각이 멈춘다. 연화는 안으로 달려 들어갔다.

"아버지, 저 때문인가요?"

해연은 한 점의 주전자 뚜껑을 탁자 위에 올려놓고 그것을 안주 삼아 술을 마시고 있었다. 그의 마음이라고 편할 리 없을 것이었다. 차를 마셔도 마음이 진정되지를 않자 결국 고사 지내고 남은 술을 찾아내어 마시는 중이었다.

"최근에 이렇게 한 가마를 몽땅 내버린 적은 없었잖아요. 제가 보기에는 괜찮은 작품이 적어도 스무 점은 있었다고요. 제게 버리는 마음을 가르쳐 주기 위해 보란 듯이 내치신 게 아니냐고요?"

"앉아라."

해연이 막걸리 한 사발을 따라 연화에게 주었다.

"누구에게 보여주기 위해 내 새끼들을 그렇게 모질게 내버리지는 않는다."

"이번 가마에 제 작품이 처음으로 많이 들어갔어요. 얼마나 기대에 부풀어서 불 때는 날만을 기다리며 잠을 설쳤는지 모르실 거예요."

"마셔라. 그걸 모르는 도공이 어디 있겠니?"

연화는 술 한 사발을 마시며 흐느껴 울었다.

"깨는 것을 두려워하면 다시는 물레에 앉을 수가 없어. 그릇은 깨고 다시 만들고, 만들어 다시 깨는 것이다. 그러면서 깨우치고 깨우치면서 손에 익어가는 것이 도공의 운명이야. 그릇을 깨고 울 양이면 너는 도공이 될 생각을 접는 것이 좋겠다."

해연과 연화는 처음 스승과 제자로 술잔을 나누었다.

1. 계시

"너를 대신해 교만의 죄에 빠지게 되는
다른 어리석은 영혼이 있으니 그가 너의 옷을 입고
너의 흉내를 내며 너에게 감사의 인사를 하게 될 것이다.
사랑하는 아들아, 이제 내 말을 들을 때가 왔다."

'나는 어디에서 왔으며 무엇을 위해 왔는가?'
그 화두는 도무지 나에게 풀리지 않는 수학 문제처럼 내 인생을 막막하게 했다. 나는 그 화두 안에 갇혀 날개를 잃어 퍼덕일 뿐 날지 못하는 야생의 새처럼 혹은 다리 잃어 들판 한가운데 주저앉은 들짐승처럼 그렇게 나날이 더 병들어 가고 있었다. 화두는 내 굴레였고 그 굴레를 벗어날 수 있는 길은 나를 찾아내는 것밖에 달리 방법이 없었다.

왜 내가 조장(鳥葬) 당하는 꿈을 꾸었는지 알 수가 없었다.

조장을 지내는 산 정상의 산사 울타리 안에는 많은 사람들이 모여 있었다. 그곳은 티베트가 분명해 보였다. 엄숙하지만 뭔가 살벌한 냉기가 감돌았다. 곧 다섯 구의 시신의 장례가 치러질 예정이었다. 장례 관계자와 국내 스님과 각국에서 온 외국 스님들이 장례가 시작되기를 기다리면서 나름대로의 기도를 올리고 있었다. 스님들은 약속이나 한 듯이 염주를 손에 쥔 채 눈을 감은 모습이었다.

내 시신이 장례식장 콘크리트 바닥에 엎어진 채 내려졌다. 벌거벗긴 몸뚱이가 콘크리트 바닥에 고깃덩이처럼 툭 던져질 때 사람들은 모두 얼굴을 찡그렸다. 빛을 받아 번쩍이는 칼이 휙 허공의 바람을 가르더니 쓱쓱 내 살을 잘라내기 시작했다. 정육점에서 한 근 내지는 두 근의 살코기를 자르듯이 그렇게 그들은 무표정한 얼굴로 아무 느낌 없이 내 살을 잘라냈다. 머리부터 까서 내던지고야 살점을 발라내는 작업에 돌입했다. 살은 살대로 도륙 내어 옆으로 던져지고 드디어 배를 가르고 내장을 꺼내었다. 피가 튈 것 같았으나 이미 숨진 지 며칠 된 육신이 움직임을 멈춘 탓인지 주위 사람들에게 튈 정도로 분비물이 나오지는 않았다. 어떤 사람은 입을 앙다물고 끝끝내 지켜보는 이도 있었고 어떤 사람은 입으로 중얼중얼 기도문을 외우면서 눈을 감아 버리는 이도 있었다.

내장 중에도 풍선처럼 부풀어 있는 장기는 칼집을 넣어 터뜨리면서 정리를 해 나갔다. 살이 다 발라지지 않은 뼈는 드문드문 살이 붙은 채 허공을 향해 똑바로 펼쳐 놓았다. 그리고 조장 예식을 거행하던 우두머리가 장례를 지켜보던 사람들에게 열 보씩 뒤로 물러서라고 명했다. 사람들이 저만큼 물러서자 기다렸다는 듯이 하늘에서 독수리 떼들이 일제히 내려앉았다. 독수리 떼는 순식간에 내 조각난 시신에 달려들어 살을 쪼아 먹기 시작했다. 새까맣게 달라붙은 독수리 떼들 때문에 시신은 보이지 않았다. 15분 정도 지났을까? 배를 채운 독수리들이 날개를 펼치고 한 마리 두 마리 공중으로 날아오르기 시작했다. 땅바닥에 펼쳐져 있던 내 시신은 살 한 점도 남아있지 않은 채 깨끗한 뼈만 고스란히 드러나 있었다. 어떻게 그렇게 구석구석 털끝만큼의 살도 남기지 않고 먹어치웠는지 눈으로 보고도 믿어지지 않았다. 의대 실험실이나 학과 사무실에 세워 놓은 플라스틱 인체 모형 뼈 같았다. 뼈가 훤히 드러난 채 허공을 향해 누워 있는 나는 너무나 깨끗해진 것을 알았다. 비로소 커다란 짐을 내려놓은 것처럼 가벼워졌음도 느꼈다. 조금은 온 전신이 시리고 추웠다. 나의 살을 먹어치운 독수리들이 배부른 날갯짓을 하면서 나에게 감사하는 노래를 불렀다. 독수리들이

네 덕에 배부르다고, 네 덕에 행복하다고 조잘거렸다. 너도
이제 우리처럼 자유롭게 날아오를 수 있다고 부추겼다. 그때
어디선가 "일어나라! 깨어나라"하는 소리가 들려왔다. 몸이
두둥실 떠오르는 것 같았다. 소리는 계속해서 멈추지 않고
나를 흔들었다.

　나는 잠에서 벌떡 깨어났다. 내 몸을 얼굴부터 몸뚱이,
팔, 다리, 발까지 모두 더듬어 보았다. 내 육신이 살아있는지
확인하는 중이었다. 얼굴을 손으로 쓸어보고 어깨와 목을
손바닥으로 쓰다듬어 보았다. 살이 붙어 있었다. 아직 조장
을 당하지는 않은 것 같다.

　나는 그제야 몸을 바로 세우고 앉아 이곳이 어딘가 싶어
주변을 두리번거렸다. 다행히도 내 공방이었다. 엷은 스탠드
불이 켜져 있는 것으로 보아 내가 잠든 사이에 딸이 들어왔다
나간 모양이었다. 가끔씩 공방에서 잠드는 일이 있으면 언제
나 딸이 마지막 뒷정리를 해주었다. 엎드려 잠든 내 등에
얇은 캐시미어 담요를 덮어준다든지 밝혀진 불을 끄고 스탠
드 불을 켜준다든지 하는 것으로 딸의 하루를 마감했다.
나는 아직도 귓전에서 맴도는 소리에 귀를 기울였다. 소리는
방문 밖에서 들려오는 것 같았다. 나는 등에 덮고 있던 담요를

끌어안은 채 공방 밖으로 나섰다. 정원은 아직 여명이 시작되지 않은 희끄무레한 어둠에 덮여 있었다. 도무지 몇 시쯤인지 짐작되지 않았다. 그때 사람 키만 한 하나의 형광 백색의 빛이 휘어진 소나무 밑에서 일렁거렸다. 연한 녹색빛을 띤 백색의 그 빛은 꼬리가 하늘을 향해 뻗쳐 있었다.

"누구요?"

대답은 없었다. 흰 옷을 입은 사람이 나무 밑에서 움직이는 것 같기도 하고 흰 비닐이 바람에 펄럭거리는 것 같기도 했다. 나는 이슬 젖은 잔디의 풀잎을 밟으며 그 빛에게로 다가갔다. 그러나 그 빛은 내가 다가가면 다가가는 만큼 일정한 간격을 두고 앞서 나갔다. 다가가는 간격만큼 정확한 거리를 두고 앞장 서는 그 빛이 어디론가 나를 이끈다는 느낌이 강하게 느껴졌다. 나는 거의 무의식적으로 그 빛을 따라 나섰다. 내가 조금 걸음이 더뎌지면 그 빛 역시 잠시 주춤거리며 나를 기다려주었다. 어디를 향하고 있는지 어디를 걷고 있는지 의식되지 않았다. 누가 보아도 내 몸짓이나 행동이 몽유병 환자처럼 보였을 것이다. 그러나 나 자신은 비몽사몽간에 하는 행동이 결코 아니었다. 단지 내가 어디를 가고 있는지 무엇을 위해서 어떤 모습으로 가고 있는지에 대해서 의식하지 못할 뿐 그 빛을 놓쳐서는 안 된다는 의식은 또렷했다. 자의식을 넘어서고 시간과 공간을 초월한 행보였지만 강한 의지에 따른 행동이었다. 거의 자석에 이끌리듯 자연스럽게 이끌리는 무엇인가가 있었다.

내가 도착한 곳은 산이었다. 어느 곳에 존재하는 어떤 산인지는 전혀 알지 못했다. 청량한 공기와 많은 나무와 거친 돌과 커다란 바위가 있는 것으로 보아 동네 뒷산은 결코 아님이 분명했다. 나는 어느 넓적한 바위 앞에 꿇어앉았다. 나를 인도한 빛은 그제야 내 앞에서 사라졌다.

"사랑하는 아들아! 들어라. 내가 너를 여기까지 불렀다."

귀에 돌비 시스템 이어폰을 꽂은 것보다 더 맑고 생생하게 소리가 들렸다. 허공에 남아 있는 소리의 존재는 없었다. 단지 감전된 전기처럼 내 정수리를 통해 짜릿하게 귓전으로 파고 들어왔다.

"너는 여기에서 사흘 동안 나의 이야기를 듣게 될 것이다."

나는 그 말이 천상에서 들려오는 것이라고는 생각지 않았다. 울림이나 메아리는 없었다. 바로 내 옆에서 귓전에 대고 말하는 것처럼 생생하고 선명했다.

"뉘 신지는 모르겠습니다만 저는 여기에 사흘 동안 머물 수는 없습니다. 모레는 나라에 중요한 책임을 맡아 저는 그 일을 해야만 합니다."

나는 4개국 정상 앞에서 벌이는 도자기 시연회를 책임지고 수행해내야 하는 것이 도공인 나의 의무라고 믿고 있었다.

"아니. 너는 그 일을 해서는 안 된다. 내가 너를 더 큰 일에 써야 하기 때문이다."

"지금 제가 맡은 일보다 더 큰일이 어디에 있겠습니까?"

내 입으로 지껄이고 있는 말이 처음으로 내 귀에 들렸을 때 나는 깜짝 놀랐다. 내가 태어나 생전 처음 들어보는 이상한 언어로 내 말이 터져 나왔다.

"들었느냐? 지금 너는 내가 하는 말과 똑같은 언어로 말을 하고 있다. 나는 네가 한 말과 같은 언어로 너에게 이르고 있는 것이다. 그래도 너는 다 알아 듣고 있질 않으냐. 이것이 바로 증거다. 앞으로 이보다 더 엄청난 일들이 네게서 일어날 것이다."

그 음성은 부드럽지만 강하고 작지만 천둥소리보다 더 크게 내 몸에 와 닿았다.

"내가 그 일을 하지 못하면 한국과 한국의 대통령까지 망신을 당하게 되고 저는 목숨을 부지할 수가 없게 됩니다. 제가 사 개국 대통령들 앞에서 흙을 빚어 그릇을 만들어야 하는 책임을 맡았습니다."

"그래서 더더욱 급히 너를 불렀다. 네가 그 일을 하게 되면 교만의 죄에 빠지게 되고, 너의 영(靈)은 흐려져서 다시 태어날 수 없으니 여태까지의 수련이 아깝지 아니하냐?"

"여태까지의 수련이라니요?"

"네가 겪은 그 모든 시련이 너를 위한 수련이었으니 너는 미련하여 그것을 알지 못하는구나."

"그럼 저는 어쩌면 됩니까?"

"그들에게 맡겨두어라. 너를 대신해 교만의 죄에 빠지게 되는 다른 어리석은 영혼이 있으니 그가 너의 옷을 입고 너의 흉내를 내며 너에게 감사의 인사를 하게 될 것이다. 사랑하는 아들아, 이제 내 말을 들을 때가 왔다."

나는 밤도 없고 낮도 없는 정지된 시간 속에서 그의 말을 들었다. 때로는 빠르고 때로는 느리기도 했지만 말은 끊임없이 계속되었다. 교만하게 살아온 내 일생과 그 교만을 다스리기 위해 주어졌던 시련들과 앞으로의 나아갈 길을 깨우쳐주는 메시지였다.

"인간의 영혼은 물과 같아서 하늘에서 왔다가 하늘로 올라가고 다시 지상으로 돌아오니 그 왕복은 영원하도다." —괴테—

2. 증발

해연이 사라진 이유가 대통령은 매우 궁금했다.

도대체 왜, 크나큰 행사를 앞두고 잠적해 버렸을까?

그렇게도 당당하게 대통령이 되면 이 주전자에 술을 담아 하사

주를 내리라고 하던 사람이 아닌가.

어느 날 아침 대한민국 최고의 도공이 소리 소문 없이 사라졌다.

그것도 4개국의 국가 정상들 앞에서 도자기 만드는 시연을 해 보일 대표 명장이 사라져 버린 것이다. 한미중일 4개국 정상과 국내외 인사, 취재진까지 400명은 넘을 것으로 예상되는 시연회다. 중국이나 일본이 도자기에 대한 관심이 높을 것임에 착안해 불을 때기 직전까지의 과정을 도공이 만들어 보이고, 그 자리에 참석한 정상들의 글이나 그림을 작품에 새겨 넣는 행사로 이루어질 예정이었다.

대통령 직속 정책실 준비위원장에게 그 사실이 보고된 것은 행사 바로 전날 오후였다. 이 사실을 보고를 받은 강위원장은 보고하는 비서에게 소리를 질렀다.

"이게 무슨 소리야? 그걸 지금 보고라고 하고 있는 거요? 당장 내일 점심식사 시간 뒤에 있을 행사 참여자가 사라지다니 말이 되냐고? 당장 찾아내. 대한민국을 다 뒤져서라도 내일 아침까지 데리고 오라니까."

강위원장은 책상 위에 있던 서류철을 들어 쾅 하고 내리쳤다. 그의 서슬에 박비서는 입도 벙긋 하지 못하고 정책실을 나왔다.

"제멋대로인 미친 늙은이 도대체 어딜 간 거야? 연꽃만 보면 미치는 도공이라더니 좋아하는 연꽃 타고 하늘로 날랐나?"

박비서는 강위원장에게 당한 분풀이라도 하듯 해연도요의 명장 유한주에게 욕설을 퍼부었다. 그는 다시 도예인협회장에게 전화를 걸었다.

"아직 오리무중인가요? 도대체 언제 사라졌답디까?"

"어제 아침에 일어나 보니 해연 선생이 보이지를 않더랍니다. 가끔 큰일을 앞두고 절에 가서 백팔 배를 하는 양반이라 모두들 절에 갔겠지 하고 대수롭지 않게 생각했는데 아무리

기다려도 돌아오지 않아 절에도 가보고 친구들에게 연락도 해 본 모양입니다. 절에도 오지 않았고, 마음 가다듬기 위해 차를 나누는 다례회(茶禮會) 친구들에게도 연락이 없었다는 거예요. 물론 어제 밤에도 돌아오지 않았고요."

"그럼 지금 모두들 손 놓고 연락 오기를 기다리는 중이랍니까?"

"그렇죠. 갈 만한 데는 다 찾아보고 연락할만한 데는 다 연락했으니 방법이 없어서요."

"나 참…… 내일 오후 두 시에 사 개국 정상들이 행사장에 들이닥칠 텐데 도대체 어쩌라는 거야?"

박비서는 등에서 진땀이 흘러 혼자 소리로 외쳤다.

"저…… 명장을 바꾸면 안 될까요? 이 지역에만도 대한민국 공예 명장이 다섯 분이나 계시거든요."

협회장은 궁여지책으로 안을 내놓았다.

"이미 팸플릿에 그 사람 사진과 약력이 다 찍혀 나갔는데 명장을 바꿔서 될 일이오?"

시연할 도공의 소개서가 영문과 국문으로 인쇄되어 이미 국내외 참석자들에게 자료로 배포된 지 일주일이 넘은 상태였다.

"그래도 현재로서는 그 방법밖에 길이 없지 않습니까?

다른 명장 중에 해연 선생과 비슷한 체구에 수염 기른 사람을
찾아보면 얼른 봐서는 모를 수도…….”

“그런 사람이 있기는 합니까?”

“머리에 띠 두르고 하얀 무명 한복 입혀 놓으면 다 비슷비슷
해 보이니까요. 더구나 외국인들은 한국사람 얼굴을 잘 구별
못하는 것 같더라고요.”

“생각 좀 해 봅시다. 내 다시 전화하지요.”

박비서도 끝내 해연이 나타나지 않을 경우에 대비를 해야
한다는 생각은 협회장과 뜻이 같았다. 그러나 그의 고민은
다른 곳에 있었다. 대통령이 해연을 추천했기 때문인데 외국
인들의 눈은 속인다 치더라도 우리 대통령의 눈을 속일 수는
없는 일이었다.

“글쎄…… 그러자면 어느 선까지 속여야 하는 건지 모르겠
네.”

처음 하나의 퍼포먼스로 이 행사를 기획할 때는 중국과
일본 정상들이 상당한 관심을 가질 것이라 예상했는데 전혀
예상치 못한 일이 벌어졌다. 의외로 자료를 받은 미국 측에서
시연회에 대해 더 큰 관심을 보이면서 이것저것 궁금한 사항
들을 질문해 왔다. 한 번 더 깊이 생각해보면 그럴 수도
있을 것 같았다. 중국과 일본은 자기 나라의 도자기에 이미

자부심을 가지고 있는 터라 한국 도자기에 대해 새로울 것이 없다는 생각인 반면에 미국은 도자기 역사가 짧고 동양의 신비 중에서도 도공과 도자에 대한 관심이 지대했다. 준비위원장을 통해 미국이 큰 관심을 보인다는 내용을 대통령께 보고 올렸을 때 대통령도 의외의 소득이라며 기뻐했다고 전해 들었다. 각별히 신경 써서 잘 준비하라는 당부까지 했다는데 이런 사태가 생기고보니 난감하기만 했다. 아무리 생각해도 이 모든 준비의 총책인 대통령 직속 정책실장이자 준비위원장인 강성진 실장에게 사실 그대로 보고를 하는 것이 뒤탈이 없을 것 같았다. 괜히 코앞에 작은 불벼락을 면하려다가 일이 커져서 죽어 나갈 수도 있는 일이었다. 그는 심호흡으로 숨을 가다듬고 다시 준비위원장 방을 노크했다. 박비서의 보고를 놓고 강실장은 고민할 필요를 느끼지 않았다. 보고 받는 순간부터 박비서가 내놓은 비상대책을 대통령께 보고해야 한다고 판단했다.

이번에 대통령이 해연을 시연자로 추천한 특별한 이유가 있음을 강실장은 나름대로 짐작하고 있기 때문이었다. 누구의 것인지 모르는 청자 매병 한 점이 대통령의 집무실 책장 앞에 놓여 있었는데 대통령은 어떤 신중한 결정을 내리기 직전에는 항상 그 앞에 서서 매병을 쓰다듬으며 생각에 잠기곤 했다. 어느 날 정책실장은 급히 보고할 사항이 있어 대통령 집무실로 들어섰다. 대통령은 언제나처럼 도자기 앞에 서 있다가 실장에게 물었다.

"강실장은 도자기를 좀 볼 줄 아나요?"

여느 때처럼 매병을 쓰다듬고 있지는 않았지만 눈은 도자기에 둔 채 묻는 말이었다.

"전 아직……."

"이게 말이오, '청자양각호문매병'이라는 건데 가만히 쓰다듬고 있노라면 나에게 기를 불어 넣어주는 것 같단 말이오. 원래 이것이 주병과 한 세트였는데 한창 대통령 선거 때문에 정신없을 즈음 어느 날부터 주병이 보이질 않았어. 주병이 어디로 사라졌는지……."

대통령이 턱을 쓰다듬으며 의자에 와 앉았다. 그는 이상하리만큼 그 도자기에 애착을 가졌다. 중요한 결정이 있을 때마다 매병을 만지는 버릇이 생겼고, 그때마다 수월하게 일이 풀리는 느낌이었다. 당 대표 경질 때도, 대선후보 경선 때도, 대통령 선거 때도 언제나 기도하는 심정으로 그 매병을 쓰다듬으며 힘을 얻었다. 매병의 양각 호랑이를 천천히 쓰다듬고 있노라면 자신감이 솟고 안으로부터 기운이 차올랐다. 주병이 없어진 것을 알아차린 것은 대통령 선거가 끝나고 나서였다. 서재 책상 양쪽 장식대에 각각 하나씩 세워두었는데 청와대로 들어갈 짐을 싸면서야 주병이 없다는 것을 알았다.

"저 도자기에는 범상치 않은 기운이 담겨 있어. 내가 그래서 힘을 얻는 것 같아. 매병은 수놈이고 주병은 암놈인데 매병만 있으니 외로워 보여."

"그럼 똑같은 문양의 주병을 구해 볼까요? 매병을 만든 도공이 있을 테고, 그 도공에게 부탁하면 주병을 만들 수 있겠지요."

"그게 그렇지를 않아. 아직 작가를 알아내지 못했단 말이오. 아직 때가 아닌 게야. 암수 짝을 짓는 것은 모든 게 다 시기가 있는 법이라 들었소. 저절로 때가 오겠지."

대통령은 손을 내저었다.

도공들이 유명해지기 전 초기 작품에는 본인의 사인을 넣지 않고 요에서 내보내는 것이 보통이었다. 이 작품도 아마 어느 무명 도공의 초기 작품이었던 것이 돌고 돌아 정치가인 그의 손에까지 들어왔을 것이다. 이제 그 무명의 도공은 분명 유명 도예가가 되었을 것이라 짐작할 뿐 그가 누구인지는 확실하지 않았다. 그러던 중 이번 4개국 정상회의가 성사되고 오찬 후 머리를 식히는 이벤트로 도자기 시연회가 결정되었을 때 대통령은 해연 명장을 추천하였던 것이다. 매병이 해연의 작품인지 아닌지는 대통령도 강실장도 확신이 없었다. 단지 대통령은 소장하고 있는 매병의 짝을 찾을 때가 되었다고 생각했을 뿐이다. 강실장의 짐작대로라면 그런 깊은 뜻을 가지고 있는 대통령께 가짜 해연 선생을 들이밀 수는 없었다. 적어도 대통령의 양해 하에 바꿔치기를 하는 방법을 찾는 것이 옳았다. 강실장은 해연 선생이 사라졌다는 보고를 어떤 식으로 해야 할 지 고민했다. 갑작스러워서 놀란 듯이 수선스럽게 보고할 것인지, 별일 아니라는 듯 덤덤하게 보고해야 할 것인지, 자신의 보고 방식에 대해 판단이 서질 않았다. 보고할 시간의 선택도 종잡을 수가 없었다. 대통령의 기분이 좋은 시간이 알맞을지 다른 일로 정신없이 바쁜 시간 중의 틈새가 좋을지도 판가름하지 못했다. 정말 모를 일이었다. 어느 쪽이 큰 소란 없이 가볍게 넘어갈 수 있을지 짐작할 수 없었다. 이렇듯 중대 사안을 놓고 고민하고 있을 때 마침 대통령이 그를 찾았다. '에라, 모르겠다. 그냥 부딪쳐 보는 수밖에' 그는 마음 단단히 먹고 집무실로 향했다.

"준비는 잘 돼 가나?"

대통령의 기분은 그리 나빠 보이지 않았다. 안정된 목소리가 그것을 말해 주고 있었다.

"다른 준비는 잘 되어 가는데 도자기 시연회에 문제가 좀 생겨서 보고 드리려던 참입니다만……."

"도자기 시연회? 왜?"

"시연회를 주도할 해연 명장이 아무 말 없이 이틀째 잠적한 상태라서 수소문 중이지만 아직 찾지 못했습니다."

"그래서?"

"우선 비상대책으로 같은 급의 대한민국 명장 중에 해연 선생과 비슷한 모습을 가진 명장을 찾고 있습니다. 도예인협 회장 이야기로는 실력도 별 차이가 없고 흰 무명 한복을 입고 머리띠를 두르면 외국인들은 사진과 차이점을 못 느낄 거라고 합니다."

"그렇게라도 해야지 별 수 있나. 국가 망신을 당할 수는 없는 것 아니오. 그 사람 평소에도 가끔 그렇게 엉뚱한 짓을 하는 사람이래요?"

강실장은 우선 안도의 숨을 내쉬었다. 불같이 화를 내는 경우도 간혹 있어서 긴장했던 터였다.

"그렇지는 않고 오히려 약속은 철저히 잘 지키는 사람이라는 평입니다. 전부들 희한한 일이라고들 말하고 있습니다."

"그런 사람이라면 무슨 사연이 있을 테지요. 아직 때가 아닌 모양이오."

"예?"

"이번이 짝 찾아 줄 기회인가 했는데……."

강실장은 자신의 짐작이 맞았음을 확인하고 빙긋 미소를 지었다. 대통령이 일어나 매병의 몸을 쓰다듬었다. 부드럽게 튀어나온 양각의 호랑이 입을 쓰다듬며 말이 없었다. 몸이 푸르러서 청자, 튀어나온 무늬라서 양각, 호랑이 문양이라서 호문, 아가리는 좁고 어깨는 크며 밑은 홀쭉하게 생긴 병이라서 매병임을 강실장은 대통령의 설명 덕분에 알게 되었다. 매병의 호랑이는 달려드는 자세를 취하고 있으니 주병의 암놈 호랑이는 그 수놈을 받아들일 자세로 앉아 있을 것이 분명했다. 비취색이 감도는 청자에 진사로 붉은색을 발현해 낸 호랑이 혓바닥이 생동감을 더했다. 대통령은 언제나 튀어나온 호랑이 머리와 입에서부터 몸 쪽으로 쓰다듬어 나가는 버릇이 있었다.

"이미 나간 팸플릿이 있으니 차질 없이 잘 하세요. 그리고 해연 선생한테 무슨 일이 생긴 건지 따로 한 번 알아보세요."

대통령은 화를 내지는 않았지만 이번 기회에 해연과 만날 수 없게 된 것을 못내 아쉬워하는 표정이었다. 그를 만나 매병을 보여주면 그 작품을 만든 도공을 알 수 있으리라

확신했기 때문이다.

"알겠습니다."

강실장이 나가자 대통령은 귀중품이 소장된 장식장 고리를
열어 '청자진사연화문표형주자'를 꺼냈다. 이번 4개국 정상
들과의 만찬에서 술을 담아 한 잔씩 따르며 자랑해 보일
국보 133호의 재현 품이었다. 이것이 해연과 첫 인연을 맺어
준 해연 선생의 작품이었다.

그가 대통령이 되기 전 야당 대표 시절에 세계도자비엔날레
를 축하해주러 이천에 갔다가 그날 저녁식사 자리에서 인연
이 되어 선물을 받은 작품이었다. 해연이 들려준 이야기가
재미있어 귀하게 보관했던 청자 주전자였다.

"이 주전자는 도공들 사이에서는 일명 이병철 주전자라고
부릅니다."

그 이유인즉 고려시대 중기의 작품인 '청자진사연화문표형
주자'는 일본에 밀반출되어 일본에서 보관 중이었다. 그러던
것을 일본 오사카시립박물관에서 열린 경매에서 삼성 이병
철 회장이 사람을 내세워 사들여 왔기 때문이다. 쌀 한 가마니
값이 300원도 채 되지 않던 당시에 3500만 원이라는 거액을
주고 경매를 받았다고 한다. 요즈음 화폐 가치로 계산해
보면 수 십 억을 준 셈이다.

"이 주전자는 이성계가 조선왕조를 열고나서 개국공신들에게 여기에 술을 담아 하사 주를 내렸던 특별한 청자로 유명합니다. 그 당시는 아직 백자를 만들기 전이어서 고려의 청자 주전자를 사용했던 것인데 임금님께서 술을 담아 하사하시던 술병이니만큼 귀하게 여겨져 왔지요. 진사라는 이 붉은 안료는 궁중에서 쓰는 도기에만 사용했었습니다. 언젠가 대통령이 되시어 하사 주를 내리실 때 사용하시라고 드리는 제 선물입니다."

해연은 전혀 주변 사람들의 눈을 의식하지 않은 채 당당하게 그 말을 하고 있어 오히려 당사자인 그가 민망했었던 기억이 난다.

"앞일에 대해 뭘 알고 있었던 건 아닐까?"

대통령은 찬찬히 주전자를 살펴본다. 뚜껑을 열어본다. 하트형으로 생긴 연꽃 봉오리 모양에 애벌레가 새겨진 뚜껑이 앙증맞다. 몸체 잘록한 목 부분에는 연꽃봉오리를 두 손으로 껴안아 받들고 있는 동자가 앉아 있다. 손잡이는 덩굴을 살짝 구부려 붙인 모양인데 그 위에 개구리 한 마리가 뚜껑에서 내려오는 자벌레가 사정거리 안으로 들어오기를 겨냥한 채 기다리고 있다. 개구리의 눈알과 자벌레 몸통 사이 구멍에 끈을 매달아 뚜껑이 몸통에서 달아나지 않게 하여 사용하는 역할을 담당한다. 물(술)이 나오는 아가리는 연잎을 말아 붙여 연잎 대궁이 역력히 튀어나와 있다. 전체적인 형태가 표주박 모양을 하고 있다하여 '표형주전자'라 불렀다. 몸통 전체가 연잎으로 만들어져 있으며 연잎 한 잎 한 잎에 진사로 붉은 빛깔의 띠를 둘렀으니 녹청색 청자에 붉은 연잎이 화려하게 조화로웠다. 동자를 만들어 붙이고, 자벌레와 개구리를 만들어 넣었을 도공의 정성이 도자기에 역력히 담겨져 있었다.

갑자기 해연이 사라진 이유가 대통령은 매우 궁금했다. 도대체 왜, 크나큰 행사를 앞두고 잠적해 버렸을까? 부담감이 너무 커서 숨어버린 것은 아닐까? 몇 년 전 만나 본 느낌으로는 그렇게 소심한 위인은 아니었던 것 같았다. 그렇게도 당당하게 대통령이 되면 이 주전자에 술을 담아 하사주를 내리라고 하던 사람이 아닌가. 그는 부드러운 융 수건으로 주전자를 꼼꼼히 닦았다.

3. 비밀

연화는 노파에 대해 물으려고 몇 번이나 기회를
보았지만 그래서는 안 될 것 같아 그만 입을 다물었다.
아버지의 비밀은 그렇게 묻혀 가고
이제 그 비밀은 연화의 비밀이 되었다.

연화는 사람을 풀어 해연 선생을 찾아 나섰다.

새벽녘 연화는 자신의 작업실에서 물레 돌리는 일을 끝내고
아버지 작업실의 불빛이 새어 나옴을 보고 작업실을 노크했
었다. 안에서는 아무런 기척도 나지 않았다. 또 책상에 엎드
려 잠이 들었을 것이다. 연화는 가만히 방문을 열었다. 역시
책상에 머리를 얹은 채 엎디어 잠이 들어 있었다.

남동생 아담이 죽고 뒤이어 어머니가 돌아가시고 나서부터
아버지는 그렇게 책상에 엎드려 울다가 잠드는 버릇이 생겨
났다. 연꽃을 미치도록 좋아해서 도요(陶窯)에도 바다 해

(海), 연꽃 연(蓮)을 붙여 해연도요라 지으시더니 딸의 이름
도 연화(蓮花)라 지었다. 남동생 아담은 말 그대로 태초의
남자처럼 살라고 아담이라 지었는데 대학에 합격하고 얼마
되지 않아 백혈병으로 가족의 곁을 떠났다. 딸 연화는 무뚝뚝
한 남자 성격인데 반해 오히려 아담이 여자처럼 더 싹싹하고
붙임성이 많아 해연부부에게는 아담이 딸 노릇을 해왔다.
가끔씩 자다가도 베개를 들고 부모님 부부 사이에 끼어들어
품속을 파고들었고, 비오는 날이면 부모님이 좋아하는 부침
이도 항상 아담이 부쳤다. 묵은 배추김치에 매운 청양고추와
물오징어를 잘게 썰어 부쳐오는 아담의 김치전은 정말 별미
였다. 아담은 취미 삼아 만드는 도자기도 여성스러운 문양과
색채를 좋아해서 곱고 화려한 관상용 화병을 주로 만들었다.
　"우리 아담은 하는 짓마다 예뻐서 버릴 것이 하나도 없다니
까."
　어머니는 노골적으로 다 큰 아담의 볼을 물고 빨았다. 아버
지는 워낙에도 별 말이 없는 양반이라 겉으로 표현은 안했지
만 어머니 말이라면 다 들어주는 입장이다 보니 저절로 그
혜택이 아담에게 기울었다. 부모님은 아담의 무조건적인
후원자였고 신봉자였다. 연화는 찬밥 신세였지만 아무런
불만이 없었다. 부모의 모든 시선과 기대가 아담에게 쏠려

있어 연화는 자유로울 수 있었기 때문이었다. 덕분에 연화는 남자들과 어울려 밖에서 충분히 놀 수도 있었고 좋아하는 술을 마음 놓고 마시고 술에 취해 집에 들어갈 수도 있었다.

"어이구, 우리 아담하고 저것이 바뀌어 태어났어야 하는 건데……."

어머니는 꿀물을 타 주며 몇 마디 던질 뿐 별 꾸중 없이 넘겼고, 아담만 집에 있으면 그녀를 찾지 않았다. 그렇다고 연화는 아담을 질투하지도 않았다. 연화에게도 그럴 수 없는 동생이었다. 귀가가 늦어지는 연화를 혼내려고 아버지가 현관문을 걸어 잠그면 아담이 몰래 잠근 문을 따주기도 하고, 그녀가 술값으로 탕진해 용돈이 떨어지면 아담이 모아 두었던 용돈을 빌려 주었다. 빌리기만 할 뿐 한 번도 갚아 본 적 없지만 아담은 언제든지 지갑을 털어 누나에게 내주었다.

"누나, 술이 그렇게 좋아?"

"술이 좋은 게 아니고 술친구들이 좋고 그 분위기가 좋은 거야. 얌마, 넌 그런 거 모르지? 그냥 모르는 채로 살아라. 알고 나면 괴롭다."

"나도 그럴 생각이야. 그런데 누나, 술이 건강에 해롭다는데 건강 생각해서 좀 줄여."

"알았어. 너는 술도 안마시고 담배도 안 피우고 해로운

건 다 안하니까 부모님 모시고 오래오래 살아. 난 하고 싶은
거 다 하다가 마음에 맞는 놈 있으면 빨리 시집이나 갈란다."

"그래. 남편 생기면 하고 싶은 거 못하니까 매형 생길
때까지만 해. 어서 매형이 생기면 좋겠다."

그렇게도 온 집안을 밝혀주던 아담이 '급성림프성 백혈병'
이라는 진단을 받는 순간부터 집안은 검은 빛 차단 커튼을
쳐놓은 것처럼 캄캄해졌다. 그 무렵 아담은 자주 감기에
걸려 피곤해 했고, 가끔 코피를 쏟기도 하고 때로는 빈혈
증상을 보였는데 대학입시를 준비하는 상황이라 스트레스
때문에 그런 줄만 알았다. 그것이 모두 백혈병의 징후인
것은 아담도 연화도 상상조차 하지 못했던 것이다. 더구나
제일 먼저 그 증상을 알아차린 것이 연화였는데 아담이 '아무
것도 아닌 일에 부모님이 걱정하니까 비밀로 하라'는 말만
믿고 그렇게 했던 것이 병을 키운 화근이었다. 초창기에
부모님께 말했으면 두 양반은 금지옥엽인 아들 아담을 당장
병원에 데려갔을 것이고 병원에 가서 초기에 발견하였으면
치료나 회생이 가능했을지도 몰랐다.

"아담아, 미안해. 누나가 미안해. 그때 바로 부모님께
말씀 드렸어야 하는 건데……."

진단을 받고 처음 병원에 입원했을 때 연화가 아담의 병실에

혼자 남아 울면서 용서를 빌었다. 그때 아담이 그녀의 손을 잡고 애써 웃음 지으며 오히려 연화를 위로했다.

"쉿! 누나 그건 내가 누나한테 시킨 거잖아. 엄마, 아빠한테 일러주면 안 돼. 안 그래도 병원이 무서운데 엄마, 아빠한테 혼나는 건 더 무서워. 알았지? 약속 지켜."

"아담아, 날 봐서라도 꼭 낫겠다고 마음 굳게 먹어. 부탁이야."

"걱정 마. 누나는 너무 무뚝뚝해서 엄마, 아빠 못 맡겨."

"그래. 나 애교 못 떨어. 너 아니면 안 돼."

아담은 골수이식 수술을 받기 전까지 항암 치료를 받으면서도 고통스러운 모습을 내색하지 않기 위해 가족들 앞에 억지 웃음을 보이곤 했다. 몸이 쇠약해질 대로 쇠약해진 아담은 병원에서 나와 집에 가서 섭생을 하기를 원했다.

"집에 너무 가고 싶어. 정원에 가서 앉아 있으면 좀 살 맛 날 것 같아."

의사는 아담의 청을 들어주었다. 집에 가서 맛있는 것도 먹고 편안히 쉬다 오는 것도 좋은 일이라며 잠시 퇴원을 허락했다. 항암 치료 직후에는 계속 토하고 정신을 잃어 엄마는 혼비백산하여 아담을 외쳐 부르곤 했다. 골수이식 수술 날짜를 받아 놓고 열흘 간 집에서 몸조리를 하기로 하였다. 연화는 아담이 병에 걸린 것을 안 이후부터 술도 끊고 친구도 끊고 오로지 아담 곁에 간병인으로 붙어살았다. 정원 잔디가 푸르고 정원석이 멋진 산수유나무 밑 정자에 담요를 두르고 앉아 마을을 내려다보는 아담의 얼굴에는 아무런 욕심도 없어 보였다. 살아야겠다는 욕심마저도.

"누나, 우리 집 참 좋지? 온 동네가 내다보여서 난 더 좋아."

"그럼. 아버지가 평생에 걸쳐 만든 집이나 마찬가진 데……."

"우리 아버지 멋져."

"그래. 멋쟁이 도공이지. 성격이 까다로워서 탈이지만."

"그중에서 정원이 제일 멋져. 순수하게 아버지 작품이잖아."

해연도요의 정원은 어느 하나도 정원사의 힘을 빌리지 않은 것으로 유명했다. 흙을 퍼다 정원 토양을 다지는 일도 일 년 넘게 혼자 다 해냈다. 도자기를 빚고 도자기를 굽는 틈틈이 어디 가서 퍼오는지 모르지만 흙과 돌을 퍼다 날랐다.

"흙 만지는 사람이 제 집 마당 흙 하나 해결 못하면 그게 어디 흙쟁이랄 수 있어?"

흙 퍼다 나르는데 일 년, 고운 뗏장 떼어다 심는데 일 년,

이 나무 저 나무 구해다 심는데 삼 년, 돌 구해다 놓는데 삼 년, 정자 짓는데 일 년, 그 이전에 집 짓는 것까지 하면 도합 20년은 걸린 것 같다. 연화나 아담이 태어나기 전부터 그 땅에서 살았다고 하나 그때는 해연 선생의 땅이 아니었다. 누구네 땅인지도 잘 모르는 외진 곳에 천막 겨우 면한 꼴로 가마를 박고 요를 열었다가 땅 주인이 나타나 동업 형태로 시작했던 도요였다. 삼 년 뒤에 주인이 서울로 간다고 땅값을 달라고 하자 해연은 돈이 없어 도자기로 값을 치르고 땅을 물려받았다. 그렇게 일일이 다 해연의 손으로 만들어진 정원은 크지는 않지만 오밀조밀 있을 것은 다 있는 정원이었다. 좋은 흙 덕인지 과실나무마다 탐스러운 열매들이 해마다 주렁주렁 열렸다. 감나무, 산수유나무, 앵두나무가 가지가 휘어질 정도였다. 휘어지고 누워진 솔잎 청청한 소나무가 정원 곳곳에 멋들어지게 자리 잡고, 그 밑에는 수석, 정원석이 도도하게 몸을 꼬고 앉아 있었다. 마당에 진짜 연못은 없었지만 백두산 천지 형태를 하고 있는 정원석 한가운데에 큰 세숫대야만한 작은 연못이 있고, 그곳에 수련이 떠있었다. 해연은 연꽃 피는 연못을 가지고 싶어 했지만 곧 그 욕심을 버렸다. 연화가 태어났기 때문이었다.

"살아있는 연꽃이 여기에 있는데 더 욕심 부리면 벌 받겠지."

 대신 아침마다 백두산 천지의 물을 갈며 정원석을 씻고 수련을 꽃 피웠다. 아담은 집에서 연화와 부모님의 보살핌을 받으며 건강이 반짝 좋아진 사이에 골수이식 수술을 받았다. 골수이식 수술을 받고 2, 3일간은 상태가 아주 호전되어 보였다. 백혈구 수치가 올라가고 혈색도 좋아보였다. 중환자실 간호사들도 이 상태대로만 호전되면 곧 입원실로 옮겨질 것 같다고 가족을 격려했다. 모두들 한시름 놓아도 좋은 듯 보였다. 수술 후 통 집에 들어가지 못한 부모님은 연화의 권유에 따라 그녀가 운전하는 차를 타고 잠시 집에 옷을 갈아입을 요량으로 병원을 나왔다. 집이 수도권이라고는 하지만 서울 시내에 있는 병원에서 이천까지 한 시간 반 이상이 소요되는 거리여서 수시로 들락거릴 수는 없었다. 병원을 나와 고속도로로 접어든지 한 삼십 분 가량 되었을 때 중환자실에서 전화가 걸려왔다. 아담의 상태가 이상하다는 것이었다.

 "빨리, 빨리! 그것 봐. 나는 남아 있겠다니까 자꾸만 잡아끌더니⋯⋯."

 엄마는 소리치며 뒷좌석에서 연화의 어깨를 주먹질 해대며 울었다. 해연이 아내를 말리며 정신 차리라고 달랬다.

"이 사람이…… 이러지 마. 정말 큰일 나려고 그래? 운전하는 아이한테 이러면 되나?"

해연이 아내의 두 손을 붙잡아 가슴에 품었다. 연화도 당황하여 차를 어디서 돌려야 할지 생각나지 않았다.

"연화야, 괜찮아. 수술 후에는 좋아졌다 나빠졌다 한댔어. 중환자실에 간호사들이 다 알아서 할 거야. 곁에 있어봤자 우리가 할 일은 없어. 비상 깜박이를 켜고 침착하게 우선 첫 번째 아이 씨에서 고속도로를 빠져 나가."

연화는 곧 안정을 찾고 대담하게 운전대를 잡았다. 비상등을 켜고 속력을 내어 IC를 빠져 나와 다시 서울 방향으로 달렸다. 엄마는 해연에게 두 손을 잡힌 채 울부짖었다. 어떻게 도착했는지 모르게 병원 입구에 차를 도착 시켰을 때 연화의 몸뚱이는 땀에 흠뻑 젖어 있었다. 중환자실로 달려 들어갔다. 의사와 간호사들이 아담의 상태를 지켜보고 있는 중이었다.

"응급처치는 다 했습니다. 갑자기 백혈구 수치가 내려간 이유를 찾고 있습니다."

아담의 상태는 좋아지지 않았다. 숨이 가빠서 호흡기를 달고 장기는 다 망가져 기능을 잃어가고 뼈는 약해질 대로 약해져 심하게 다루면 부서질 처지였다. 열흘 동안 아담은 몇 번이나 목숨 줄을 놓았다가 붙들었다 하면서 이승과 저승의 양 갈래에서 방황했다. 열흘을 넘어서던 새벽 아담의 심장이 멎었다. 의사들은 심폐소생술을 실행하겠다고 해연의 동의를 구했다. 그때 해연이 조용히 그들을 만류했다.

"그만 보내주십시오. 애 갈비뼈마저 부서진 채 보내고 싶지는 않습니다."

바짝 마른입에서 울음이 새어나왔다.

"집 사람을 들여보내 주세요."

해연이 간호사에게 부탁했다. 다른 중환자가 있는 데도 자꾸 울어대는 아내를 연화에게 부탁해 잠시 내보낸 상태였다. 아내가 영문 모른 채 연화와 함께 들어왔다. 해연이 아내의 손을 잡고 나지막이 목이 메어 말했다.

"우리 아담이 왔던 곳으로 갔소. 잘 보내줍시다."

그 말이 채 끝나기도 전에 아내의 눈에서 펑펑 눈물이 쏟아졌다. 의외로 울부짖으며 몸부림치지는 않았다. 연화가 엄마를 꼭 끌어안았다. 아내는 끌어안는 연화를 밀어내고 아담에게 다가갔다.

"아담하고 작별 인사 할래. 엄마가 보내준다고 말해야 돼. 안 그러면 아담이 못 가."

"그래. 그래. 인사하구려."

해연 아내의 눈물과 콧물이 아담의 이불깃에 떨어져 내렸
다. 연화도 아담의 곁에 다가섰다. 의사들이 한 걸음 물러섰
다.

"아담아, 엄마가 이제 보내줄 게. 더 아프지 말고 더 고통
받지 말고 편안하게 잘 가. 네가 아픈 것을 엄마가 빨리
알아채지 못해 미안해. 정말 미안해."

엄마가 아담의 볼에 입을 맞추며 작별 인사를 나누었다.
해연은 자신의 입에서 울음소리가 새어나오지 않게 더 힘껏
입을 다물었다. 눈에서는 쉴 새 없이 눈물이 흘렀다. 연화는
아담의 손을 잡고 할 말을 잃은 채 엉엉 울었다. 아담은
스무 살의 나이로 그렇게 갔다. 해연은 화장을 해서 수목장을
지내거나 강에 뿌리자고 했지만 아내는 끝내 반대했다. 아이
가 세상에서 완전하게 사라지는 것 같아 견딜 수 없는 모양이
었다. 기어이 납골당에 유골을 가져다 놓고 걸핏하면 그곳으
로 달려가서 목 놓아 울었다. 집은 비상사태였다. 해연은
아내를 지키고 연화는 엄마를 지키는 상황이 되었다. 금방
부엌에서 덜거덕거리는 소리가 들렸는데 조용해서 가보면
아내는 어느 틈에 집을 나가고 없었다. 말 할 것도 없이
납골당에 가서 울다 지쳐 엎드려 있거나 땅바닥에 두 다리를
뻗치고 넋 나간 표정으로 앉아 있거나 했다. 연화가 데려오고

해연이 데려오길 수차례. 나중엔 그녀 스스로 돌아오기를 기다리는 수밖에 방법이 없었다. 해연과 연화 모두 아무 일도 할 수가 없었기 때문이었다. 해연은 작업장에 처박혀 밖으로 나오지 않았고, 연화는 밥상을 차려도 먹어주는 사람 없어 식어 빠진 반찬만 내다버렸다. 아담이 간지 백일 되던 날, 해연은 아내와의 약속대로 아담의 납골당에 같이 갈 마음으로 새벽 작업을 마치고 안채로 들어갔다. 벌써 일어나 준비를 서두를 아내가 안채에서 보이지 않았다.

"여보, 아담한테 가야지. 어디 있어?"

안방 문을 열었다. 아내가 잠들어 있었다.

"웬 일이야? 또 밤잠을 설친 게로군. 이봐! 아담한테 가자고."

해연이 아내 곁에 쪼그리고 앉아 흔들어 깨웠다. 흔들리는 느낌이 섬뜩했다. 코앞에 손을 갖다대보던 해연은 맥없이 손을 떨어뜨리고 망연자실 방바닥에 철퍼덕 주저앉았다. 정신을 차리고 아내의 손을 잡아 보았다. 써늘한 냉기가 전해졌다.

"연화야, 연화야!"

해연이 안방 문을 열어젖히며 고함을 질렀다. 작업장에 있던 인부들이 먼저 뛰어나오고 정원에 있던 연화가 안방으

로 달려들어 왔다. 잠시 후 연화의 비명 같은 울음소리가
온 집안을 뒤흔들었다.

"엄마! 엄마!"

해연은 아내를 잃었다. 사인은 심장마비였다. 그렇게도
먼저 간 아들을 그리워하더니 기어이 뒤따라 간 것을 원망할
수도 없었다. 같은 해에 사랑하는 사람을 둘씩이나 잃은
해연은 집이고 도자기고 다 집어 던지고 미쳐 나가 돌아다녔
다. 정원은 잔디 대신 잡풀들로 무성하고, 정원석에 고인
물은 썩어서 해충들이 알을 깠다. 매끄럽고 반지르르 윤기가
돌던 수석에는 희뿌연 흙먼지가 쌓여 바람에 풀풀 날렸다.
몇 안 되던 인부들은 월급을 달랄 사람도 없어지자 임금
대신 돈 될 만한 도자기 몇 점씩을 들고 다른 요로 떠났다.
연화는 아버지 찾으러 다니느라 집안 돌보는 일은 뒷전이었
다. 해연은 끊었던 술과 담배를 입에 달고 다니면서 아무
데서나 먹고 자고 외상을 그었다. 좁은 지역사회에서 해연이
라면 다 아는 도공인데 외상 안 줄 사람이 없었다. 술을
마시면 아무거나 때려 부수고 닥치는 대로 사람을 두드려
패면서 분노를 터뜨렸다. 아들과 마누라를 석 달 사이로
다 잃었으니 미치는 게 당연하다고 처음 한 두 번은 이해를
하던 사람들도 더 이상 봐주지 않았다.

"자식이랑 마누라 죽었으면 그냥 죽치고 앉아 곡이나 할 일이지, 왜 기어 나와서 지랄이야. 우리가 죽였어? 에잇 재수 더러워."

해연은 두드려 맞으면서도 피를 흘리면서도 히히 웃었다.

"그래. 죽여라, 죽여. 목매달아 죽을 수도 없는데 이대로 죽여주라."

얼굴에 피투성이를 해 가지고 야릇하게 웃으면 때리던 사람들이 오히려 섬뜩해서 자리를 비켰다. 연화는 만신창이가 된 아버지를 찾아 차에 태워오는 것이 일과였다.

"아버지, 제발 이러지 마세요. 엄마도 아담도 아버지가 이러는 걸 원하지 않을 거예요. 이렇게 살려면 차라리 같이 죽어요."

연화는 아버지를 씻기고 닦아주면서 붙들고 울었다. 아침에 깨어보면 아버지는 벌써 일어나 언제 그랬느냐는 듯이 안방을 향해 마루에 멍하니 앉아 꼼짝도 하지 않았다. 그러고 앉아 있는 날은 식음을 전폐하고 하루 종일 넋을 놓았다. 얼굴이 뼈만 남은 탓에 음영이 드리웠다. 죽음의 그림자가 깊게 드리운 그런 얼굴이었다. 연화는 겁이 더럭 나서 가까운 병원에 그를 강제로 입원시켰다. 술 외에는 음식을 입에 대지 않으니 링거라도 맞지 않으면 또 한 번 초상을 치를지도 모른다는 생각이 번쩍 들었던 것이다.

"날더러 영양제를 맞으라고? 자식새끼 앞세우고 마누라까지 따라갔는데 영양제 맞고 누워 호강하라고? 너 이년 내가 정신병자냐?"

입원실에서 링거를 떼어 팽개치며 연화의 머리카락을 쥐어뜯었다. 남자 간호사들이 달려들어 링거를 다시 연결하고 수면제를 링거에 투여했다.

"아담아, 도와 줘. 엄마 도와줘요. 저러다 아버지마저 잃을까봐 무서워. 제발 우리 아버지 좀 살려 줘."

연화는 겨우 잠든 아버지 곁에서 두 손 모아 기도를 올리며 흐느껴 울었다. 한 소동 지나가자 연화도 잠이 쏟아졌다. 잠시 눈을 붙이려고 침대에 기대어 앉았다. 어쩌다가 집안이 갑자기 이렇게 뒤집어졌는지 꿈만 같았다. 불과 석 달 전만 해도 아무 이상 없이 행복하던 가정이었다. 진정으로 이 상황이 악몽이었으면 좋겠다는 간절한 바람으로 눈을 감았다. 아담도 엄마도 꿈에 나타나 어서 꿈에서 깨어나라며 그녀의 손을 잡아주기를 빌었다. 한 15분 눈을 붙였을까? 깜빡 잠에서 깨어보니 아버지가 병실에 없었다. 급히 병실 밖을 살펴보았다. 저녁 식사마저 끝난 병실 복도는 고요했다. 연화는 여기 저기 전화를 걸어 아버지를 수소문했다. 자주

가던 술집에도 나타나지 않았다고 했다. 그때 전화벨이 울렸다.

"한주 딸이지?"

해연이라는 호 대신에 아버지의 본명을 부르는 사람은 처음이었다.

"예. 그런데요."

"여기 와서 네 애비 데려가라."

짜증스러운 노파의 카랑카랑한 음성에 귀가 따가웠다. 노파가 일러주는 대로 차를 몰았다. 개천 둑에 있는 허름한 주막집이었다. 간판도 없는 낮은 양철 지붕이 언뜻 눈에 들어오고 희미한 불빛이 엉성한 문틈으로 새어 나왔다.

"네 애비가 하던 버릇 그대로 하네그려. 너희 아버지도 못 말리는 고주망태로 식구들 끝끝내 고생 시키더니 너도 그 타령이냐?"

연화가 문을 열고 들어섰을 때는 노파가 찌그러진 주전자로 해연의 등을 마구 때리고 있는 상황이었다. 노파의 허리는 약간 굽었고 머리도 백발이었지만 기세가 등등했으며 목소리에는 아직 노인답지 않은 강한 힘이 남아 있었다. 전화를 건 목소리의 주인공이 틀림없었다. 그런데 괴이한 일은 해연이 덤벼들지 않고 할머니가 때리는 주전자 매를 맞으며 그 앞에 공손히 꿇어 앉아 울고 있다는 사실이었다. 연화가 뛰어들어 노파의 손에서 주전자를 빼앗았다.

"할머니 죄송합니다. 아버지가 잘못하셨으면 저를 때리세요. 저희 아버지가 좀 아픕니다. 죄송합니다."

노파는 그제야 "휴!" 하고 한숨을 쉬며 등받이 없는 의자에 가서 힘없이 앉았다.

"데려 가거라. 다시는 이곳에 오지 못하도록 해. 나도 갈 길 멀지 않았는데 이 인간이 찾아오면 내가 지레 먼저 갈 것 같구나."

연화에게 말하는 노파의 음성은 조금 전과 달리 이미 차분하게 가라앉아 정감마저 어렸다. 해연이 노파의 무릎을 얼싸안았다.

"고모! 제가 잘못했어요. 용서 빌러 왔어요. 제발 고모가 마음 푸셔야 제 불행이 여기서 멈출 것 같아서 그래요. 고모! 제가 했던 말, 제가 했던 행동 다 용서해 주세요."

"죽을 날 기다리는 이 늙은이한테 이제 용서 받아서 뭐하겠냐? 네 자식도 네 마누라도 명이 그것밖에 안돼서 먼저 간 것이지, 내 한 때문에 먼저 간 것이 아니다. 그러니 어서 가거라. 남은 인생 네 애비처럼 살아서야 되겠니?"

노파는 연화에게 데려가라고 눈짓을 보내고 방으로 들어가

버렸다. 연화는 아버지를 일으켜 세웠다. 아버지가 서럽게 울며 연화를 따라 나섰다. 아버지에게 고모가 있다는 사실을 오늘 처음 알게 된 연화는 아버지에게 아무 것도 묻지 않았다. 두 사람 사이에 무슨 일이 있었기에 그런 말들이 오가는지 알 수 없었지만 자신이 모르는 깊은 사연이 있으리라 짐작이 갔다. 해연은 자동차 뒷자리에 깊이 파묻혀 눈을 감고 있었다. 잠든 것 같지는 않았다. 아버지의 방황은 거기에서 끝났다.

  다음 날부터 해연은 집안 구석구석을 청소하고, 정원의 풀을 뽑고, 정원석을 물로 닦아내고, 썩은 물을 걷어내고 새 물을 채웠다. 그리고 작업장을 손보고 그 안에서 다시 물레를 돌렸다. 연화는 노파에 대해 물으려고 몇 번이나 기회를 보았지만 그래서는 안 될 것 같아 그만 입을 다물었다. 어쩐지 그 말을 물었다가는 아버지의 방황이 다시 시작될 것 같은 두려움이 앞섰다. 아버지의 비밀은 그렇게 묻혀 가고 이제 그 비밀은 연화의 비밀이 되었다.

  몇 년 동안 마음잡고 일에만 몰두하던 아버지가 서울에서 열리는 도자시연회를 앞두고 사라져 버린 것이다. 연화는 분명 그날 새벽에도 엎드려 잠든 아버지 등에 담요를 덮어주고 작업실을 나왔었다. 그렇다면 그날 새벽 이후에 사라졌다는 말인데 소지품도 모두 그대로 작업실에 남겨져 있는 것을 보면 멀리 외출할 의사는 없었던 것으로 보였다. 정상회의 준비위원회에서는 매 시간 전화를 걸어 상황을 물었고, 도예인협회에서는 사람들이 찾아와 곳곳에서 웅성거렸다. 또 옛날에 방황하던 병이 도졌다는 사람도 있고, 큰일 앞두고 마누라와 아들이 있는 납골당에 갔다가 납치되었을 지도 모른다는 소문도 떠돌았다. 원래 국가적인 큰 행사에는 그 행사를 방해하려는 자들의 음모가 숨어있게 마련이고, 이번 일도 4개국 정상들의 회의를 망치려는 자들의 소행이라는 유언비어도 나돌았다. 연화는 그 아무 말도 믿지 않았다. 그녀가 보기에는 아버지가 납치되거나 강제로 끌려간 것 같지는 않았다. 연화는 납골당에도 사람을 보냈지만 그곳을 다녀간 흔적은 어디에서도 찾지 못했다. 아버지가 갈만한 곳은 다 사람을 보냈다. 가끔 아버지가 다니는 절까지도. 도무지 사라진 이유를 알 수가 없었다.

4. 인연

나는 너무나 놀라워 할 말을 잃고 주지스님 설법에 빠져들었다.
사흘간 하늘이 내게 들려준 그 말과 별로 다르지 않았다.
단지 스님은 그 계시를 불교식으로 해석하고,
불교 용어를 사용하여 나에게 전달했을 뿐이었다.

내가 정신이 들었을 때 산은 밝게 빛나고 있었다.

사람들이 빙 둘러서서 나를 흔들어 깨웠다. 나는 담요 한
자락을 깔고 하늘을 향해 똑바로 누워 있었다.

"정신이 드세요? 여기서 잠드시면 안 되죠. 해가 지면
산의 기온이 많이 떨어져요. 초가을이라도 산에서는 동사할
수 있어요."

나는 애써 눈을 떴다. 햇빛이 눈부셔서 잠시 손으로 눈을
가렸다가 서서히 손을 떼었다.

"실례지만 여기가 어딥니까?"

나를 일깨워준 등산객에게 물었다. 등산객 일행은 서로 얼굴을 번갈아 보며 삐죽삐죽 웃었다. 검지를 머리에 대고 빙글빙글 원을 그렸다. 미쳤다는 수화를 주고받았다.

 "여기가 단군께서 하늘에 제사를 지냈다는 참성단 아닙니까?"

 "그럼 강화도 마니산이라는 말입니까?"

 "그래요. 그러니 어서 내려가세요. 그 차림으로는 버틸 수가 없어요."

 그들의 말을 듣고 그들에게 목례로 인사를 보냈다.

 "감사합니다."

 나는 일어나 앉아 내 차림을 내려다보았다. 작업실에서 입고 있던 춘추용 개량 한복을 입은 채였다. 작업실에서 쓰던 작은 담요가 바닥에 깔려 있었다.

 등산객 일행은 참성단을 보호하기 위해 막아 놓은 제단을 망 너머로 한 번 둘러보고 서둘러 하산을 시작했다. 그들이 한차례 떠들다가 내려간 후 나는 가부좌를 틀고 하늘을 향해 고개를 젖혔다. 그들이 나를 깨워 눈을 뜨기 직전까지 나는 막아서는 장애물 없이 제단 앞에 엎드려 있었음을 알고 있다. 나에게 많은 계시를 들려주던 음성이 어디에서 들렸었는지 흔적조차 없었다. 눈부신 태양만이 음성 대신 내 정수리에 내려 쬐고 있을 뿐 나를 안내했던 빛도 음성도 사라져 버렸다. 천천히 일어나 옷매무새를 가다듬고 하늘을 향해 크게 팔을 펼쳐 정성스레 세 번 절을 올렸다. 내가 그날 밤 빛을 따라 이곳까지 왔다는 사실이 믿어지지 않았다. 축지법을 쓴 것이 틀림없었다. 남동쪽에서 서북쪽 대각선으로 족히 자동차로 달려도 두 시간이 넘을 거리였다. 그 거리를 걸어서 얼마 만에 닿을 수 있는 곳인지 계산이 서질 않았다. 그런데도 나는 분명 강화도 마니산 참성단에 서 있지 아니한가. 작업실에서 정원으로 나섰고 정원에서 그 빛을 보았고 그 빛을 따라 나선 것은 틀림없는 사실이었다. 몇날 며칠을 이 참성단에 있었는지 가늠이 가질 않았다. 담요를 개켜 들고 자리를 정리했다. 돌아서는 순간 훈훈하고 부드러운 바람이 내 몸을 훑었다. 누군가가 잘 가라며 나를 안아주는 것 같았다. 온몸이 그럴 수 없이 가벼웠다. 나는 알지 못할 충만감에 가득차서 참성단을 떠났다.

참성단 바로 아래 한 여인이 걷고 있었다. 등산복을 갖추어 입지 않은 채 외로이 혼자 걷고 있는 늙수레한 차림의 여자 곁으로 다가가 말을 걸었다.

"산을 내려가는 길이십니까?"

내 말에 고개를 든 중년 여인은 나를 보자 두 손을 합장하여

예를 갖추었다. 차림새보다는 훨씬 젊어 보이는 중년의 곱다
란 얼굴이 소녀처럼 해맑았다. 몸뻬와 철 이른 스웨터가
한층 나이 들어 보이게 했음을 알았다.

"아닙니다. 점심 지어 놓고 잠시 바람 쐬러 올라 왔다가
도로 내려가는 길입니다. 저는 이 근처 절에서 공양주로
있습니다."

내 긴 머리와 수염과 한복이 그녀에게 어떤 모습으로 비쳤는
지 모르지만 그녀는 공손하고도 예의 바르게 대답하며 수줍
어했다.

"아직 점심 공양을 못하신 듯한데 절에 들러 공양을 하고
가시지요."

여인이 내 대답도 듣기 전에 서둘러 앞장을 섰다. 나는
그 말을 듣고 나서야 내가 얼마 동안인지 모르나 식사를
전혀 하지 않았다는 사실을 깨달았다. 몸이 느끼는 반응으로
는 며칠이나 굶었는지 짐작할 수 없었다. 티끌만큼의 시장기
도 느껴지지 않았고, 피곤하거나 목마르거나 힘들다는 생각
이 들지 않았기 때문이었다. 요란스럽지 않게 떼어놓는 여인
의 발걸음이 어찌나 빠른지 남자인 내가 따라가기도 힘겨울
정도였다. 가볍게 옮기는 발걸음으로 보아 산을 자주 오르내
리는 여인이 분명했다.

"혹 오늘이 무슨 요일인지 아십니까?"

나는 부지런히 여인을 따라 걸으며 물었다.

"오늘은 토요일입니다. 그래서 등산객이 많은 편이지요."

나는 자꾸만 고개를 끄덕였다. 목요일에 4개국 정상 회의가 있었고, 어제 금요일이 도자 시연회였던 것이다. 계시를 내리신 대로 나를 그곳에 보내지 않았다는 사실이 증명되는 순간이었다. 절은 산속에 있는 절답게 인위적인 길을 고집스럽게 거부하고 있었다. 길고도 긴 돌계단을 오르면서도 여인네는 단 한 번도 쉬지 않고 가뿐히 대웅보전 앞까지 이르렀다. 여느 사찰과 달리 일주문이나 천왕문 없이 대웅전까지 계단이 이어져 있는 것이 특징이었다. 계단을 오르는 동안 들려오는 바람소리, 물소리, 나무 터널 사이로 비쳐드는 햇빛이 내내 사람 마음을 편안하게 만들었다. 언젠가 전생에라도 와 본 것 같은, 나를 기다리는 내 피붙이가 기다리고 있을 것 같은 그런 정겨움을 주는 절이었다. 신라 선덕여왕 때 회정선사가 참성단에 참배하고 돌아가다가 동쪽에 지형을 보고 이곳이야말로 선정삼매에 들 수 있는 땅이라 하여 사찰을 지었다고 전해진다. 역사에 비해 아담하고 조용한 사찰이었다. 단아하고 소박한 아름다움이 은은하게 느껴졌다. 산

내음이 코끝으로 다가왔다. 모처럼 요란스럽지 않은 절을 만난 것이 기분 좋았다. 여인은 요사채 끝 방으로 나를 안내했다.

"여기서 잠시만 쉬고 계시면 제가 상을 차려오겠습니다."

여인은 문을 활짝 열어 밖을 볼 수 있도록 배려해 주고 물러갔다. 열어젖힌 방안으로 청정한 맑은 가을이 몰려 들어왔다. 금세 방안은 가을 냄새로 가득 찬다. 산사가 나무숲에 둘러싸여서인지 차분하고 안정된 느낌을 주었다. 세속의 잡다한 먼지를 털어내고 나면 누구라도 절로 청정해질 것 같았다. 공양주라는 여인이 밥상을 들고 왔다.

"절 음식이니 소찬입니다. 허물치 마시고 맛나게 드세요."

노랗게 익은 무짠지와 삭인 고추와 불린 산나물 두 가지에 지진 두부 세 쪽 그리고 하얀 쌀밥과 된장국으로 차려진 밥상이었다.

"감사히 먹겠습니다."

나는 정말 달게 맛있게 밥 한 그릇을 다 비웠다. 밥상 위에 남은 반찬은 한 가지도 없었다. 스님들이 발우 공양을 한 것처럼 깨끗하게 그릇을 비웠다. 단지 물로 그릇을 헹궈내지만 못했을 뿐 음식은 한 가닥도 남기지 않았다. 여인이 밥상을 가지러 와서 살짝 미소를 지었음을 나는 보았다.

"너무나 잘 먹었습니다. 고맙습니다."

"시장하셨던가 봅니다. 주지 스님께서 차를 한 잔 하시자 합니다. 차실로 나오십시오."

나는 여인이 알려주는 차실로 나갔다. 스님이 합장하며 나를 맞았다. 나도 스님께 합장하여 인사에 답례했다.

"귀한 손님을 맞으니 반갑습니다."

나는 스님이 '절을 찾은 사람은 누구나 다 귀한 손님'이라는 뜻으로 해석했지만 그의 표정이 그런 뜻과는 좀 다르다는 느낌을 받았다.

서해 바다가 한옥 기와지붕 끝 귀퉁이로 내다보였다. 나무와 기와지붕을 걸쳐서 보이는 바다의 전망이 툭 트인 전망보다 더 아름다웠다. 주지 스님은 정성들여 차를 만들고 그 차를 나와 함께 나누었다.

"우리 공양주 보살이 귀한 법사님께 점심 공양을 올렸으니 한 가지 업보는 면하게 될지 모르겠습니다."

스님이 농담처럼 허허 웃으며 차를 들었다.

"법사라니 당치 않으십니다. 그저 흙을 빚어 도자기를 만드는 도공일 뿐이니 처사라 부르시는 것이 옳을 것입니다."

내가 스님의 칭송에 나도 모르게 얼굴을 붉히며 그제야 나를 소개했다.

"법사님 뒤에 서리는 후광을 저는 보았습니다. 맑은 큰 기운을 가지신 분께만 생기는 빛이지요. 우리 고통 받는 중생들을 구제하실 분이라는 것을 압니다. 제 공부로는 미치지 못하는 곳까지 기운을 뻗치시는 분입니다. 부디 그 깨달음으로 완성의 끝을 보시고 성불하십시오."

스님은 찻잔을 놓고 일어나 두 손을 합장하고 허리를 굽혀 절을 하더니 몇 가지 느낌을 일러주었다.

"이곳은 제천지(祭天地)로 법사님과는 기운이 맞는 곳입니다. 법사님께서 첫 제천제를 지내실 때는 꼭 이곳을 택하는 것이 도움이 되실 겁니다. 고려시대 몽골의 침입을 불력으로 막아보고자 조정은 강화에 피난 중이면서도 팔만대장경을 조판하였습니다. 법사님은 전생에 강화에서 팔만대장경을 조판하던 조판공이었던 적이 있습니다. 그 연유로 참성단까지 오시게 된 것입니다. 지금 우리 중생은 몽골의 침략보다도 더 무서운 외부 침략을 받고 있습니다. 법사님 같은 분이 많아지면 많아질수록 중생은 윤회를 통해 완전하게 태어날 것입니다."

나는 너무나 놀라워 할 말을 잃고 주지스님 설법에 빠져들었다. 사흘간 하늘이 내게 들려준 그 말과 별로 다르지 않았다. 단지 스님은 그 계시를 불교식으로 해석하고, 불교 용어를 사용하여 나에게 전달했을 뿐이었다. 이것이 미리 짜인 각본에 의한 순서에 불과한 것인지 우연의 일치인지 종잡을 수 없었다. 스님은 말을 마치고 다시 허리를 깊이 숙여 절을 올렸다. 그 모습이 어찌나 정중한지 나도 일어나 맞절을 하였다.

"마침 나가는 차편이 있으니 그 차를 타고 나가시는 것이 좋을 듯합니다."

주지를 따라 주차장으로 걸어 나갔다. 절 입구에 군고구마 화덕이 눈에 띄었다. 유심히 고구마 화덕을 보고 있는데 승용차가 내 앞에 멈추어 섰다.

"타시지요. 또 뵙게 될 것입니다."

주지가 합장하여 작별 인사를 하고 내가 승용차에 오르기를 기다렸다. 승용차 문을 열고 차 안으로 들어앉으며 "실례합니다" 하고 나서야 운전자를 보았다.

"어서 오세요."

공양주 보살이라는 여인이 운전석에 앉아 핸들을 잡은 채 나를 향해 고개를 돌리고 웃어보였다. 주지도 차안의 우리를 보며 잔잔히 미소를 띠었다. 자동차가 버스럭거리는 돌을 밟으며 서서히 절 마당을 출발했다.

"이렇게 모시게 돼서 영광입니다. 주지 스님께서 법사님 댁까지 모시라는 말씀이 있었습니다. 어디로 가면 되는지 말씀해 주세요."

"실례지만 보살님은 어느 방향으로 가시는 길입니까?"

"저는 좀 멀리 갑니다. 제 방향과 관계없이 선생님 댁으로 먼저 갈 것이니 댁 주소를 일러 주시면 고맙겠습니다."

공양주 보살은 내가 일러주는 주소를 내비게이션에 입력했다. 주소를 입력시키고 안내를 누르자 '소요 시간 2시간 20분'이라고 모니터에 나타났다. 자동차로 달려 두 시간이 넘을 거리라 짐작했던 내 계산이 확인되었다.

"저는 동해안으로 가는 길인데 이천 선생님 댁은 지나가는 길이 되겠네요."

"그렇다니 미안한 마음이 좀 덜해서 좋습니다. 자택이 동해인가요?"

"제 집은 미국 워싱턴입니다. 사연이 많아서 여기까지 왔습니다."

여인의 차림이 산에서 만났을 때와는 너무나도 다르다는 사실을 미처 깨닫지 못한 것을 알았다. 여인은 머리에 썼던

삼각 수건을 벗고 귀밑까지 오는 커트 단발머리를 드러냈다. 생머리 헤어스타일 때문인지 더 한층 젊어 보였다. 파란 하늘색 긴 스카프를 목에 두르고 있었는데 그 빛깔이 잘 어울린다는 생각이 들었다. 여인이 굳이 뒷자리에 앉으라고 했지만 나는 예의상 옆 자리에 앉았던 것인데 그 덕에 그녀를 찬찬히 살펴볼 수 있었다. 산에서 처음 만났을 때도 허름한 차림새와는 달리 우아하고 곱살하다는 느낌을 받았었는데 이렇게 옷을 갖추어 입고 운전대를 잡고 있는 그녀를 보니 기품 있는 아름다움이 풍겼다. 사연이 많은 듯하나 초면에 물어볼 수도 없는 일이었다. 잠시 침묵이 흘렀다.

"주지 스님 말씀으로는 도자기를 하시는 분이라고 하시던데 그 일을 하신지는 오래 되셨나요?"

여자는 침묵하는 분위기가 불편했는지 나에게로 화제를 돌렸다.

"사십 년이 됐는데 그 세월을 오랜 세월이라 해야 할지 이제 시작이라 해야 할지를 모르겠습니다. 도자기 만드는 사람들은 사십 년을 긴 시간이라 보진 않습니다. 아무리 배워도 배울 것이 많은 작업이고, 세월이 흐를수록 더 어렵고 더 신비로운 것이 도자기라서 말입니다."

"무슨 말씀인지 알 것 같아요. 저도 대학에서 그림을 공부

했어요. 이젠 접었지만. 제 한계를 스스로 극복해야 하는 게 쉽지 않았어요. 가끔 그때 이를 악물고 좀 더 버텨볼 걸 하고 후회될 때가 있어요."

"저희 도예인들 중에도 그 고비를 넘어서지 못해 몇 십 년씩 해오던 짓을 그만두는 사람이 있습니다. 저 같은 단세포 인간은 미련스럽게 죽으나 사나 이것밖에 할 줄 아는 일이 없어서 붙들고 있는 거겠지요."

"이천이 도자기 고장이 된 특별한 이유가 있나요?"

나는 옹기, 칠기 매장이 크게 세 군데나 있었던 이천의 배경과 서울의 대방동 가마가 문을 닫으면서 칠기 가마가 있는 이천으로 일급 장인들이 모여들게 된 경위를 설명해 주었다.

1956년에 조각가 윤효중에 의해 한국미술품연구소(일명 대방동 가마)가 생겨났다. 이 대방동 가마는 이천의 도예촌 형성에 있어 매우 중요한 역할을 했다. 그 이유는 대방동 가마를 움직였던 일급 기능인들 대부분이 이 가마가 문 닫는 1958년 이후 거주지를 이천 수광리로 옮겨와서 이들을 중심 으로 이천 도자기가 탄생되었기 때문이다. 대방동 가마의 설립자인 윤효중을 대표로 지순택이 공장장, 성형부에 고명 순, 조춘성, 윤덕중, 윤돈중이 일했다. 조각부에는 유근형,

최인환, 김완배, 최인석이 있었으며, 그 외에 신진 도공인 김종호, 김문식, 윤석준, 현무남, 박수만, 이종열 등이 참여했었는데 이중 고명순, 김완배, 지순택이 먼저 수광리로 내려오자 윤석준, 현무남, 박수만 등 젊은 도공이 합류하고 그 이듬해 유근형이 이천으로 내려왔다.

"그때 내려오신 초창기 선배 도공들은 이미 작고하신 분이 많아요. 그분들 덕에 이천 도자기가 활성화 되자 도자기로 먹고 살 사람들이 이곳에 모여 들었던 거죠. 더구나 천년의 맥이 끊어졌던 고려청자의 맥을 다시 잇게 된 것은 대방동 가마에서 조각부를 맡았던 해강 유근형 옹이 평생을 바친 덕이지요. 그분은 평생을 고려청자 재현을 꿈꾸셨던 분이예요. 아름다운 청자를 만들기 위해 좋은 태토와 유약이 될 만한 광원을 찾아 전국 방방곡곡 발길 닿지 않은 곳이 없었어요. 결국 이천에 확실하게 청자의 맥을 이어 놓고 가셨답니다. 그런 분들이 있는가 하면 내가 아는 어떤 도공은 밥맛이 너무 좋아서 이천에 눌러 앉았다는 사람도 있습니다. 어느 날 이천에 볼 일 보러 왔다가 어느 집에서 밥 한 그릇을 얻어먹었는데 쌀이 하도 좋아서 반찬 없이 밥만 먹어도 꿀맛이더랍니다."

"그럴 수 있겠네요. 기름진 고슬고슬한 흰 쌀밥은 배고픈 사람들의 로망이었을 테니까요."

 여인과 이런 저런 이야기를 하는 동안 해연도요에 도착했다.

 "누추하지만 차를 한 잔 하고 가시겠습니까?"

 내가 차에서 내리자 여인도 운전석에서 내려섰다. 나는 차에서 내린 여인의 은은히 반짝이는 소재의 회색 바지와 재킷이 푸른 하늘색 머플러와 조화를 이루어 잘 다듬어진 청자 같다는 생각에 빠졌다. 저런 빛깔의 청자를 만들 수는 없을까? 나는 자신도 모르게 여인에게 다가가 얇게 비치는 하늘색 스카프를 회색 재킷에 겹쳐 햇빛에 비추어 보았다. 여자는 재킷 자락을 쳐들자 잠시 당황한 듯 멈칫거렸지만 곧 나의 마음을 읽은 것 같았다.

 "이런 빛깔을 낼 수만 있다면……."

 은은한 비취색이지만 고급스럽고 투명한 색상에다 속에서는 숨은 광택이 배어나왔다. 여자가 나의 그런 행동을 지켜보며 손으로 입을 가리며 잔잔하게 웃었다.

 "차는 다음에 꼭 한 잔 청하겠습니다. 선생님의 도자기도 보고 싶고 작업하시는 모습도 보고 싶네요. 그런데 오늘은 어둡기 전에 동해에 도착해야 할 일이 있어서요."

 "어이구, 그렇습니까? 그러자면 서둘러야겠습니다. 죄송합니다."

"예. 그럼……."

여자는 나에게 공손히 고개 숙여 인사를 올리고 급히 자동차에 올랐다. 차창을 내리고 그녀가 또 한 번 고개를 까딱해 보이며 그곳을 떠났다. 나는 사라지는 자동차의 뒷모습을 바라보는 동안 그녀와의 인연이 여기서 끝이 아님을 감지했다. 만날 사람은 어디서든 만난다는 말이 입에서 새어나왔다.

5. 탐욕

"마음을 비우지 않으면
그릇이 채워지지 않는다 했다.
네 눈에는 속이 비어있는 그릇만이 멋져 보일
것이니 어떤 선생이 그것을 깨우치겠느냐?"

세기도요에서는 잔치가 벌어졌다. 요 앞마당 평상에 술과 고기와 떡이 한 상 차려졌다. 한쪽에서는 큰 가마솥을 걸어놓고 구수한 소머리국을 끓였다. 아낙네들이 김이 펄펄 나는 뜨끈한 국을 한 그릇씩 퍼서 잘 익은 김치와 함께 사람들 앞에 놓아주었다.

"결국 복 받는 사람은 따로 있다니까……. 해연이 갑자기 사라질 줄 누가 알았겠어? 그 덕에 우리 정토선생이 갑자기 스타가 된 거 아니냐고."

세기도요 직원들은 국밥에 막걸리 사발을 들이키며 얼큰해서 떠들었다. 정토 정산택은 몇몇 귀빈들과 홍보실에서 녹화된 비디오테이프를 다시 보고 있었다.

정산택은 짧은 머리에 붙임 머리를 만들어 상투를 틀고 이마에 하얀 무명 띠를 둘러 뒷머리에 가서 묶었다. 말 할 것도 없이 하얀 무명 한복을 입고 일하기 좋은 길이만큼 소매를 걷어 올렸다. 원래 그에게는 없던 수염을 준비위원회 측에서는 기어이 만들어 달게 했다. 분장사가 그에게 멋진 상투와 반백의 수염을 달아 주었다. 아주 가까이에서 거울에 비추어 봐도 가짜 수염이 정말 진짜 같았다. 제자들이 모두들 수염이 너무 잘 어울린다고 부추겼다. 이미 배포된 팸플릿 속의 도공, 즉 해연이 수염을 길게 늘어뜨리고 있었기 때문에 수염은 필수적이었다. 안내 책자에 들어있는 도공의 모습과 정산택의 모습은 거의 똑같았다. 마지막 단장을 끝내고 점검을 받기 위해 준비위원장 앞에 데려온 정산택을 보고 그는 고개를 끄덕였다.

"똑같군. 내 눈에도 똑같아 보이는데 외국인들 눈에야 더 똑같아 보이겠지."

강실장은 혼잣말로 중얼거린 다음 정산택에게 손을 내밀었다.

"정토 선생님, 잘 부탁합니다. 오늘 하루는 정토 선생이 아닌 해연 선생이 되어주시는 거 잊지 마십시오."

"염려 마세요. 대한민국의 명예가 달린 문젠데 제가 경솔하게 행동하겠습니까? 저도 대한민국 명장입니다."

정산택은 뼈있는 소리를 기어이 한 마디 하고야 자기 자리에 가서 앉았다. 그는 소매를 좀 더 걷어 올리고 제자들이 준비한 준비물과 시연회 도구들을 점검했다.

"준비는 완벽합니까?"

준비위원들이 긴장된 모습으로 그에게 다가와 또 한 번 확인을 하고 점검을 마쳤다. 초청된 관객들의 박수갈채와 함께 그들이 자리에서 일어섰다. 정상들의 입장이 시작되었다. 한국 대통령이 먼저 호텔 시연회장으로 들어오고 이어서 미국, 중국, 일본 정상들이 경호원들의 호위를 받으며 시연회장에 들어섰다. 정산택은 이미 물레에 꼬박을 정확하게 올려놓고 양손에 물을 묻혀 두 번째 매병을 만들기 시작했다. 그의 양옆에서는 3명씩의 제자들이 미리 건조시켜 온 매병의 굽을 깎거나 그림을 그려 넣거나 유약을 바르는 공정을 시연하고 있었다. 그들은 잠시 자기들의 자리에 앉아 정산택의 손놀림을 지켜보았다. 두 번째 매병이 완성되었다. 세 번째 꼬박을 물레에 다시 올려놓았을 때 경호원들에게 둘러싸인 미국 대통령이 정산택에게 다가와 영어로 질문을 하자 통역이 다시 한국말로 물어왔다.

"당신의 손재주가 비상해 보입니다. 당신은 이 일을 몇 년 동안이나 해 왔습니까?"

정산택은 엄지로 꼬박의 중심을 누르면서 형태를 만들어 나갔다. 꼬박에서 손을 떼지 않은 채 그는 '30년'이라고 대답했다. 손을 바깥쪽과 안쪽으로 옮겨가며 다듬어 나가자 그릇의 형태가 잡혀갔다. 물레는 쉴 새 없이 돌아가고 도공의 손이 닿을 때마다 흙은 흙이 아닌 생명을 잉태하는 듯 했다. 물과 함께 손에 묻은 흙을 긁어가며 서슴없이 쓰다듬었다. 넓은 화병 모양이던 것을 도공이 마술처럼 주둥이를 오므리기 시작했다. 점점 엉덩이는 넓혀가고 주둥이는 좁혀가자 목이 날씬한 주병 모양을 드러내기 시작했다. 드디어 매끈한 엉덩이를 흔들면서 주병이 완성되었다. 물레에서 주병의 모습을 완벽하게 갖춘 그릇을 떼어내는 순간 "브라보!" 하며 박수가 터져 나왔다. 중국 총리와 일본 수상도 박수를 치며 정산택에게 다가갔다. 그들은 다시 정산택이 이미 건조시켜 온 주병을 손질하는 과정과 문양 새기는 일과 초벌구이 된 토기에 그림을 그려 넣는 공정을 가까이에서 지켜보았다. 정산택은 준비해 온 초벌구이의 항아리를 각각 하나씩 네 정상들에게 나누어 주었다. 주병은 경사가 심해서 그림이나 글을 써넣기가 까다로워서 경사가 대체로 완만한 항아리를 선택한 것이다. 그들은 이미 머릿속으로 준비했던 글씨를 써 넣거나 그림을 그려 넣고 자신들의 사인을 넣었다. 한국 대통령은 한글로, 미국 대통령은 영어로, 중국 총리는 한자로, 일본 수상은 히라가나 가타가나로 각각 의미 있는 글을 썼다. 그것은 유약을 발라 가마에서 구워 완성시킨 후 그들에게 전해질 것이라고 통역하자 정상들은 어린아이처럼 좋아했다. 미국 국무장관은 정상들의 사인이 끝나자 곧바로 자기도 글을 하나 쓰겠다며 준비된 초벌 도자기를 요청했다. 30분으로 예정되었던 시연회가 거의 1시간 정도로 길어졌다. 정상들 외에 그 나라를 대표하는 정계, 재계 인사들도 자신의 글이 담긴 도자기를 가지고 싶어 했지만 행사 도중에는 글쓰기가 금지되었다. 행사 후 초벌 도자기에 글 쓸 시간을 따로 주기로 하였다. 미국 측 수행원들이 정산택의 시연회 외에 진열된 몇 점의 특별한 도자기에 깊은 관심을 보여 꼬치꼬치 묻고 설명하는 바람에 시간이 예상보다 지체되었다.

 TV로 생중계되었던 현장을 녹화 테이프에 담아 정산택에게 한 개가 전달되었던 것이다.

 "정토 선생님도 앞으로 수염을 기르셔야겠습니다. 저렇게 잘 어울릴 수가 있나. 정말 오래 전부터 길러 오신 듯합니다."

　도예인협회장과 한청도요 진일남이 정산택의 매끈한 얼굴을 돌아보며 웃었다. 그는 마지못해 따라 웃으며 자기의 턱을 쓰다듬었다. 웃고 있기는 했지만 해연의 모습을 흉내 내고 있는 자신의 모습에 자존심이 상했다. 준비위원회 측의 다급한 부탁을 받아들이는 조건의 조율이 쉽지만은 않았다. 준비위원회는 팸플릿에 찍힌 해연의 모습과 같은 모습을 갖추고 시연회장에 나와 주기를 바랐고, 정산택은 원래 자기는 머리를 묶지 않고 수염을 기르지 않으니 그것만은 할 수 없다고 버텼다. 애초에 그쪽에서 원하는 같은 모습이라 함은 긴 머리와 긴 수염을 두고 한 말임을 알지만 계산 빠른 정산택은 억지를 한 번 부려본 셈이었다. 같은 지역의 또 다른 세 명의 대한민국 명장은 청자를 만들지 않거나 나이가 해연보다 훨씬 어리거나 훨씬 많거나 하여 해연을 대신할 수가 없었다. 이미 거기까지 계산이 선 정산택은 되도록 유리한 조건을 끌어내기 위해 마지막 순간까지 까탈을 부렸다.

　그는 주변 사람들이 모두 인정하는 수완 좋은 사업가였다. 도공이라기보다는 도자기 사업가라고 함이 옳다고 말하는 사람들도 많았다. 그는 원래 무역업에 종사했다. 일본과 주로 교역을 하던 업체였는데 일찍부터 일본을 드나들면서 돈 될 만한 상품을 찾은 것이 도자기였다. 차를 좋아하는 일본인들이 한국 다기를 매우 선호한다는 사실을 알고 다구 세트를 그들에게 선보이기 시작한 것이 그의 사업에 번창을 가져왔다. 주문 받은 것 외에 여분으로 컨테이너에 싣고 간 도자기도 가져가는 족족 다 팔고 돌아오는 호황을 누렸다. 중국에도 슬며시 명함을 내밀어 보았는데 중국 부자는 일본 사람과는 상대가 되지 않을 정도로 통이 컸다. 고가의 물건으로 최상의 상품을 원했고 그 물량도 상당했다. 어느 정도 고정 거래처도 확실해지고 회사도 안정권에 들어 먹고 살만 해지자 그는 일본, 중국과의 도자기 무역을 아내에게 맡기고 자신은 도자기 만드는 일에 뛰어 들었다.

"남보다 늦게 시작했으니 남보다 열 배 열심히 하면 되는 거잖아."

그는 친구들 앞에서 죽기 살기로 열심히 할 것이라고 선언하고 나섰다. 초창기부터 중국으로 일본으로 무역을 해왔던 터라 도자기 보는 눈이 남보다 탁월한 장점도 있었다.

"다른 도공들은 고집이 센데다가 우물 안 개구리지만 나는 내 목적을 달성할 때까지는 자존심도 고집도 다 버릴 수 있어."

　그때부터 아내에게 바깥일과 회사 운영을 맡기고 그는 도자기 만드는 일에만 전념했다. 그가 장담했던 대로 기술이나 비법을 한 가지라도 더 배우고 알아내기 위해 자존심을 버렸다. 쌀 한 가마니 지고 가서는 뻔뻔스러울 정도로 선배들 집에 들러붙어 지냈다. 선배들도 내놓고 뿌리치지는 못하는 입장이었다. 예로부터 대장(도자기 공장의 우두머리)들이 말은 무뚝뚝하게 해도 대체로 인정이 많아 열심히 일 배우겠다는 사람을 내치지는 않는 법이었다. 몇몇 솜씨 좋은 대장들이야 그나마 대접 받으며 먹고 살만한 시대도 있었지만 양은과 플라스틱이 범람하는 현대에 들어서면서 도자기는 사양길에 접어들고 대장들은 요장을 떠났다. 밑에서 일하던 사람들은 갈 곳 없이 춥고 배고픈 시대가 되었다. 그들은 배운게 도둑질이라고 그릇밖에 빚을 줄 모르니 하나 둘 도자기 공장(도요)을 차리게 된 것이었다. 그 당시만 해도 뒷산에서 흙 파다가 나무 재를 유약으로 손수 만들어 썼으니 노동은 힘들어도 가마 박는 일 외에는 크게 돈 들어 갈 일이 없는 사업이었다. 정산택은 재정난으로 넘어가는 공장을 인수하여 도자기 공장을 시작했고 일본에 도자기를 팔아주며 단골이 되었던 공장들을 찾아다니며 인심을 썼다. 쌀이며 부식을 싸들고 와서 일까지 거들어 주니 선배들도 그를 무시할 수가 없었다. 자기가 가진 노하우를 특별한 노하우라고 생각지도 않았던 순박한 사람들은 기술을 하나씩 가르쳐 주고 그에게 기회를 주었다.

"이 사람아, 도자기 안 만들고 뭐해?"

실패작 몇 점을 놓고 각각의 흙 맛을 비교하기도 하고, 재를 꺼내 냄새를 맡아보고 깨진 파편을 비교해가며 하루 종일 그릇에 매달려 있는 그에게 선배 도공이 물었다.

"연구를 좀 하고 있습니다."

"연구는 무슨 연구? 자꾸 만들면서 깨닫는 거지. 어서 나와 일해."

선배들은 지문이 닳도록 죽어라고 일하다 보면 저절로 알게 된다고 답답한 말을 했지만 그의 생각은 달랐다. 실패작은 왜 실패했는지 분석하고 그 원인을 찾아내어 다시 실패하지 않아야 한다는 것이 그의 생각이었다. 좀 더 머리를 짜내고 연구를 해서 다음번에는 좀 더 나은 도자기를 개발해야 한다고 믿었다. 머리가 비상하고 재주가 좋아 도자기 만드는 일도 남보다 수월하게 터득했다. 어느 정도 그릇 만드는 일이 손에 익자 이번에는 체면불구하고 성공한 유명 도공들을 두루 찾아다니며 모르는 것은 묻고 또 묻고 다녔다. 특별해 보이는 완성품이 가마에서 나오면 어떻게 해서든지 그 흙이나 유약을 얻어다가 자기가 만들어 보곤 했다. 같은 흙, 같은 유약임에도 선배들 그릇과 다르게 나오면 몇 번이고 다시 만들어 구웠다. 돈 될 것이면 끝까지 물고 늘어지던 장사치 근성이 도자기를 만드는 일에는 집념으로 나타났다. 워낙 친화력이 좋은데다가 경제적으로 여유가 있는 편이어서 선배들에게 밥 잘 먹이고 술 잘 사면서 가까이 지냈다. 가까운 도공들은 급히 돈이 필요하면 정산택에게 달려갔다. 그는 푼돈은 언제라도 빌려 주었다.

　"빌려주는 대신 약속 날짜는 꼭 지키겠다고 약속하세요. 만약 그 날짜에 돈을 갚지 못하면 선배님 작품 중에 제가 갖고 싶은 도자기로 갚는 겁니다."

　그는 다짐을 받고야 돈을 빌려 주었다. 그 약속은 철두철미하게 지켜졌다. 살림이 어려운 도공들은 그를 가까이 하지 않을 수 없었다. 돈을 제 날짜에 못 갚으면 그가 요구하는 도자기를 돈 대신 주면 되므로 큰 부담을 느끼지도 않았다. 가져다 쓴 돈보다 시중 가격이 다섯 배 이상 비싼 도자기를 요구했지만 당연히 그러려니 하며 내주었다. 선배 도공들이 수 십 수 백 차례씩 도자기를 만들면서 이리 해보고 저리 해보며 알아낸 주먹구구식의 방식들을 그는 이론으로 정립

해 나갔다. 선배 도공들의 머릿속에만 들어있는 흙과 안료와의 상호작용 관계를 그는 과학적, 물리적으로 증명해 보이는 논문을 발표하고 특허를 따냈다. 다들 "그거 우리도 다 알고 있던 일 아니야?" 하고 어이없어 했지만 아무도 그를 비난하지는 못했다. 내 것도 아니고 네 것도 아닌 것을 체계적으로 확립하여 그가 자기 것으로 만들었지만 누군가는 한 번 정리해야 할 필요성이 있다고 인정했기 때문이었다.

"요새는 도공도 많이 배우고 볼 일이야. 우린 도자기 만드는 일 빼놓고는 무식한데다가 너무 바깥세상을 모르고 살았어."

모두들 그의 약삭빠르고 앞서가는 머리에 혀를 내둘렀다. 그는 선배들의 도움을 받아 가마를 수리하고 전적으로 자신의 가마에서 도자기를 구워냈다. 처음에는 분청, 백자, 청자를 가리지 않고 만들어내더니 차츰 백자를 주 품목으로 삼았다. 거의 매일 선배들의 집을 돌아가면서 들락거리던 그의 얼굴을 보기가 어려워졌다. 그의 가마에서는 자주 연기가 피어올랐다. 가마에 불 때는 것을 거들어준 거나꾼 이야기로는 제법 모양새를 갖춘 도자기가 구워져 나왔다는 소문이었다. 그가 만든 도자기는 구경조차 할 수 없었다. 비책이라도 숨겨진 그릇처럼 밖으로 내보내지 않고 안에 움켜쥐고 있다가 일본으로 전량 수출한다는 말도 있었다.

"무슨 비밀이 그리 많은지……. 만나도 도통 자기 이야기는 안하는 사람이니까."

"변해도 너무 변했어. 그렇게 싹싹하게 굴고 밥 사주고 술 사주던 사람이 당체 우리랑은 어울리길 싫어하니 말이야."

"그땐 목적이 있었고 이젠 목적을 달성했으니까 우리가 필요 없는 게지. 신경 쓰지 마. 뭐가 그렇게 안타까워서 그래?"

"요샌 유명 인사들하고만 논대. 그것도 서울에서."

"사기장이 사기 안 짓고 서울서 뭘 한 대?"

"듣기 싫어 그만들 해. 없는 사람 이야기는 왜 자꾸 하는 거야. 있는 사람 안부나 물어."

도공들은 모이면 간혹 그의 이야기를 하다가 원로 선배의 쓴 소리에 입을 다물었다. 1년, 2년 세월이 지나자 그에 대한 관심도 사그라졌다.

그럭저럭 10여 년의 세월이 흘러갔다. 어느 날부터는 낮에 작업실에서 도자기를 만드는 시간보다는 외출하는 일이 부쩍 잦아지고 작업은 주로 밤이나 새벽에 한다고 했다. 도대체 무슨 일을 벌이고 다니는지 혼자서 백방으로 돌아다니더니 놀랍게도 노동부로부터 도예명장을 취득했다. 그동안 필요한 서류를 만들고 자세한 내용을 알아보러 발바닥이 닳도록 서울로 드나들었던 것이다. 또래에서는 제일 늦게 도자기를 시작한 그가 도예명장이 되자 지역에서는 화젯거리가 되었다. 지역 명장은 선정 기준이 너무 까다로워서 대한민국 명장에 도전했다는 말이 파다했다. 지역 명장은 30년 이상 같은 일에 종사해야하지만 대한민국 명장은 20년 이상에 만 50세 이상이면 된다는 기준이었다.

"그 사람이 명장의 자격이 된다는 거야? 그릇 만든 지 무슨 20년이 됐다고? 말도 안 되는 소리."

"명장의 조건에 무슨 나이가 필요하고, 경력이 필요하며, 누구의 추천서가 필요한지 한심하군. 남보다 기능이 뛰어나면 명장인 거지. 명장제도가 과연 도자기 기능인을 위한 것인지 의문이야. 나는 진정한 명장이 되어보고 싶었는데 내 꿈이 사라져 버렸어."

"명장은 무슨 놈의 명장? 도공은 백 프로 도자기 작품으로 승부해야지 서류로 심사한다는 게 말이나 돼?"

정부를 비난하는 사람들도 있었고,

"그 사람 그리도 열심히 하더니 기어이 성공했구면."

아예 그런 쪽에 관심 없는 사람 중에는 긍정적으로 축하해주는 사람들도 있었다.

"노동부에서 주는 명장이니 노동자, 기능자라는 뜻이야.
더 확대 해석할 것 없어."

"비상한 머리는 그럴 때 쓰라고 있는 거겠지. 누굴 탓하겠
어? 어리석고 멍청한 우리 자신을 원망해야지."

자포자기하며 코웃음을 치는 도공이 대부분이었다.

흙을 만지는 사람들의 대부분이 모질지도 못하고 싸움도
귀찮아하는 것이 공통적인 성격이라 그에 대한 비난과 수군
거림은 잠깐 그러다가 지나갔다. 윗대의 도공들은 '외곬이라
서 평생 도자기를 만든 것이 아니라 그것밖에 할 줄 몰라서
도자기를 해왔다'고 말하는 경우가 많다. 처음 시작은 그랬을
지 모르나 몇 십 년의 세월이 흐른 후에는 그것이 아니라
정말 그 일을 좋아하고 그 일에 마음이 동해서 그 일을 해
왔음을 깨닫는다. 그러나 그 사실을 깨닫고도 그들은 겸손하
게 '그것밖에 할 줄 몰라서'라고 말하는 경지에 다다르고
그때 비로소 그들은 스스로 '도공다운 도공이 되었다'고 믿어
왔다. 손은 익어 있고 마음은 비어 있을 때 진정 힘 있고,
신비한 도자기가 완성된다고 대장(도공의 우두머리)들은
말해 왔다.

명장까지 따낸 정산댁은 자신의 뿌리를 만들어줄 스승이

필요했다. 그는 자기가 무역업을 하던 당시 다기를 일본에 가장 많이 팔아준 다른 지역의 선배 도공을 찾아갔다.

"선생님, 제 스승이 되어 주십시오. 선생님 덕분에 도자기에 눈을 떴고 그래서 장사를 접고 도자기 만드는 일을 시작했으니 마음의 스승이 분명하질 않습니까? 이제 부끄럽지 않은 제자가 되어 찾아뵈었습니다."

정산택은 도예명장이 되었다는 인사를 올리고 자기의 스승이 되어달라고 부탁을 했다.

"마음을 비우지 않으면 그릇이 채워지지 않는다 했다. 네 눈에는 속이 비어있는 그릇만이 멋져 보일 것이니 어떤 선생이 그것을 깨우치겠느냐?"

원로하신 선생이 그에게 그렇게 말하며 거절했다는 소문이 나돌았다. 그렇거나 말거나 도예명장이 된 이후 그의 콧대는 하늘 높은 줄 몰랐다. 그렇게 부지런히 드나들던 선배들 집에는 발걸음을 끊었다. 함께 어울려 술 마시고 밥 먹고 노래 부르던 일도 같은 지역 도공들과는 일체 하지 않았다. 그는 근엄하게 변했고 지역 사회에서는 가장 권위 있는 대(大) 도예인으로 행세하려 들었다. 그런 그가 4개국 정상들 앞에서 도자기 시연을 해 보일 기회를 해연에게 빼앗겼던 것이었다.

결국 그는 다시 온 이 기회를 놓치지 않았다. 겉모습을 해연과 똑같이 하는 조건은 받아들이되 자신을 홍보할 수 있는 조건은 단 한 가지도 양보하지 않았다.

"아무리 대역이지만 작가 이름을 바꾸라든지 도요 이름을 바꾸라는 것은 작품 하는 사람들에게는 수치요 모욕입니다. 그것까지 요구한다면 저는 사양하겠습니다. 다른 도공을 찾아보시지요."

정산택은 사실 다시 찾아온 이 기회를 다른 누구에게도 넘겨 줄 마음은 애초에 없었다. 해연도요 유한주가 정상들 앞에서 시연할 도공으로 선정됐을 때 그가 얼마만큼 시연자를 자기로 바꾸려고 노력했던가. 줄 닿는 국회의원은 다 만나 부탁하고 청와대와 줄을 대려고 동분서주 했었다. 그 과정에서 선물로 들고 가서 갖다 바친 대작 도자기만도 열 점이 넘었다. 그 노력의 결과는 대통령이 해연을 선택했기 때문에 대통령의 마음을 바꾸지 않는 한 도공을 바꿀 수는 없다는 것이었다. 그는 그 말을 듣던 날, 다리가 풀려 땅바닥에 털썩 주저앉았었다. 대통령의 마음을 바꿀 수 있는 사람은 대통령 자신 밖에 없었으니 불가항력적인 일이었다. 그는 본인이 할 수 있는 일은 다 한 것이라 포기하면서도 제발 변수가 생기기를 빌었다. 그런 기도가 하늘에 닿아 해연

유한주가 증발하는 사태가 벌어져 덕분에 대역이지만 자신에게 기회가 주어진 것이다. 그런 기회를 놓칠 정산택이 아니었다. 그럼에도 불구하고 다른 도공을 찾으라고 큰소리치고 있었다. 준비위원회의 다급한 상황을 최대한 이용하려는 계산이었다. 준비위원회는 애가 타서 그의 요구 조건을 전폭 수용했다. 이미 대통령에게 해연이 증발한 사실이 보고된 상황이므로 국외적인 망신만 피해가면 되는 일이었다. 그래서 얻어낸 조건은 시연회가 끝나고 각 언론사들과 인터뷰를 할 때는 해연의 인생이 아닌 정산택 자신의 인생을 말해도 좋다는 것이었다. 팸플릿에 소개된 해연의 약력이나 인생과 다르다는 것을 매스컴에서 알게 되겠지만 굳이 도공이 바뀐 내용을 캐물을 사람은 없을 것이라 믿었다. 비록 시연회에서 피치 못할 사정으로 팸플릿의 해연과 같은 모습으로 시연을 했지만 도요 이름과 도예가 이름까지 바꿀 수는 없음을 정부 측에서도 이해하는 입장이었다. 만약 정부 측에서 끝까지 해연의 약력까지도 대역을 해야 한다는 조건을 굽히지 않았더라면 정산택은 눈물을 머금고 시연회를 거부할 수밖에 없었을 것이다. 자신에게 돌아올 혜택이 아무것도 없을 것이기에. 정산택의 말처럼 도요나 도예가의 이름이 그들의 가장 큰 자존심의 상징임을 정부에서도 모르지 않았다. 양쪽은 서로 필요에 의한 조건을 주고받는 선에서 해결을 보았다.

방송의 위력은 대단했다. 시연회 이후 세기도요에는 국내외 인사들의 도자기에 대한 전화 문의가 끊임없이 이어졌고 주문이 쇄도했다. 정산택이 기대했던 것이 바로 그것이었다. 일반 대중들에게 청자에 대한 관심을 갖게 하고, 국가 정상들이 인정하는 작가임을 보여주고 싶었던 것, 그것이 그가 바라던 바였다. 시연회장에 진열되었던 자기 작품인 매병, 주병, 항아리, 주전자 등이 TV에 소개된다는 일은 일 억원짜리 CF 광고보다도 효과가 더 크다는 것을 그는 이미 알고 있었다.

세기도요에서 잔치를 벌인 것은 정산택이 또 다른 전시효과를 노리려는 목적도 다분히 있었다.

해연의 대역으로 시연을 했다는 파다한 뒷말들을 잠재우기 위해서였다. 이미 해연도요의 유한주가 4개국 정상들이 참석한 시연회에서 시연을 하기로 했다는 것은 소문이 나 있었지만 중간에 사정이 있어서 본인으로 뒤바뀌었다고 말 할 기회가 필요했기 때문이었다. 잔치에는 지역 단체장들과 중앙지와 지역 신문의 문화부 기자들도 초청되었다. 알만한 정치계 인사들도 잠시 얼굴을 내밀었다. 정산택에게서 도자기를 선물 받은 인사들이었다.

"정토 선생 축하합니다. 이제 사 개국 대통령들이 인정한 도예인 아닙니까? 대한민국 명장이 아니라 이젠 세계의 명장이십니다."

아첨이 하늘을 찌르는 그들의 칭찬에 몇몇 사람들은 눈살을 찌푸렸다.

"우리 대통령께서 추천하셨다지요? 그분의 도자기 보시는 안목이 대단하다고 들었는데 정말 그런 모양입니다."

저마다 눈도장을 찍고 가는 것으로는 아쉬운지 아부의 인사를 한 마디씩 건네고 돌아갔다. 정산택을 따르는 제자들은 스승의 위치가 굳건해야 한다는 사실을 뼈저리게 느끼고 있는 터라 그들과 장단을 맞추었다.

"대통령께서 금일봉을 하사하셨다는데 금일봉의 액수를 모두들 궁금해 합니다. 공개할 수는 없습니까?"

한 기자가 카메라를 들이대며 속을 긁었다. 기자는 뭔가 금일봉에 대한 내막을 알고 있는 듯 했다. 실인즉 그 금일봉은 금일봉이 아니었다. 정산택이 대통령께 도자기 한 점을 선물했는데 대통령께서 도자기를 그냥 받을 수 없다 하여 지급된 도자기 값이었다. 시연회가 끝나고 뒷마무리가 끝난 상태에서 정산택은 정상회의 준비위원회 사무실에 잠깐 들르라는 전갈을 받았다. 그가 사무실에 들어서자 박비서가 그를 반가이 맞았다.

"수고 많으셨어요. 아무 탈 없이 잘 끝났습니다. 외국인들이라 그런지 아무도 해연 선생이 아니라는 걸 눈치 채지 못한 것 같아서 천만다행입니다."

그 말에 정산택은 비위가 상해 선 채로 용건을 물었다.

"절 보자고 하셨다는데 무슨 일이신지……."

"아, 예. 이걸 전해 드리려고요."

그가 금박으로 봉황이 그려진 흰 봉투를 내밀었다. 대통령만이 사용하는 금박 봉황 마크가 그의 가슴을 설레게 했다.

"이게 뭡니까?"

"대통령께서 정토 선생님께 전하라고 하셨습니다."

"그럼, 금일봉인 셈인가요?"

"아, 그런 건 아닙니다. 아까 선생님께서 제 편에 전해주신 대통령께 드린 도자기 값입니다. 그렇게 귀한 작품을 그냥 받으실 수 없다고 하시면서 적지만 도자기를 각하께서 구입하신 것으로 하고 싶다고 하셨습니다."

박비서는 정중하고 예의 바르게 그를 대하고 있었지만 정산택은 그 꼴마저도 눈에 거슬렸다. 이미 대통령께 뇌물로 건네려고 한 자기의 속내를 꿰뚫어 보고 있으면서도 모르는 척 예의를 갖추고 있는 박비서가 얄미웠다.

"잘 알았습니다. 각하께서 예술가들을 그처럼 깊이 배려해 주시니 감사할 따름입니다. 저는 선물로 드린 것인데 각하께서는 가난한 예술가들의 작품을 이렇게 돈으로 갚아 주시니 이보다 더 훌륭한 일이 어디 있겠습니까? 감사한다고 전해 주십시오."

정산택은 봉투를 양복 안주머니에 넣고 돌아섰다. 이유 없는 선물은 받지 않겠다는 건가, 돈을 전할만큼 귀하게 받겠다는 건가 도무지 대통령의 봉투가 어떤 의미인지 감이 잡히지를 않았다. 더구나 봉투를 열어 돈의 액수를 확인한 정산택은 언짢은 기분을 쉬 지울 수가 없었다. 도자기 값이라고 하기에는 너무 자존심이 상하는 금액이었다. 작품을 돈만큼의 헐값으로 평가하겠다는 저의가 숨겨져 있는 것은 아닌지 의심스러웠다. 안 그래도 그것 때문에 마음 상해 있는 정산택에게 중앙 일간지에서 취재 온 문화부 기자가 금일봉의 내막을 알고 있다는 듯이 질문을 던진 것이다. 껄끄러운 질문이었지만 정산택은 그 질문에 답을 하는 형식으로 자기 홍보의 기회로 삼았다.

"이미 알고 계시니 숨길 수도 없게 됐네요. 맞습니다. 기자님 말씀대로 대통령께서는 제게 금일봉을 하사하셨습니다. 그러나 그것은 그날 도자기 만드는 과정을 시연을 해줘서 고맙다는 뜻의 하사금이 아니었습니다. 제 작품 한 점을 구입하신 도자기 값이었습니다. 저는 선물로 드리고 싶어서 극구 사양했지만 각하께서는 혼이 담긴 예술가의 작품을 그냥 받을 수 없다고 하시면서 값을 치르신 것입니다. 엄격하게 말하면 금일봉은 아닌 셈이지요. 저는 감동을 받았습니다. 친구 사이에도 그저 공짜 도자기 한 점 빼앗아 가려고 눈이 시뻘건 세상에 그렇게까지 배려해주시는 분의 마음이 얼마나 따뜻합니까? 본받아야 할 점이라고 생각합니다."

기자들이 부지런히 받아 적고 있었다. 정산택은 말을 마치고 일일이 그들에게 술을 한 잔씩 권했다.

"이건 보통 술이 아닙니다. 우리 지역 전통주 예비 명장께서 축하주로 직접 담가서 보내주신 술입니다. 그 귀한 술을 이 귀한 청자주병에 담았으니 그야말로 금상첨화가 아닙니까? 주병이 숨을 쉬고 있으니 술이 살아서 향기를 품어내고 있습니다. 자, 제가 따라드리는 술로 청자 잔을 채우세요. 건배를 하겠습니다."

정산택은 사람들 사이를 누비고 다니며 '청자운학문주병'의 술을 청자 잔에 가득 따랐다. '해연 선생, 고맙소. 당신 덕에 내가 드디어 빛을 발하는구려.' 그는 항상 자기보다

한 수 앞서가는 선배 해연에게 마음속으로나마 감사해하자고 자신을 달랜다. 겉으로 해연의 이름을 들먹일 일은 없었다. 그것은 이 자리에서 서로 묵계처럼 지켜야 하는 금기 사항이기 때문에 그 누구도 입 밖으로 그 이름을 꺼내지 않을 것이다. 잔치는 먹는 자들의 잔치일 뿐 베푼 자의 잔치는 아니었다.

6. 교신

"그릇은 채울 수도 있고 비울 수도 있어.
마찬가지로 마음 역시 채울 수도 있고 비울 수도 있다.
무엇으로 채울지 생각해 봐라. 네가 진정한 사기장이
되기 위해서는 애비의 전철을 밟아서는 안 돼."

따뜻한 물에 샤워를 하고 긴 머리를 샴푸로 정성스럽게
감아 빗어 말리고 한복을 새로 갈아입었다. 거울 속에서
나 아닌 나를 보았다. 눈빛이 빛나고 얼굴이 빛났다. 나는
내 모습이 변했다는 것을 알았다. 자리를 털고 작업장으로
나서는 나를 연화가 달려와 반겼다. 사흘 쯤 잠만 잤다며
모두들 나를 이상하게 쳐다보았다. 나는 그들의 반기는 인사
를 뿌리치고 전시장으로 발을 옮겼다. 진열되어 있는 전시장
의 도자기가 눈에 들어왔다. 한 쪽에는 선배 도공들의 도자기
가 전시되어 있었으며 한쪽에는 내 작품이 시대별로 진열되

어 있었다. 내 작품마다 도자기 이름 옆에 판매가가 적힌 작은 팻말이 손님의 손길을 기다리는 창녀처럼 손을 흔들고 있었다. '나는 천만 원짜립니다. 나를 사 가세요. 나를 가지시라고요.' 도자기들이 서로 자기 몸뚱이로 고객의 시선을 끌려고 저마다 빛을 발하는 모습이 역겨웠다. 나는 와락 내 작품들을 진열대에서 모두 다 쓸어내렸다. 맑고 청아해야 할 '쨍그랑' 소리가 탁하고 무뎠으며 칼날같이 예리한 비명 소리로 들리지도 않았다. '쨍그랑, 와장창' 그릇 깨지는 소리에 연화와 직원들이 달려왔다.

"아버지!"

"선생님!"

발밑에 깨어진 수 십 점의 도자기 파편들을 보는 순간 요장 식구들은 다들 입을 다물지 못했다. 개중에 한두 개는 나둥그러진 채 깨어지지 않은 것도 있었는데 전시장 직원이 그것을 챙겨 들었다. 나는 그 손에서 도자기를 빼앗아 힘껏 바닥에 내동댕이쳤다. 비로소 '쨍그랑' 하는 맑은 소리가 울렸다.

"아버지, 왜 이러세요? 이미 예약 주문 받아 놓은 것들이 태반인데 이 일을 어떻게 해요?"

"이 허접 쓰레기 같은 것들을 누구에게 준단 말이냐? 깨지는 소리 못 들었어? 이제부터 내 허락 없이 도자기

내보내지 마라. 알았냐?"

나는 깨어진 청자의 파편을 밟으며 작업실로 돌아왔다. 속이 후련해지고 머릿속이 밝아왔다. 눈에 보이지 않던 것들이 보이고 가슴을 꽉 막고 있던 응어리들이 풀려 비워진 머릿속을 채워주는 느낌이었다. '그릇을 깨며 비로소 그릇은 다시 태어난다'던 도천 선생님의 말씀의 의미를 알 것 같았다.

"연화야."

나는 딸아이를 불렀다. 내 앞에 나타난 아이의 얼굴은 황당함으로 일그러진 표정이었고 땀과 눈물로 범벅이었다.

"여기 작업실을 좀 정리해야겠다."

느닷없는 요청에 연화는 눈물을 닦으며 어안이 벙벙한 얼굴로 나를 쳐다보았다.

"아버지, 요즈음 왜 그러세요? 정말 어디가 많이 편찮으신 거예요?"

"내 작업실을 안방 옆 서재로 옮겨라. 이 작업장에서는 너와 박군이 작업을 하되 해연이라는 사인을 넣지 마라."

"예? 그건 또 무슨 말씀이세요?"

"이제 내가 만든 것 외에는 해연이라는 낙관을 쓰지 말라는 이야기다."

어쩔 줄을 몰라 하는 연화를 작업장에 남겨두고 나는 정원으로 나왔다. 며칠 사이에 단풍이 곱게 든 정원수들이 각양각색의 색을 자랑하며 어우러져 있었다. 팔각정자에 먼지가 뽀얗게 앉아 있는 것이 보였다. 바삐 행사를 준비하던 내가 갑자기 사라지고 청와대에서 매일 들락거리며 찾아내라고 닦달을 하는 소란이 일었다. 며칠 만에 나타난 내가 문을 걸어 잠그고 잠만 자는 통에 도요는 열흘 가까이 정신 차릴 틈도 없이 발칵 뒤집혔던 사실을 나는 알고 있다. 매일 물주며 닦아내던 수석에도 흙먼지가 누렇다. 정원 잔디에는 낙엽이 떨어져 이리 저리 나뒹굴고 있었다. 예전에 나는 결코 그런 꼴을 느긋하게 바라볼 수가 없는 성격이었다. 어서 빗자루를 들고 낙엽을 한 곳에 쓸어 모아야 했고, 긴 고무호스를 끌고 와 수석을 닦고 물풀들을 씻어 물갈이를 해주어야 속이 시원했다. 그런데 나는 나도 모르게 너무 변해 있는 자신을 발견했다. 그것들이 자연 그대로 편안하고 아름다워 보였다. 먼지 앉은 정자도 편안하고 흙먼지 앉은 수석도 자연스러운 멋이 풍겼다. 인위적이고 조작적이던 정원이 날리는 먼지와 뒹구는 낙엽과 흩어지는 가랑잎으로 자연의 조화를 이루어내고 있음을 알지 못했고 그것을 보지 못했던 것을 깨달았다.

연화가 안을 정리하고 내 뒤로 다가왔다.

"연화야, 네 눈에 내가 미친 것 같이 보이니?"

"아니요. 아버지를 그 정도로 모르지는 않아요. 아버지, 무슨 일이 있으신 거죠? 요사이 벌어진 일에 대해서 말씀을 좀 해 주세요. 저만은 알아야 하지 않아요?"

"우리 정원이 참 아름답지?"

"정신없어서 통 치우지를 못했어요. 그런데 오히려 산속 깊은 숲속에 와 있는 것처럼 자연스럽고 좋네요. 우리 마당에 낙엽이 저렇게 쌓인 적이 없었는데……."

"도자기도 여기 이 정원과 마찬가지다. 여태 내가 만든 도자기는 자연스러운 아름다움과 진실이 결여되어 있다는 것을 깨달았어. 안에서부터 저절로 우러나는 우아한 기품보다는 기교와 손재주로 만들어낸 얄팍한 세련미에 그쳐 있음이 처음으로 내 눈에 보였다. 나는 오랜 세월 동안 익어 온 나의 테크닉을 믿었던 거야. 사람들의 칭찬에 자만하고 내 솜씨에 만족하며 도자기를 만들었다. 겸손하고 담백한 아름다움은 찾아볼 수 없었어. 40년 도공이라 으스대며 살다가 이제야 작품을 바로 보는 눈이 뜨였으니 이 일을 어찌해야 할꼬?"

"아버지, 꼭 그렇지는 않아요. 아버지는 작품에 진실이 없다 하셨는데 아무도 그렇게 평가하는 사람이 없었어요."

"그건 남들 눈을 속일 수 있는 기교 덕분이었을 거야.

욕심으로 가득 차 있는 손이 빚었는데 거기에 진실이 있을 턱이 없지. 그릇마다 탐욕이 덕지덕지 씌워져 있더라."

 내 뒤를 잇겠다는 딸에게 지금이라도 마음 비우는 방법을 가르치지 않으면 안 된다는 생각이 들었다.

 "그릇은 채울 수도 있고 비울 수도 있어. 마찬가지로 마음 역시 채울 수도 있고 비울 수도 있다. 무엇으로 채울지 생각해 봐라. 네가 진정한 사기장이 되기 위해서는 애비의 전철을 밟아서는 안 돼."

 "도공의 길이 이렇게 어려운 건지 정말 몰랐어요. 점점 더 어려워지는 것 같아요. 멋모르고 재미삼아 하던 때가 좋았나 봐요."

 "지금이라도 늦지 않았다. 난 굳이 여자인 널 도공으로 만들고 싶지는 않아. 흙을 만진다는 것은 결코 낭만적인 일이 아니야. 혼자 극복해야 하는 고독한 싸움이며 몸으로 치러야 하는 힘겨운 노동이다. 그리고 그 길을 지켜나간다는 것은 더욱 외로운 일이 될 것이야."

 연화는 나의 힘겨운 일생보다도 도공의 길이 더 힘겨웠는지 묻고 싶었을 것이다. 나는 연화가 나처럼 살기를 바라지는 않았다. 후계자가 없어 내 대에서 끝난다 해도 별 미련이 없었던 일인데 연화는 도공이 될 결심을 굳혔다. 아마도 동생 아담을 잃고 어미를 잃으면서 아버지에 대한 측은지심과 자책하는 마음으로 아버지의 길을 따르려는 것이 아닌가 싶다.

연화가 손에 쥐고 있던 핸드폰 벨이 울리자 전화를 받으며 '아버지는 전화를 받을 상황이 못 됩니다. 죄송합니다'를 몇 번이고 되뇌고 있었다. 끝내는 손으로 핸드폰 스피커를 막고 내 의향을 물었다.

"아버지, 전화 받아 보셔야 할 것 같아요."

"아니. 오늘은 전화를 받고 싶지 않다. 전화하겠다고 하렴."

"전화 받으실 형편이 못 된다고 했는데도 며칠 전에 만나 뵌 공양주 보살이라면서 급히 통화하고 싶다는데요."

나는 연화가 건네주는 핸드폰을 받아들었다. 그 사이 여러 번 전화를 했었다는 말을 이미 들은 터여서 더 이상 물리칠 수는 없었다.

"보살님, 안녕하셨습니까?"

여자는 급한 용건이라고 말했던 것과는 달리 차분하게 인사치레를 다 하고야 용건을 꺼냈다.

"이번 정상회의 관계자 중에 미국에서 오신 분이 선생님 작품을 한 점 구입하고 싶어 하는데 한 번 만나 주시겠어요?"

"제겐 지금 판매할 작품이 없습니다."

나는 좀 전에 깨뜨려버린 작품들을 떠올렸다. 전시장 외에도 준비된 작품은 많았다. 만약 전시장의 작품들이 내 눈에 거슬리지 않았다면 또 한 점의 미숙아가 미국에까지 입양을 갔을 것이다.

"그럼, 잠시 찾아뵈면 안 될까요? 드릴 말씀도 있고 ……."

"죄송합니다. 지금은 누굴 만날 형편이 되질 않습니다."

"알겠습니다. 다음에 다시 연락드리지요."

나는 거부감 없이 다소곳한 음성으로 전화를 끊는 공양주 보살에게 미안한 마음이 들었지만 그녀와 마주앉아 차를 나눌 심적 여유가 없었다. 이번에는 연화가 무선으로 된 집 전화기를 들고 뛰어나왔다.

"아버지, 전화 받으세요."

"전화 안 받겠다고 했잖니."

"청와대예요. 준비위원장님 전환데 사과는 하셔야 할 것 같아서요."

연화의 말을 듣고 나는 까맣게 잊었던 시연회를 떠올렸다. 국가 행사를 발칵 뒤집어 놓고 아직 전화 한 통도 걸지 않았음을 잊고 있었던 것이다.

"아, 강실장님. 저 해연입니다."

"해연 선생! 나 대통령입니다."

나는 그만 할 말을 잃고 전화기를 놓칠 뻔 했다. 준비위원장이 전화를 걸어 대통령을 바꿀 줄은 몰랐던 나는 당황할 수밖에 없었다.

"죄송합니다. 큰 죄를 졌습니다."

"아니요. 뭐 그만한 사정이 있었겠지요. 그보다 한 번 오세요. 저와 차나 한 잔 하십시다."

화가 머리끝까지 치민 대통령의 노한 음성을 예상했던 터라 그의 부드러운 인사에 나는 적잖이 놀랐다. 무슨 변명이라도 해야겠는데 뭐라 할 말이 없었다. 갑자기 나타난 빛을 따라 갔다고 할 수도 없고, 교만의 죄를 짓지 않도록 하기 위해서 누군가가 시연회에 가지 못하도록 막았다고 말 할 수도 없는 일이었다. 그저 죄송하다는 말밖에 하지 못했다.

"언제가 좋겠습니까? 우리 차가 모셔 오도록 하지요."

"면목이 없습니다만 제가 몸이 좀 나으면 찾아뵙겠습니다."

"아, 몸이 안 좋으신 모양이지요? 그렇군요. 몰랐습니다. 몸조리 잘 하십시오. 또 연락드리겠습니다."

"전화주셔서 감사합니다."

나는 역시 대통령은 그릇 자체가 큰 인물이 아닐까 하는 생각을 해 본다. 정상회의라는 큰 행사를 앞두고 말도 없이 사라져 여러 사람이 애를 태웠다는데 대통령은 끝내 화를 내지 않았다. 나는 다시 귓전을 울리던 소리를 기억했다.

 "그들에게 맡겨두어라. 너를 대신해 교만의 죄에 빠지게 되는 다른 어리석은 영혼이 있으니 그가 너의 옷을 입고 너의 흉내를 내며 너에게 감사의 인사를 하게 될 것이다."

 나를 대신해 내 옷을 입고 내 흉내를 낸 사람이 누구였는지 처음으로 궁금증이 일었다.

 "연화야. 그날 행사가 어찌 됐는지 혹 알고 있니?"

 통화가 끝난 무선 전화기를 건네주며 묻자 연화가 잠시 망설이는 눈치였다.

 "바로 전날까지 아버지를 찾을 수가 없어서 난감하던 차에 도예인협회장님께서 다른 분을 천거하셨답니다. 우선 국가 망신은 막아야 되겠다 싶어서요. 세기도요에 정토 선생님이 가셔서 잘 수습이 되었다더군요."

 "다행이구나."

 "아버지, 어딜 가셨던 건지 저에게 말씀해 주시면 안돼요?"

 "말할 때가 되면 너에게 제일 먼저 말을 하마. 좀 기다려다

오."

　연화는 듣고 싶은 이야기가 너무나 많은 표정이 역력했지만 내 말에 수긋이 따라 주었다. 나는 작업실 옮기는 일을 거들기 위해 안으로 들어갔다. 현재의 작업장은 전시장과 가까운 탓인지 분위기가 산만하여 작업에 몰두하기가 어려운 단점이 있었다. 가끔 외국인들 중에는 내가 작업하는 모습을 보고 싶어 하는 사람들이 있어 작업장을 그곳에 두었는데 이제는 그러고 싶지 않았다. 내가 스스로 변해가고 있음이 감지되었다. 내 사고방식과 내 목적과 내 희망이 무엇인가에 이끌려 바뀌어가는 것이 분명했다. 말하자면 내가 나 아닌 나로 다시 태어나고 있다는 느낌이 확실하게 와 닿았다. 우선 배고픔이었다. 아침 눈뜨면서부터 삼시 세끼를 정확한 시간에 먹어야 규칙적인 작업을 할 수 있었다. 워낙 많이 먹는 편은 아니었지만 식사 시간을 놓치면 허기가 져서 일손이 잡히지를 않았다. 그런데 마니산에서 돌아온 이후 거의 먹지 않고 잠만 잤는데도 전혀 공복감을 느낄 수가 없었다. 또 머릿속이 복잡하지 않다는 사실이었다. 이 생각 저 생각이 한꺼번에 산재해 있어 이 생각을 하면서 저 생각도 하고 저 생각을 하면서 또 다른 생각을 하고 그렇게 뒤죽박죽이던 잡생각이 깨끗이 사라졌다. 신기하게도 한 가지 생각을 하면 그 한 가지 생각밖에는 다른 생각이 떠오르지 않았다. 이제 무엇이 새로워졌는지 더 두고 볼 일이었다.

안에서는 거나꾼들과 박군이 앉아 깔깔거리며 TV를 보고 있었다. 힐끗 돌아보다가 나는 TV 앞에서 걸음을 멈추었다. 내 인기척을 느끼고 거나꾼과 박군이 벌떡 일어나 TV를 끄려고 서둘렀다.

"그냥 두게."

"선생님께서 참석하지 못하셔서 어떻게 됐나 궁금했었는데 마침 녹화 방송을 해주기에 보는 중입니다."

정토 정산택이 흰 무명 한복을 입고 흰 머리띠를 두르고 수염을 붙인 모습으로 흙을 만지고 있었다. 멀리서 보면 영락없는 내 모습이었다.

"자네들은 뭐가 그렇게 우스웠는가?"

"죄송합니다."

박군이 꾸벅 머리를 숙였다. 내가 예전에 그랬듯이 왜 일반 TV 프로그램을 보면서 떠들고 앉았느냐고 꾸짖는 줄 안 모양이었다. 나는 전시장에서 일체 TV 프로를 시청하지 못하도록 금하고 있었다. 전시장에는 항시 우리 작품 소개와 나의 국내외 전시회 비디오테이프만 틀도록 했다. 전시장을 둘러보는 손님들이 비디오테이프를 보면서 작품을 선택하고 내 약력을 알리는데 도움이 되기 때문이었다.

"티브이 본다고 뭐라는 게 아니야. 무엇이 우스운지 물었던 게야."

"사실은 정토 선생님 수염이 가짜라는 걸 우리는 아니까……."

"나를 대신해서 애써준 분이다. 웃지만 말고 고맙다는 마음도 가져라. 작업실 옮기는 건?"

"물레랑 작업대는 다 옮겼고 작은 선생님이 정리하고 있습니다."

"그래. 행사가 잘 끝나는지 지켜봐라."

나는 안으로 들어갔다. 언뜻 본 정토의 얼굴에 긴장감이 감돌고 있음을 나는 보았다. 정토는 나를 대신해서 그 자리에 갔던 것이다. 그 콧대 센 정토가 무슨 조건을 받아내고 그곳에 갔을지는 이미 짐작하고도 남음이 있지만 그전처럼 그의 행동이 약삭빠르게 느껴지지 않았다. 국내외 내빈들에게 망신당하지 않게 대역을 해 준일에 감사했다. 그렇게라도 나를 밟고 자신을 드러내고 싶은 그에게 연민의 마음이 가득했다. 나는 또 한 번 달라진 내 심경의 변화에 스스로 놀랐다. 연화가 서재 책장을 한 곳으로 몰고 한 벽면을 이용해 내 작업실로 만들어 놓았다.

"아버지, 이른 점심상을 차렸는데 식사하세요."

"같이 하자꾸나. 오랜만에 딸이랑 겸상 한 번 해 보자."

"예."

연화가 수줍은 듯 빙긋이 웃으며 환한 얼굴로 고개를 끄덕였다. 혼자 밥 한 술 뜨는 일에 많은 시간을 빼앗기지 않기위해 누구와 밥상을 같이 해 본 기억도 가물가물했다. 안방 밥상 앞에 앉자 감회가 새로웠다. 연화가 수저와 밥 한 공기를 들고 방으로 들어왔다. 딸아이 발걸음이 가볍다. 밥상 옆소반에는 '청자양각호문주병'과 '청자운학잔'이 놓여 있었다.

"술이냐?"

"예. 작업 안하시는 날은 한 잔씩 하시잖아요. 더구나좀 귀한 술이라서……."

"무슨 술이기에?"

"정토 선생님이 보내주신 건데요. 전통주 예비 명장이특별히 담근 술이라네요. 며칠 전에 잔치를 했는데 아버지가참석하지 못하셔서 섭섭하다고 보내셨어요."

"그래? 고마운 일이구나."

연화가 술 한 잔을 따랐다. 나는 혹 풍겨오는 술 냄새에 숨을 몰아쉬었다. 그렇게 달큰하고 정겹게 여겨지던 술 냄새가 고약스럽게 느껴지는 일은 처음이었다. 술 탓이 아니었다. 직감적으로 식성도 변한 것임을 알아 차렸다. 나는 연화가 눈치 채지 못하도록 입에 살짝 대보고는 술잔을 내려놓았다.

"입에 안 맞으세요?"

"별로 술이 내키지를 않는구나. 당분간 밥상에 술은 내지 마라."

신선한 나물 무침에 김을 싸서 천천히 밥 반 그릇을 비웠다. 동태찌게도 쇠고기 장조림도 건드리지 않은 채 그대로였다. 연화는 내가 식사하는 모습을 건성 보고 넘기지 않았을 것인데 아무 말이 없다. 딸도 그새 많이 변했다는 생각이 들었다. 말하고 싶은 것은 단 한 순간도 못 참던 아이였는데 속으로 삭이는 일이 깊어졌다. 씩씩하고 눈치 빠르고 할 말은 다 쏟아내야 후련해 하는 성격이었다. 아담을 잃고 어미를 잃고 내가 폐인이 되어가는 것을 지켜보는 사이에 딸은 속 깊은 수도자가 되어 있었다.

"연화야, 네가 요 운영을 전적으로 맡았으면 하는데 할 수 있겠냐? 전시장 김선생과 박군을 네 밑으로 두고 나는 운영에서는 손을 뗐으면 한다. 도예연구소 일만 전념하고 싶어서."

"아버지, 전 아직 그럴 정도로 능숙하지 못해요. 해외 관광객들이 들이닥치면 전 정신이 하나도 없어요."

"어차피 네가 할 일이다. 좀 일찍 책임자가 되는 것뿐이야."

"정말 어디가 많이 편찮으셔서 그러세요?"

"아니. 난 그 어느 때보다 컨디션이 좋아. 이렇게 건강할 때 작품에 몰두하고 싶어서 그러는 거야. 꼭 해야 될 일이 있어."

나는 여태까지 연화가 도요의 운영을 맡을 수 있다고 생각해 본 적이 없었다. 모든 것이 어설프고 하는 일마다 눈에 차지를 않았다. 마냥 어린애 같고 마냥 부족해서 연화 뒤에서 항상 혀를 끌끌 차고 다녔다. 그런 내 눈에 연화가 다시 보이기 시작했다. 어른스럽고 점잖고 연화의 행동이 노숙해 보이기까지 했다.

"우선 그렇게 알고 서서히 준비해 나가거라. 내가 작업실을 서재로 옮긴 이유도 그래서였다. 내 작업하는 모습을 사람들에게 보이고 싶지도 않다."

연화는 밥상을 물리고 찻상을 내왔다. 존경하는 선생님의 2인 다기였다. 그 다기를 내온 까닭을 알 듯도 했다.

"지문이 다 닳았다는 선생님의 차 그릇을 내왔구나. 선생님이 그러셨다. 비록 사기장이 그릇을 만들지만 그 그릇은 주인을 올바른 길로 안내하는 역할도 한다고. 나는 그 말을 이해한다고 믿었는데 실인즉 이해를 하지 못한 채 살아온 것을 깨달았다. 내일은 선생님께 다녀와야겠다."

연화는 녹차를 두 잔에 따랐다. 두두옥 다기는 언제 보아도 소박하고 푸근한 인심 좋은 아낙네 같은 모습이다. 아무리 보아도 질리지 않는 소박한 아름다움이 보면 볼수록 정겹다.

"단풍이 고운 이 가을에 딱 맞는 찻잔이죠? 선생님 뵈면 기분이 좋아지신다니까 바람 쐬고 오세요."

연화가 나의 빈 잔을 또 차로 채운다. 아이가 애비를 생각하는 안쓰럽고 갸륵한 마음이 잔에 가득 차오른다. 차의 향기는 입안을 적시고 딸의 정성은 가슴을 적신다. 이 아이의 빈 가슴을 무엇으로 채워줄지 나는 대책 없이 차만을 받아 마신다. 아직 딸과 나의 교신은 이루어지지 않았지만 어느 날 우리의 소통이 그릇을 통해 이루어지기를 간절히 바랄 뿐.

7. 미련

술 한 방울 마시지 않은 또록또록한 맨 정신으로
제니퍼는 자신의 몸을 마이클에게 맡겼다.
몸과 몸을 나누고 뜨겁게 서로를 갈망하는 그런 남자가
있으면 훨씬 더 타국 생활이 활기찰 것 같았다.

그 시간에 대통령은 비서실장으로부터 정상회의에 대한
총체적인 분석 결과를 보고 받고 있었다. 성공적이라는 평가
였다. 한국이 미국으로부터 받아내게 된 정치적, 경제적
이득이 한국에서 내어줄 것보다 훨씬 크다는 것에 모두 만족
해했다. 중국과 일본은 미국의 과감한 한국에의 투자에 얼떨
결에 등 떠밀린 형상으로 경제 협력 관계를 맺었다. 그들
나름대로 제각각 계산이 숨어 있었으나 한국은 손해 볼 것
없는 입장이었다. 칼자루를 쥐고 있는 것은 미국이고 도마
위에 오른 생선은 한국이지만 뒷짐 지고 구경하다가 도마에

오른 생선한테 물릴 수도 있다는 생각은 하지 못하는 눈치였다. 설마 도마 위에 오른 생선이 칼자루 쥔 주인을 물기야 하겠느냐는 분위기였다. 더구나 구경꾼을 물 엄두는 내지도 못할 것이라는 안일함으로 방심하고 있었다. 도무지 가늠할 수 없는 북한이라는 골칫거리(혹은 미끼?)를 앞에 두고 제각각 북한을 자기들의 이용물이나 핑계거리로 삼으려는 속내를 깊이 감춘 채 그들은 대외명분으로 세계 평화를 내세워 떠들어댔다. 그들은 한국을 얕잡아 보고 있을 뿐 아니라 멍청한 한국이라고 코웃음 치며 비웃고 있음이 분명했다.

"정상회의 끝에 이어졌던 도자기 시연회에 대한 반응이 아주 좋습니다. 정상들을 수행했던 정재계 인사들이 가장 기억나는 행사로 도자기 시연회를 꼽았습니다. 특히나 미국의 반응이 예상 외로 뜨거웠던 것은 주목할 만한 부분입니다."

"좋은 일이군. 그날 글과 사인을 넣은 국가 원수들의 도자기는 특별히 신경 써서 잘 완성시키도록 당부하세요."

"예. 정토 선생께 이미 말해 두었습니다."

"그리고 내가 알아보라던 건 어떻게 됐어?"

대통령은 공식 보고를 다 받은 뒤 비서실장에게 물었다. 정책실장인 강실장에게도 지시했던 일인데 강실장에게서는 아직 아무런 보고가 없었다.

"예. 해연 선생은 집에 돌아왔습니다. 따님이 어깨에 덮어 드렸던 담요 한 장만 들고 나갔다가 들고 들어왔는데 묻는 말에는 대답도 않고 잠만 잔답니다. 곧 어찌된 영문인지 보고 드리겠습니다."

'해연에게 무슨 일이 있었느냐?'고 대통령이 묻기 전에 그는 '아직 모른다'는 말 대신 얼른 그 말을 해야만 했다. 아니나 다를까 뒷일에 관한 질문이 이어졌다.

"납치되었다거나 다치신 데는 없고?"

"예. 그런 말은 없었습니다."

"알았어. 밝혀지는 대로 보고하도록."

대통령은 미 국무장관이 건조된 토기에 글을 쓰고 온 직후 그의 귀 가까이에 대고 속삭이던 말을 다시금 떠올렸다. 장관은 별 대수롭지 않은 일이라는 듯 싱긋이 웃으며 대통령 곁에 가까이 다가서서 엄청난 비밀을 폭로했다.

"저분은 팸플릿의 그 분이 아니지요? 가짜라는 것을 저는 압니다. 그러나 다른 분들은 아무도 이 사실을 모릅니다."

순간 대통령은 당황했지만 그도 별 대수로운 일이 아니라는 듯이 여유만만하게 답변해야 한다는 것을 알았다. 대통령 역시 빙긋이 웃으며 농담처럼 장관에게 속삭였다.

"눈이 빠르십니다. 팸플릿의 그분은 어제 갑자기 몸이 불편해 이 자리에 나올 수 없게 되었습니다. 그런데 장관님은 어떻게 아셨습니까?"

"미소를 보고 알았습니다. 저에게 진짜를 만나게 해주신다면 이 사실을 영원히 비밀로 할 겁니다. 우리나라 대통령에게도."

대통령은 아주 짧은 대화였지만 국무장관의 말 속에는 뭔가 하고픈 말이 따로 있는 듯한 느낌을 받았다. 진짜를 만나고 싶다는 말이 무슨 뜻인지 짐작이 가지 않았다. 대통령은 인터폰을 눌러 "국무장관을 제일 가까이에서 수행했던 우리 측 수행원이 누구였지?" 하고 물었다.

"정무 수석께서 제일 가까이 모셨습니다."

"잠깐 보자고 해."

잠시 후 정무 수석이 집무실로 들어왔다.

"혹시 국무장관께서 도자기에 관심이 많으시던가요?"

"예. 한국에서 제일 유명한 청자 도예가가 누구냐고 물으시는 걸로 보아 청자에 관심이 많은 것 같았습니다."

"그 외에 도자기에 대한 다른 말은 없었고?"

"어느 미술관에 청자가 많으냐고 묻고, 누가 고려청자에 대해서 잘 아느냐고도 물으셨습니다."

"그래요?"

대통령은 국무장관이 청자에 대해 관심이 많다는 정보를 머리에 입력시켰다. 상대 국가 수장의 사소한 개인 취향을 사전 정보로 가지고 있다면 어느 날 밀고 당기는 국제회의에서 그 정보가 큰 역할을 발휘할 수도 있다는 사실을 대통령은 절실하게 경험한 사람이었다.

며칠 뒤 강실장으로부터 국무장관이 한국을 떠나기 직전까지 해연에 대해 상세히 묻고 다녔다는 보고를 받았다.

"해연 선생에 대해 무엇이 알고 싶은 건지 짐작이 가는 일은 없어요?"

대통령은 그날 국무장관이 "진짜를 만나게 해주신다면……"이라고 하던 말이 또다시 마음에 걸렸다.

"그날 시연회에 나온 도예명장이 팸플릿의 그 명장이 아니라는 것을 알고 있는 게 아닌가 하는 느낌을 받았습니다."

강실장의 말에 대통령은 흠칫 놀라 그를 바라보았다. 역시 촉각이 빠른 사람이라는 생각이 들어 놀랍고 한편으로는 든든한 기분이었다.

"강실장은 어디서 그런 느낌을 받았지요?"

"그날 국무장관께서 예정에 없이 갑자기 정토 선생에게 다가가 글을 쓰겠다고 도자기를 달라고 하지 않았습니까?"

"그랬지."

"그때 장관께서는 팸플릿을 손에 들고 계셨습니다. 팸플 릿을 한 번 보고 정토 선생을 한 번 보고 하더니 정토 선생 앞에 가까이 가서 도자기를 달라고 하신 것이 마음에 걸렸습 니다. 예정에도 없던 일을 그렇게 갑자기 하실 분이 아니질 않습니까? 얼마나 철두철미한 분인지 다 아는데 말입니다. 뭔가를 확인하고 싶어서 그랬던 것 같습니다."

대통령은 이렇게 상세한 느낌을 가지고 있는 내가 신임하는 부하에게 더 이상 숨길 필요가 없다는 판단을 했다.

"강실장 말이 맞아. 장관은 이미 알고 있었어. 나에게 그러더군. 도공이 바뀐 것을 알고 있다고. 그렇지만 아무에 게도 말하지 않았다고. 진짜를 만나고 싶다고. 그것이 무슨 뜻일까?"

"역시 그랬군요. 그렇다면 미국에서 이미 해연 선생에 대해 다 알고 왔을 수도 있을 것 같습니다."

"워낙 철두철미한 사람들이니까 그럴 수도 있겠군. 그런 데 비밀로 해주겠다는 것도 이상하잖아?"

"굳이 다른 나라 정상들에게 알릴 필요성이 없는데도 우리 한테는 그걸로 꼬투리를 잡으려는 것이겠지요."

대통령은 팔짱을 낀 채 계속해 고개를 끄덕였다. 이런저런 복잡한 생각이 많을 때 하는 대통령의 버릇이었다.

"국무장관께서 원래 한국 도자기에 대해 관심이 많았는지 한 번 알아보도록 해요."

"예. 알아보겠습니다."

강실장이 감이 빠른 사람인 줄은 알고 있었지만 그의 예리한 감각에 대통령은 다시 한 번 감탄했다. 강실장 같은 사람이 곁에 있다는 것이 든든하면서도 경계해야 할 인물이라는 생각도 들었다. 아무도 눈치 채지 못했다고 큰소리치던 능구렁이 같은 국무장관의 속내를 읽어낸 사람이라면 대단한 사람임에 틀림없다. 그를 좀 더 활용할 필요가 있을 것 같았다.

제니퍼는 워싱턴에서 걸려온 전화 내용의 진짜 속내가 도대체 무슨 뜻인지 알 수 없어 곰곰이 되짚어 보고 있었다.

"제니퍼, 당신이 한국에 나가 있다는 말 들었소. 마침 잘 된 일이오. 우리 요원한테서 연락이 갈 테니 그를 좀 도와줘요. 이번 일에는 당신이 적격자라는 생각이 들어서 부탁하는 것이니 꼭 좀 맡아 주시오."

그에게서 떠나기 위해 이 멀리 한국 땅까지 왔는데 기어이 마이클은 제니퍼를 찾아낸 것이다. 그의 손 안에 있다는 느낌이 별로 나쁘지는 않았다. 그가 보호하고 있다는 말과 같은 해석이므로. 그는 사무적인 용건만 말하고 전화를 끊었지만 제니퍼는 음성만으로도 그의 모든 감정을 읽었다. 그는 아무리 슬픈 일이 있어도 기쁜 일이 있어도 말로 표현하는 법이 없었다. 단지 그를 오랜 시간 겪은 사람이라면 그의 음성만으로 그를 암호처럼 해독해낼 수 있었다. 그의 음성이 아주 낮게 저음으로 깔릴 때는 그의 감정이 폭발되기 직전이다. 그럴 때는 자꾸 목이 잠기는 듯 말이 끊기기 일쑤였다. 그가 보통의 톤으로 말하고 '애니웨이'라는 말을 자주 쓸 때는 평소의 감정 상태로 극히 정상적인 상황이라 보면 된다. 그가 톤은 한 톤 높지만 아주 안정적인 음성일 때는 기분이 좋은 상태, 그리고 한 톤 더 높은 음성에 말을 아주 느리게 할 때는 자신의 감정을 최대한 숨기려고 할 때이다. 숨기는 감정이 언짢은 감정일 수도 있고 너무 좋은 감정일 수도 있다. 그것이 어느 쪽인지는 당사자와 상대방만이 알 수 있는 일이다. 그 정도는 마이클을 5년 정도 가까이 해 본 사람이라면 파악해 낼 수 있었다. '그렇다면 대학 시절부터 20년 넘게 그를 알고 있는 나는 어느 정도까지 파악하고 있을까?' 제니퍼는 스스로 그를 얼마나 알고 있는지 조목조목 체크를 해보았다.

'나는 그의 음성을 들으면 보지 않고도 그의 현재의 표정을 그대로 그려낼 수 있다.'

'나는 그의 음성만 들으면 그가 무엇을 하고 싶고 무엇을 먹고 싶은지도 알 수 있다.'

'나는 그의 음성만 들으면 그가 나를 간절히 원하는지 아닌지도 알 수 있다.'

제니퍼는 그 생각을 하다가 혼자 얼굴을 붉히며 씁쓸하게 웃고 말았다. 이제 와서 이 무슨 황당한 시추에이션이냐. 그를 잊기로 결심하고 그 사람 몰래 한국행을 감행한지 한 달 만에 그의 전화 한 통 받고 다시 그리움에 빠져들다니……. 마이클이 자기가 가진 직권을 이용해서 자신을 찾아냈다는 사실이 고마운 것인지, 수단과 방법을 가리지 않고 찾아내서 전화를 걸어 다시 연결고리를 만들어 준 것이 감동스러운 것인지 제니퍼 자신도 알 수 없었다. 어찌되었거나 마이클의 음성은 벅차오르는 자신의 감정을 절제하기 위해 최대한 노력하고 있었다. 자신과 연락을 끊고 사라진 제니퍼를 찾느라 골탕 먹은 분노와 그리움과 안도가 뒤섞인 복잡 미묘한 감정을 제니퍼는 하나도 놓치지 않았다.

'당신이 한국에 나가 있다는 말 들었소'는 '네가 아무리 날뛰어도 내 손 안에 있다'는 말이었고, '마침 잘 된 일이오'는

'잘 있는 걸 알았으니 안심이오'의 뜻이며, '우리 요원한테서 연락이 갈 테니 그를 좀 도와줘요'는 '내 부하 직원이 당신을 챙길 테니 협조하라'는 압박이며, '당신이 적격자라는 생각이 들어서 부탁하는 것이니 꼭 좀 맡아 주시오'는 '나는 아직 끝낼 생각이 없으니 계속해서 연락하자'는 뜻으로 해석해도 좋았다. 장담하건대 마이클은 아직 그녀를 떠나보낼 생각이 없다는 강한 메시지를 전한 전화였다고 제니퍼는 확신했다.

보스턴에서 대학을 다니던 시절에 마이클도 그녀도 미술학도였다. 마이클은 그림도 잘 그렸지만 시도 잘 썼다. 그래서 미술학도들이 그림을 그리면 거기 한 귀퉁이에 그림과 잘 맞는 아름답고 짧은 시 한 구절을 멋지게 적어 넣어주는 센스를 부리기도 했다. 그의 시는 서정적이어서 '글로 표현하는 그림'이라고 해도 좋았다. 제니퍼는 자기가 가지지 못한 감성의 또 다른 표현법을 알고 있는 마이클이 존경스러웠다. 마이클도 검은 눈동자의 동양 여자 제니퍼에게 관심을 가졌고 그녀의 동양적인 미모를 그림에 담고 싶다며 가까이 다가왔다. 그들은 캠퍼스 커플 중에서도 '최고의 동서양의 조화'라는 제목을 달고 있어서 유독 관심의 대상이 되기도 했다. 제니퍼는 동양 제일의 미모를, 마이클은 서양 제일의 외모를 가진 선남선녀가 만났다는 뜻이었다. 좀은 과장된 표현이겠지만 그만큼 제니퍼와 마이클이 손색없는 외모와 재능을 겸비하고 있음을 인정하는 말이었다.

졸업식에서 제니퍼는 마이클의 부모님들에게 인사를 드리게 될 것이라 기대했지만 그녀의 예상은 빗나갔다. 마이클은 귀빈석에 앉아 있던 자기 부모님과 여자 친구의 부모님에게 둘러싸여 제니퍼에게 눈길 한 번 주지 못한 채 졸업식장을 빠져 나갔다. 여자 친구는 마이클과 비슷할 정도로 키가 큰 금발의 팔등신 미녀였다. 여자 친구의 집안이 어떤 집안인지는 사람들로 얽혀 있는 식장 앞마당을 학교 측 주차요원의 안내를 받으며 그들이 승용차로 빠져 나가고 나서야 알았다. 제니퍼가 다니고 있는 대학 설립자와 사돈 집안이며, 자기 모교인 이 대학에 멋진 도서관을 지어준 정부 고위층 인사라고 했다. 마이클의 집안도 그녀의 집안과 상응하는 고위층 집안이었음은 말 할 나위도 없었다. 제니퍼는 고위층 인사라는 말에 아이러니하게도 비자를 받지 못해 미국에 입국할 수 없었던 어머니를 떠올렸다. 비자 때문에 딸의 졸업식에 참석할 수 없게 되어 애태우는 어머니를 그녀는 전화로 위로했었다.

"엄마, 내가 사진 많이 찍어서 가지고 갈게. 어쩌면 남자

친구도 함께 한국으로 여행갈 지 몰라. 기대하시라, 개봉박
두!"

그녀는 은근히 남자 친구 자랑까지 늘어놓으며 과장되게
떠들어댔다.

"그냥 내 말대로 한국에서 대학 다녔으면 좀 좋아. 네가
쓸쓸해서 어쩌면 좋냐?"

"엄마. 걱정하지 마. 남자 친구 부모님들도 오실 거니까
그렇게 쓸쓸하지는 않을 거야."

제니퍼는 당연하게 마이클과 그의 부모님이 축하해주는
졸업식을 상상했던 것이다. 그렇다고 제니퍼에게 마이클이
미래에 대해 언질을 주거나 졸업식장에서 부모님께 인사드
리라고 말 한 적은 없었다. 순전히 제니퍼 혼자만의 예상이었
을 뿐이었다. 제니퍼는 닭 쫓다 지붕 쳐다보는 개꼴이 되었
다. 그러나 울지 않았다. 축하객이 없는 한국 유학생들과
어울려 깔깔거리며 그들의 빈 마음을 채워주려 애썼다. 선배
유학생들이 베풀어주는 맥주 파티로 슬픈 졸업식을 마무리
했다.

졸업식이 끝나고 마이클은 전공을 바꾸어 대학원에 진학했
고, 제니퍼는 화집을 전문으로 출간하는 출판사에 취직이
되었다. 졸업식 직후에도 마이클을 만났지만 졸업식 당일에

있었던 일에 대해서는 단 한 마디도 언급하지 않았다. 제니퍼도 언감생심 어떤 집안인지도 모르고 혼자 김칫국을 마셨던 마이클과의 미래를 자신의 가슴에 깊이 묻었다. 그들은 가끔 저녁도 먹고 영화도 보고 술도 마시면서 데이트를 가졌다. 어느 날 자동차 안에서 술 취한 마이클은 제니퍼를 가지고 싶다고 말했다. 마이클은 술을 마셨고 제니퍼는 운전을 하기 위해 술을 마시지 않은 상태였다. 술 한 방울 마시지 않은 또록또록한 맨 정신으로 제니퍼는 자신의 몸을 마이클에게 맡겼다. 그녀는 타국에서 너무 외로웠고 친구가 아닌 진정으로 서로를 원하는 애인을 갖고 싶었다. 몸과 몸을 나누고 뜨겁게 서로를 갈망하는 그런 남자가 있으면 훨씬 더 타국 생활이 활기찰 것 같았다. 공원 숲속 주차장 자동차 안에서 그녀는 서양 남자에게 첫 몸을 열었다. 마이클은 그녀와 섹스를 끝낸 후 너무나 크게 화를 내며 소리쳤다.

"말을 했어야지. 그건 말해주는 게 예의야. 넌 미국에서 대학을 다녔으면서 그것도 몰라?"

그녀가 아직 남자를 경험해 본 적이 없는 처녀였다는 것이 왜 그에게 비난 받을 일인지 제니퍼는 알지 못한 채 엉겁결에 그의 화를 다 받아주었다.

"만약 네가 첫 남자로 나를 받아들이는 줄 알았으면 이렇게 이런 장소에서 너를 원하지는 않았을 거야. 아니 어쩌면 너를 갖고 싶다는 말을 참았을지도 몰라. 내가 화가 나는 건 그걸 몰랐다는 사실이야. 미안해."

그는 한참 소리 지르면서 화를 토해내고 나서야 제니퍼를 껴안아 주며 그 말을 했다. 미국 여자들 중에 대학을 졸업하고도 성경험이 없는 여자는 찾아보기 힘들다고 했다. 자기가 만나 본 여자 중에는 단 한 명도 없었다고 말했다. 감히 상상해 본 적도 없는 첫 경험의 여자를 만난 것에 당황했다고도 했다. 그날 이후 마이클의 태도가 백팔십도로 달라졌다. 어쩌다 가끔 안부를 묻는 데이트가 아닌 영화 속의 연인들처럼 진실로 그녀를 애인으로 대했다. 그녀의 생일에 작은 다이아몬드가 박힌 펜던트 목걸이를 선물했고, 백화점에 가서 명품 머플러를 사서 목에 둘러 주기도 했다. 크리스마스 휴가를 받았을 때 그는 친가인 워싱턴에서 하루를 보내고 중간 지점인 뉴욕에서 제니퍼를 만나 그곳에서 남은 휴가를 보낸 적도 있었다. 20블록도 넘게 어마어마한 규모의 센트럴파크 주변에 있는 명품 거리에서 그는 제니퍼에게 버버리 코트를 선물했는데 제니퍼는 20년이 가까운 그 코트를 아직 즐겨 입고 있다. 대학원을 졸업하고 마이클은 워싱턴으로 돌아갔고 제니퍼는 보스턴에 남았다. 두 사람 사이에는 미래에 대한 아무런 약속이 없었던 것처럼 이별의 절차도 따로 필요치 않았다. 얼마 후 그는 졸업식장에서 보았던 아가씨와 결혼 소식을 알려 왔고 제니퍼도 대학 동창과 결혼했다. 마이클은 시를 좋아하고 그림을 전공했던 낭만적인 학창시절과는 전혀 상관없는 정부기관에 중책을 맡아 취직했다는 메일을 보내왔다. 두 사람은 각자의 결혼생활에 열중하고 바쁜 직장 일을 하면서 자신을 키워 나갔다. 어쩌다 동창회에서 서로의 소식을 전해 듣는 정도였다. 결혼 3년 만에 제니퍼는 교통사고로 남편을 잃었다. 출장을 다녀오던 남편의 자동차가 프리웨이에서 술 취해 역주행 하던 흑인의 트럭과 충돌하면서 그 자리에서 남편이 즉사하는 사고가 발생한 것이었다. 남편은 세 살 된 딸 하나와 그녀가 직장 생활을 하지 않아도 아이를 키울 수 있을 만큼의 생명 보험금을 유산으로 남겼다. 그녀와 딸을 위해 보험을 들어 둔 사람처럼 아이의 탄생 기념으로 착실하게 보험료를 납부한 사실을 그녀는 알지 못했다. 더구나 자가 운전 사고 발생 시 두 배의 보험금이 지불되는 특약 사항에 가입이 되어 있어서 그녀는 두 배의 많은 보험금을 지급받았다.

제니퍼가 마이클을 다시 만난 것은 남편의 장례식장에서였다. 조문 온 동창들 사이에서는 그의 얼굴을 보지는 못했는데

장례식이 다 끝날 무렵에야 그를 발견했다. 검은 상복 차림이
아닌 카키색의 버버리를 걸치고 모자를 벗어 손에 들고 있는
망연자실한 모습으로 저만큼 멀리 떨어져서 그녀를 지켜보
고 서 있었다. 나중에 안 사실이지만 뉴욕 출장 중에 그녀의
소식을 듣고 곧바로 보스턴으로 달려왔다는 것이었다.

그렇게 15년, 제니퍼는 그의 숨겨진 여자로 살았다.

딸 안나가 정부 기관에 그가 책임자로 있는 부서에 들어가기
전까지는 그런대로 두 사람은 서로의 마음을 다독이는 오랜
친구 같은 연인으로 잘 지내왔다.

8. 작전

"그런데 작전명이 왜 하필
맥아더가 인천상륙 작전을 계획하면서 붙였던
〈블루하트〉일까요?
결국에는 무산된 작전명이지만."

　이천의 가을은 설봉산을 타고 내려와 설봉 공원으로 이어지고 설봉 호수에 와 머문다. 시민들의 휴식처이기도 한 설봉 공원은 이천의 자랑거리이고, 언제 보아도 아기자기 아름답다. 설봉공원으로 운동을 나갔던 정산택은 산책로를 두 바퀴 돌고 집으로 돌아왔다.
　이름 모를 사내들이 그를 찾아온 것은 이미 어둠이 내린 뒤였다. 정산택은 그들이 신분을 밝히지 않은 채 앞에 와 앉았지만 정중한 것에 안도했다.
　"중요한 일이라기에 오시라고 했습니다만 무슨 일이신

지……."

찻잔이 비어가도록 용건을 꺼내놓지 않는 남자들에게 정산택은 먼저 입을 뗐다.

"아, 죄송합니다. 이런 고급스런 청자 다기는 처음이라 감상하다가 실례를 했습니다. 저는 골동품을 취급하는 차영호라 합니다. 이분은 선생님 작품을 좋아하는 장회장님이시고요. 그 옆은 회장님 비서입니다."

장회장이 자기를 소개할 때 고개를 숙여 목례했고 그 비서는 일어나 꾸벅 인사를 했다. 그들은 한마디 말도 하지 않았다.

"밤늦게 찾아와 다시 한 번 죄송하다는 말씀드립니다. 다름이 아니라 장회장님이 내일 출국을 해야 하는데 꼭 선생님을 뵙고 싶어 하셔서 실례를 무릅쓰고 모시고 오게 됐습니다. 저번 도자기 시연회에서 선생님 작품을 보고 반했다고 하십니다."

"아, 그렇습니까?"

정산택은 드러내 놓고 낯색을 달리 하며 그들을 반겼다.

"회장님께서는 제 작품 중에 따로 찾으시는 작품이 있으신지요?"

차영호가 영어로 장회장에게 통역하는 것을 보고야 정산택은 두 남자가 한 마디 말도 하지 않은 이유를 알아차렸다.

"청자상감 다기 세트와 '청자양각호문매병'입니다."

순간적으로 정산택은 당황함을 감출 수가 없었다. 장회장이 원하는 작품은 준비된 것이 없었다. 그가 본디 백자 전문가임을 그들이 알지 못하는 눈치였다. 내일 아침에 출국하는 사람이 급히 찾는 작품이 꼭 청자여야 한다는 것이 못내 아쉬웠다.

"죄송합니다만 저에게는 준비된 청자가 없습니다. 이번 행사 이후에 작품을 많이 찾으셔서 다 나갔습니다."

정산택은 특별한 경우를 제외하고는 평소에 백자와 분청을 주로 만들어 왔다는 말은 하지 않았다.

"그렇다면 혹시 소장하고 계신 작품 중에는 그런 작품이 없습니까?"

"다른 도예가 작품이야 있지만 제 작품을 찾으시는 게 아닌가요?"

"예. 작가가 좀 다르더라도 그 이름의 도자기를 찾는 중입니다."

"그 매병은 제게 없습니다만 다른 도예가의 청자를 한 번 보시겠습니까? 저는 선후배의 작품을 꽤 많이 소장하고 있는 편입니다."

정산택은 어차피 자기의 작품을 사갈 의향이 없는 사람인

바에야 구입해 둔 다른 작품을 판매하는 것도 나쁘지 않겠다는 판단을 내렸다. 재빨리 사고를 전환하는 것이 그의 최대의 장점이었다.

"허락하신다면 실례를 무릅쓰고 친견을 하겠습니다."

차영호는 영어로 두 사람과 끊임없이 대화를 주고받았다. 정산택은 일본 말은 어느 정도 알아들었지만 영어와는 거리가 먼 탓에 그들의 대화를 알아들을 수가 없었다. 정산택은 그들을 작품 보관실로 안내했다. 작가의 이름과 제작 시기가 작품마다 적혀 있었다. 그들은 오로지 청자에만 관심을 기울였다. 해연의 작품 앞에 서서 그들이 물었다.

"혹 이 작품은 어느 도예가의 작품인지 말씀해 주실 수 있습니까?"

"그 작품의 작가는 대한민국 명장 5호로 선정되었습니다. 저보다는 선배님이시지요. 바로 이 작품이 전국공예품경진대회에서 대통령상을 수상한 작품입니다."

"선생님께는 이분의 매병이 없습니까?"

"예. 유감스럽게도."

"실례지만 혹 이분께 저희를 소개해 주실 수는 없는지요?"

정산택은 잠시 난감한 표정을 지었다. 하필 좀은 껄끄러운

관계인 해연의 작품 앞에서 그들은 발걸음을 멈추고 그에게
부탁을 해왔다. 그는 역시 빠르게 머리를 회전시켰다. 해연
덕에 많은 이득을 얻었으니 그에게 선심을 베푸는 것도 좋은
일인 성 싶었다.

"잠시 기다려 주세요. 전화를 해 보겠습니다."

딸 연화가 조용조용 그의 전화를 받았다.

"정토 선생님께서 이 시간에 어쩐 일이십니까?"

정산택은 해연 선생과 전화를 연결해 달라면서 간단하게
용건을 밝혔다.

"선생님, 어쩌지요? 아버지가 편찮으신 거 선생님께서
더 잘 아시지 않습니까? 사흘 째 방에서 나오질 않으셨습니
다."

"아, 그래? 어쩔 수 없는 일이지. 몸조리 잘 하시라고
전해 줘."

정산택의 전화를 끊고 연화는 고개를 갸우뚱거렸다. 그
사람들이라면 요 며칠 사이에 아버지를 만나겠다고 계속해
서 전화를 걸어왔던 사람들인데 왜 정토에게 가서 아버지
작품을 찾았을까? 아버지가 만나주지 않자 일부러 정토를
찾아가 자리를 주선하게 만든 것인가. 뭔가 석연치 않은
구석이 있었다.

정산택은 연화와 전화를 끊고 그들에게 내용을 사실대로 전했다.

"너무 폐를 끼쳐 송구합니다. 선생님의 작품 한 점을 구입하시겠답니다."

그들은 정산택의 작은 백자 달항아리 한 점을 구입하고 값을 치렀다.

"고려청자 진품을 가장 많이 소장하고 계신 도예가가 어느 분이십니까?"

그들은 정산택이 새로 내온 차를 천천히 마시며 궁금증을 털어놓았다.

"역시 해연 선생님이시지요. 나중에 한국도자기박물관을 지으시겠다는 것이 그분 꿈이니까요."

"골동품 장사인 저도 그분이 얼마나 소장하고 계시는지 도통 정보가 없습니다. 소문만 파다할 뿐이고요."

"전국 팔도 어디라도 물건이 나왔다고 하면 안 가는 곳이 없이 다니시는 분이에요. 파편 한 점도 놓치지 않는 분이니까 상당히 가지고 있을 겁니다. 저희들도 속속들이 알 수는 없는 일이라서 뭐라 드릴 말씀이 없네요."

그들은 밤 9시가 넘어서야 자리에서 일어났다. 골동품 가게를 한다는 차영호는 자기 명함을 내밀면서 두 남자를 장회장

과 그 비서라고만 소개했을 뿐 더 이상의 신분을 끝내 밝히지
않았다. 신분 노출을 꺼릴 정도로 알만한 유명 인사든가,
별 존재 아닌 평범한 사업가인데 한국말을 못해서 소개를
제대로 못했든가 둘 중 하나겠지 생각하며 대수롭지 않게
넘겼다.

"나라를 위해서 해연 선생의 대역을 자청할 정도로 담대한
사람은 아닌 것 같지?"

정산택의 집을 나와 차에 오른 프랭크 장은 보좌관과 차영호
에게 느낌을 물었다.

"계산이 빠른 사람입니다. 한국정부 측과도 어떤 거래가
있었겠지요."

차영호는 정산택이 타고난 사업가라는 소문은 익히 들어온
터라 그가 호락호락 해연 선생의 대역을 했으리라고는 믿지
않았다. 프랭크 장은 계속 한 가지 의문에 시달렸다.

"도대체 해연 선생이 왜 사라진 걸까? 아무도 그 숙제를
풀지 못했다는 게 미스터리야."

"본부에서는 왜 해연 선생에게 단도직입적으로 도움을
청하지 못하는 걸까요?"

미국에서 태어나 한국에 있는 명문대학으로 유학을 왔다가
졸업하면서 미 대사관에 근무하게 된 한국계 미국인 윌리엄

보좌관은 아직 어린 티를 벗지 못한 얼굴로 심각하게 프랭크 장을 돌아보았다.

"아직 해연 선생을 정확하게 파악하지 못했기 때문일 테지. 무작정 덤볐다가는 실패할 확률이 높으므로 해연 선생은 마지막 카드로 남겨 놓아야만 막판 뒤집기를 할 여지가 생기는 거야. 비장의 카드인 셈이지. 흥정은 그렇게 하는 법이거든."

정치 계통이나 정보 계통에 대해 별로 아는 바가 없는 차영호는 그들이 하는 말을 알 듯도 하고 무슨 카드를 내놓는다는 건지 모를 듯도 하여 눈을 감았다. 그가 할 일은 다 한 것 같았다. 그가 아는 것은 단지 고려시대의 청자 중에 무엇인가를 그들이 찾고 있다는 것과 그것을 찾는 일은 국가적으로나 외교적으로 문제가 될 소지도 있어서 조심스럽게 접근하고 있다는 정도였다. 그들은 차영호에게 도움을 청하면서도 아직 그것이 무엇인지는 말하지 않았다. 보안상의 문제라고 밝혔기 때문에 그도 더는 묻지 않았다. 미국 대사관에 파견 나와 있는 정보 책임자가 나설 정도라면 작은 일이 아닐 것이라는 정도는 짐작되었다.

프랭크 장은 제니퍼라는 여자를 만나라는 본부 지시대로 그녀를 만나 본부의 뜻을 전했지만 "생각해 보겠다"고만 말했을 뿐 전화를 걸어오지 않았다. 여기저기에 미끼를 놓았다가 이거다 싶으면 확 낚아채야 하는 작전이 과연 옳은 작전인지도 미지수였다. 작전명 〈블루하트〉로 명명된 이번 작전의 총 대장이 국무장관이라는 말도 나돌았다. 정보계에서 떠도는 소문은 거의 구십 프로가 끝내는 틀림없는 사실로 밝혀지곤 했다. 그렇게 본다면 이번 정상회의에서 국무장관이 네 명의 정상 외에 단독으로 도자기에 사인을 넣은 것도 주목할 만한 사안이었다.

"사흘 뒤에 〈블루하트〉 작전을 맡을 민간 책임자가 도착한다니까 그때까지 우리는 미끼 준비만 해두면 돼. 국가 차원에서 나섰다가 외교적으로 곤란해질 일에는 정보요원이 나서지 않는 것이 미국의 철칙이니까."

"그런데 작전명이 왜 하필 맥아더가 인천상륙 작전을 계획하면서 붙였던 〈블루하트〉일까요? 결국에는 무산된 작전명이지만."

"그거야 작전 내용을 알기 전에는 추측이 불가능하지. 왜냐하면 작전 이름은 작전 내용과 무관하지 않거든. 말하자면 색이 같다거나 모양이 같다거나 뭐 그런 내용과 일치한다는 거지. 작전명은 우리 영역이 아니니까 잊어 버려."

프랭크 장은 민간 책임자 역시 누군지는 알 수 없지만 겉으로는 한국 사람의 얼굴을 하고 두뇌는 철저한 미국인일 것을 믿어 의심치 않았다. 그는 어떤 사람이 눈앞에 나타날지 꽤 흥미롭게 그날을 기다리는 중이었다. 〈블루하트〉의 성공 여부는 결국 그의 몫이 될 수도 있었다.

9. 전생

"스님은 사람을 보면
저절로 그분의 전생이 보인답니다.
많은 사람들이 자기의 전생을 봐 달라고 찾아오지만
절대로 말해주는 법이 없어요."

　나를 도천 선생님에게로 이끈 것이 나 자신이라고 믿었는데
그것은 아직 나를 버리지 못한 나의 착각이었다.
　나는 오랜만에 홀가분하게 길을 나서기 위해서 버스를 이용
하기로 했다. 문경에 계시는 선생님께 먼저 들렀다가 하동,
진주, 강진으로 유람을 할 참이었다. 아주 예전 방식으로
청자에 맞는 좋은 흙을 찾아서 태토를 만들어 볼 생각이었다.
버스에 오르려는데 번쩍 섬광 같은 것이 눈앞을 스치고 지나
갔다. 마른번개가 치나 싶어 하늘을 올려다보았다. 하늘은
그야말로 쾌청이었고 천고마비의 계절답게 높고 맑았다.

출발시간까지는 아직 여유가 있었다. 나는 버스 타는 일을 잠시 보류하고 휴게실로 나와 시원한 녹차 한 병을 사들었다. 순간적인 어지럼증이었는지 모른다는 생각이 들었다. 최근 잠도 식사도 예전에 비해 부실하게 채우고 있기 때문에 그런 것이 아닌가 싶었다. 녹차 반병을 마시고 다시 버스 승강장으로 들어갔다. 이번에는 다리가 휘청 꺾이면서 승강장 의자에 주저앉았다. 머리가 띵하더니 속에서 구토증이 일었다.

"어르신, 괜찮아요? 좀 진정되신 후에 다음 버스를 이용하시지 그래요?"

내 행동을 힐끗 쳐다보던 검표원이 선심 쓰듯 내 의사를 물었다.

"아니. 전 괜찮아요. 그냥 이 버스 타고 갈 겁니다."

그때 선생께서 전화를 걸어왔다. 내가 핸드폰을 꺼내어 전화를 받는 사이 표를 체크하던 검표원은 이때다 싶은지 버스를 출발시켰다. 나이 든 사람이 차 안에서 복통을 호소한다든지 심장이 나빠 호흡곤란을 일으킨다든지 해서 버스회사가 골치 아픈 경우가 종종 있던 터라 나를 차에 태우기가 꺼려졌던 것 같았다.

"해연, 내가 깜빡 할 말을 잊어서 전화를 했는데 오늘 밤에 가마에 불을 때니까 천천히 내려오라고. 고사도 지낼

거니까."

"예. 알았습니다. 선생님."

나는 결국 표를 환불받았다. 터미널을 나올 때는 거북하던 증상들이 씻은 듯이 사라진 뒤였다. 선생님이 좋아하는 롤 케이크 한 줄을 사러 제과점에 들렀을 때도 빵 냄새가 구수하여 입맛이 동할 정도였다. 선생님께로 출발한 줄 알았던 내가 케이크를 사들고 작업장에 들어서자 연화가 깜짝 놀라 일어선다.

"아버지, 안 가셨어요? 어디가 불편하세요?"

"아니다. 선생님이 오늘 불을 지핀다고 하시네. 고사도 지낸다는데 빈손으로 갈 수 없어서 돌아왔다. 차를 가지고 가야겠구나."

"아무래도 자동차로 가시는 게 편하시죠. 뭘 준비해 드리면 돼요?"

"내가 챙기마. 일 해라."

나는 선생님께서 부탁하신 내 작품 한 점과 들어올 때 사들고 온 롤 케이크 그리고 이천 특산물 쌀 등 선물을 챙겨 자동차에 실어놓고 안으로 들었다.

오늘 밤 11시에 봉통에 불을 지핀다면 10시쯤에 고사를 지낸다는 계산이 나온다. 예부터 가마에 불을 때는 날은 그 동네에 작은 잔치나 다름없는 날이었다. 그동안 흙 파오고 나무 해오고 장작 패고 물레 돌리고 유약 만들면서 고생한 거나꾼들의 수고를 치하하는 날이기도 하다. 또 가까운 선후배가 모여 서로 격려도 해주고 작품 만드느라 수고한 요장주의 사기를 북돋워주는 날이다. 먹고 살기 힘들었던 시절 거나꾼들은 가마에 불 때는 날이 생일날이라고 말 할 정도로 오랜만에 떡과 고기와 술을 배불리 먹어보는 날이기도 했다. 그날 고사 음식을 동네 사람들과 나누어 먹는 것은 불 땐다는 것을 알리는 신고식이나 다름없었다. 불을 때면 굴뚝으로 연기가 피어올라 주변에는 널어놓은 빨래에 재가 내려앉기 때문에 미리 떡을 돌려 '오늘 저녁에 불을 땝니다' 하는 미안한 마음을 표하는 것이다. 떡과 돼지머리 고기와 막걸리를 돌리면 그것을 받은 사람들은 '오늘은 빨래를 밖에 널지 말아야겠구나' 하고 알아차린다. 불 때는 요를 찾아가는 사람은 빈손으로 가지 않는 것도 또한 도자기 관계자들의 미덕이었다. 불은 잠시도 눈을 뗄 수 없이 지켜보아야 하기 때문에 혼자 지루한 밤을 지새울 수는 없었다. 요장주와 가까운 선후배들은 담소를 나누며 고사 지낸 고기와 막걸리를 나누며 같이 밤을 새워주기도 한다. 대개 밤에 불을 때는 이유는 밤이 낮보다 불이 잘 보이기 때문이다.

찻사발은 화도가 낮고 불 때는 시간이 청자나 백자보다는 짧아서 5칸 기준으로 12시간 남짓 때면 끝이 나지만 청자, 백자는 24시간 불을 때야 유약이 녹고 도자기가 완성된다. 그것은 분청과 청자와 백자의 소지(흙) 자체가 다르기 때문이다. 화도가 낮다하여도 1200도 이상의 고열을 필요로 하는 만큼 화력이 센 소나무를 사용한다. 조선 소나무는 송진이 적당하게 있어 화력도 셀 뿐 아니라 숯이 쌓이지 않고 고운 재만 남아서 계속해 장작을 밀어 넣기가 아주 좋다. 일본 소나무는 송진이 너무 많아 그을음이 나 그릇이 깨끗하지 않기 때문에 사용하지 않는다. 참나무는 가마 안에 재임한 그릇도 가득 차 있는데 숯까지 많이 쌓여 장작 들어갈 자리가 나지를 않아 사용할 수 없다. 가끔 도자기에 문외한들은 '찻사발이 쉬우냐? 청자가 쉬우냐? 백자가 쉬우냐?'고 묻는 경우가 있다. 나는 그때마다 '각각 다 어려움이 있고 각각 다 장단점이 있을 뿐 어느 것도 쉬운 일은 없다'고 대답해 준다. 찻사발은 한꺼번에 겹쳐서 많이 구울 수 있어 쉬울 것 같지만 한 점 가격으로 승부를 낼 수 있는 종목이 아니고 청자, 백자는 크기에 따라 다르기는 하지만 보통 크기로 기껏해야 한 칸에 40점 정도가 들어가 8점 정도밖에 건지지 못하지만 한 작품에도 승부를 걸 수 있는 대작이 탄생하기도 한다.

어느 분야나 마찬가지로 도공도 사람마다 다 성격이 다르게 마련이다. 장인 정신이 유별난 어느 도공은 자기 마음에 드는 작품만을 고집하여 실패작을 깨어버리기도 하지만 어느 도공은 그것도 그릇으로 태어났으니 사람들이 사용하면 좋지 않겠느냐고 헐값에 처분하는 이도 있다. 그릇의 개념이냐 작품의 개념이냐는 도기를 만들고 구운 도공 자신만이 판단할 일이었다. 어느 누가 옳다고 말 할 수는 없는 일이다. 차 그릇으로 사용하는 찻사발의 경우 일그러지고 찌그러진 실패작에서도 미의 극치를 찾는다는 일본인들도 있다. 소박한 자연스러움을 최대한 표현해야 하는 찻사발과 고고한 신비스러움을 표출해야 하는 청자, 백자와는 서로 타고난 운명이 다르다고 보면 정답일 것이다.

"아버지, 점심 들고 천천히 출발하세요. 시간이 어중간해서 잘못하면 점심을 거를 것 같아요."

"안 그래도 그럴 생각이다. 밤을 새워야 하니 점심때까지 잠시 눈이나 붙여야겠다."

한잠 자고 일어나 점심상을 받던 중에 연화가 안방으로 들어와 TV를 켰다.

"아버지, 이것 좀 보세요."

"무슨 일인데 그러냐?"

나는 연화가 켠 TV로 시선을 옮겼다.

"큰일 날 뻔 하셨어요. 아버지가 아까 저한테 아홉시 버스
표 끊었다고 하셨지요?"

"그래."

TV는 사고 현장에서 뉴스 속보를 전하고 있었다.

"사고가 크게 났구나. 어디 가던 차가 저렇게 됐냐?"

연화는 말도 제대로 못하고 입술을 떨었고 음성조차 입
밖으로 나오지 않는 것 같았다.

"아버지가 타려던 버스예요. 아홉시에 출발한 버스라고
요. 여기서 출발해서 중부고속도로로 들어서던 중에 고장
나서 서 있는 트럭을 피하려다가 전복됐대요. 너무 무서워요.
아버지가 저 버스를 탔더라면…… 출발한 지 한 시간 만에
저렇게 된 거에요."

나 역시 뒤통수를 세게 얻어맞은 느낌이었다. 버스에 오르
던 순간 섬광처럼 눈앞에 번뜩이는 그 빛이 나를 살리려는
것이었구나. 그 버스를 타지 말라는 계시인 줄도 모르고
다시 차를 타려하자 다리를 꺾어 승강장 의자에 주저앉혔다.
나는 그것을 알지 못했던 것이다. 사고 현장은 처참했다.
뒤집혀진 버스에서 다친 사람들을 끌어내고 있었다.

"이 미련한 인간이 몰랐습니다."

나는 두 손을 합장하고 입 속으로 중얼거렸다. 연화도 어느 분에겐지 모르지만 감사의 기도를 올렸다. 두 좌석만 비었고 만석이었다는 말을 들으며 내 존재를 다시 한 번 확인했다.

"오늘 선생님께 안 가시면 안 돼요?"

"간다고 약속을 했는데 그럴 수는 없지."

"그럼 제가 모시고 갈게요. 아버지 혼자는 못 보내겠어요."

"그럴 것까지는 없다. 내 운전을 못 믿겠다는 소리 같구나."

"아니에요. 혼자 남아 있기 싫어서 그래요. 저도 선생님 뵌 지 너무 오래됐고 불 때는 것도 보고 싶고……."

"알았다. 그러자꾸나. 그럼 준비해라."

"그런데 아까 버스표를 끊어 놓고 어째서 그 버스를 안타시게 된 거예요?"

연화가 마음의 안정을 좀 찾았는지 그제야 자초지종을 물어왔다.

"아침 먹은 게 체했는지 속이 좀 불편해서 탔다가 잠시 내렸는데 선생님이 전화를 하신 거야. 불 땐다고. 그래서 돌아왔지."

"선생님이 살리신 거네요."

섬광을 보이고, 구토증이 일게 하고, 다리에 힘을 빼서 버스를 타지 못하게 막고, 선생님이 잊었다며 불 땐다는 전화를 해오고…… 모든 것이 순간적으로 절묘하게 사고를 막아주는 상황이 전개되었다. 이 상황을 연화에게 설명할 길은 없었다. 연화가 떠날 채비를 차리고 나를 뒷좌석에 앉으라고 권했지만 기어이 조수석에 자리를 잡았다. 누군가가 나를 지켜주고 있다는 마음과 함께 이제 나에게 더 이상 나쁜 일은 일어나지 않을 거라는 확신이 들었다. 가는 길에 중부고속도로 입구에서 아직 치워지지 않은 사고의 잔해들이 눈에 띄었다. 부서진 버스의 몸뚱이들과 트럭의 살점들이 흩어져 있었고 신발, 머플러들도 한구석에 나뒹굴었다.

"끔찍해요."

연화는 사고 현장을 일부러 보지 않으려고 고개를 돌렸다. 선생님은 우리 부녀의 자동차를 기다리고 있었던 사람처럼 달려 나왔다.

"거기서 출발한 버스가 사고 났다는 소식을 방금 듣고, 안 그래도 전화를 할 참이었어. 버스를 타지는 않았겠지 하면서 걱정하던 중이야."

딸과 함께 도착한 우리를 보고 선생도 크게 기뻐했다. 오던

중에 목격한 사고 현장의 잔해는 잊고 싶었다. 가져온 선물들
을 풀어 선생 앞에 내놓았다.

"뭘 이렇게 싸들고 왔어 그래?"

언제 보아도 소탈하고 겸손한 분이다. 그 옷이 편하다며
입는 허름한 작업복을 보면 그가 일본에서 그리도 유명한
도예인이라고는 믿어지지 않았다. 일본 천황조차도 그의
작품에 경의를 표하고 황실 화병을 주문했다는 대가인데
선생은 항상 몸에도 맞지 않는 크고 낡은 작업복 차림이었다.
멋지게 흰 무명 한복을 입고 근사하게 그릇을 빚는 모습은
촬영을 위해 연출할 때뿐이었다.

"어디 해연 작품 좀 꺼내 봐."

선생님은 어느 선물보다도 내 작품에 오로지 관심이 집중되
었다.

"잘 나왔네. 전통가마에서 이 정도 나오기란 쉽지 않은
일이야. 산화가 약간 졌네. 맑은 비색을 조금만 더 살릴
수만 있다면 금상첨활 텐데 말이야."

선생은 도자기 입문에 20년 이상 후배인 나에게도 절대로
무엇을 가르치려 들지 않았다. 자신은 찻사발에 관해서는
전문가지만 청자에 관한 한 후배인 나의 뜻을 존중한다고
했다. 어디서든지 선생은 한 가지에 일가견을 이룬 사람은

서로 동급의 자격을 갖춘 장인이라고 말하는 겸손을 보였다.
나는 선생과 차를 나누고 연화는 선생님의 딸을 도와 고사
지낼 준비를 거들었다.

저녁상이 준비되었다는 전갈을 받고 선생님은 일어섰다.

"저녁은 간단하게 요기만 하는 거야. 그래야 고사 음식을
맛나게 먹지. 어서 와."

선생이 주방 식탁으로 나를 안내했다. 주방으로 들어서던
나는 멈칫 발걸음을 멈추었다.

"어머, 선생님."

공양주 보살이 나를 보고 흠칫 놀라며 고개를 숙였다.

"어허, 서로 아는 사이야? 여기는 미국에서 온 제니퍼.
이쪽은 나하고 제일 친한 후배 해연 선생. 어떻게 아는 사인
고? 자, 앉지. 앉아서 이야기들 해."

연화와 선생님의 딸이 식탁의 서빙을 도왔다. 선생님 식탁
의 트레드 마크인 버섯볶음과 백김치는 여전히 밥상 위에
올라있었다. 뜨거운 것도 매운 것도 짠 것도 못 잡숫는 분이라
언제나 그의 밥상은 빨간색이 아닌 검거나 하얀색 일색이었
다.

"우연히 만난 적이 있습니다. 이름은 몰랐고요."

"저는 선생님 함자를 알고 있어요."

제니퍼가 나를 똑바로 쳐다보며 섭섭하다는 표정을 지었다.
나는 겸연쩍어 웃고 말았다.

"내가 영국에서 전시회를 할 때 만난 분인데 날 많이 도와주
셨지."

"우연히 영국 체류 중에 선생님 전시회를 가게 되었어요.
한국 사람이라 반갑고 찻사발이라 반갑고 그랬어요. 아무튼
고향을 만난 기분이라서 신나게 우리 일행들을 끌고 가서
그곳 교포들을 동원하게 만들었던 거예요. 그때 마신 막걸린
지 동동준지 모르지만 술에 취해서 노래했던 기억이 나요."

"미국에서도 전시회를 한 번 하라는데 나는 왠지 서양에
가면 신이 안 나. 빨리 한국에 가고 싶은 마음뿐이고."

제니퍼라는 이름과 그녀의 모습이 별로 어울리지 않는다는
말이 하고 싶었지만 선생님 앞이라 입을 다물었다. 그녀를
여기에서 만나다니 참으로 묘한 기분이었다. 선생님은 준비
가 잘 되어 가는지 보고 오겠다며 가마로 나갔다. 차를 놓고
제니퍼와 마주앉았다.

"몸은 좀 회복되셨나요?"

"몸보다 정신이 산란해 사람들을 만나지 않았습니다. 여
기서 뵐 줄은 정말 몰랐습니다."

"저도요. 연락 한 번 더 드려야겠다고 생각하고 있었는데

잘 됐네요. 내일 요로 돌아가시나요?"

"예. 딸이 함께 와서 곧바로 돌아가야 할 것 같습니다.
두 사람이 한꺼번에 요를 비우는 일은 좀처럼 없어서……."

"그럼 제가 뒤따라 갈 테니 저를 좀 만나 주세요. 긴하게
드릴 말씀이 있어요."

"알았습니다."

선생님은 준비가 다 됐다며 밖으로 나가자고 우리를 이끌었
다.

"옷 안 갈아입으세요?"

"이 옷이 불 땔 때 입을 옷인데 어떤 옷으로 갈아입어?
아침에 목욕도 했으니 나는 이미 준비 완료야."

선생은 가지런한 옥니를 드러내고 소년처럼 하얗게 웃었다.
가마 옆으로 오늘 불 땔 장작이 쌓여 있고, 가마 앞에는
멍석 위에 고사상이 차려졌다. 가마에 장작을 날라 줄 거나꾼
을 제외하고 다른 일꾼들은 손을 씻고 얼굴을 씻고 퇴근복으
로 갈아입은 모습으로 나와 서 있었다. 같은 지역에 요를
가진 도공 몇 명도 선생님을 기다리고 있었다. 선생님은
흰 수건 하나를 머리에 둘러썼다. 다른 도공들이 띠를 두르는
것과 달리 그는 수건으로 머리카락을 몽땅 싸매어 목덜미쯤
에 아낙네들이 쪽을 짓듯이 뒤에 매듭을 묶었다. 수건 하나

썼을 뿐인데 선생의 얼굴이 달라보였다. 멍석 위에 신을 벗고 올라간 선생은 늘 하던 익숙한 솜씨로 술을 올리고 마음 다해 큰절을 두 번 드렸다. 능숙하지만 정성 가득한 몸가짐에 모두들 숙연해진다. 참석했던 사람들도 본인이 원하면 술을 한 잔씩 따르고 절을 올렸다. 선생님은 불을 땔 때마다 고사를 지내지는 않았다. 다른 요보다 자주 불을 때는 편이므로 매번 고사를 지낼 수는 없었다. 왠지 고사를 지내고 싶어지는 특별한 날에만 고사를 지냈다. 보통 때는 불때기 직전에 조용히 마음을 다해 청정한 차 한 잔을 가마 위에 올리면서 마음을 비웠다. 마음을 비움은 어떤 간절한 기도를 드리는 것보다 더 어려운 일이었다.

봉통에서 시작한 불때기는 마지막 칸 불을 땔 때까지 12시간을 공들여야 한다. 오늘 밤 11시에 불을 댕겼으니 내일 아침 11시까지는 때야 할 것이다.

봉통 앞에는 장작 부스러기와 쪼가리 장작을 쌓아 종이 불을 붙이기만 하면 타오르면서 봉통의 장작으로 이어지게 만들어놓았다. 불씨였다. 선생님이 불씨에 불을 붙여 봉통에 밀어 넣자 잘 마른 장작에 불이 붙었다. 장작 나르는 사람과 불보는 사람의 호흡이 맞아야함은 말 할 나위도 없다. 일꾼은 가마지기가 장작을 집기 좋도록 높이와 위치에 항상 신경을

쓰면서 가져다 쌓아야 한다. 그래야 가마지기가 쉽게 장작을
넣을 수가 있기 때문이다. 그 때문에 불 때는 날에는 언제나
손발이 잘 맞는 똑같은 일꾼을 정해두는 도공들도 허다하다.
처음 600도의 불은 빨갛고, 600도가 넘어가면 불은 노랗고,
1000도가 넘으면 불이 하얘진다. 불꽃의 색깔을 보면서
단계적으로 장작을 집어넣어 온도를 올려가는 일이 무엇보
다 중요하다. 과정 과정이 다 중요하지만 처음 200도까지
올리는 일은 바짝 신경을 써야하는 과정이었다. 너무 갑자기
온도가 높아져도 안 되고 너무 온도가 낮아도 안 된다. 갑자기
온도를 높이면 그릇이 터지고 너무 온도가 낮으면 그릇이
뒤틀린다. 불길이 타오르면 불질하는 사람이야 얼굴에 땀방
울이 맺히고 팽팽한 긴장감이 감돌지만 그것은 그 사람 몫일
뿐 구경꾼은 흥분되는 순간이다. 불이 붙기 시작하면 참석한
사람들은 고사 음식을 먹으며 삼삼오오 모여 앉아 이야기보
따리를 풀어놓는다. 그동안 어떻게 지냈는지 누구에게 어떤
일이 있었는지, 불때기까지 이곳에는 무슨 일이 벌어졌는지
할 말이 태산같이 많다. 도공들은 도공들대로 할 말이 많고
거나꾼들은 거나꾼들끼리 할 말이 많다. 연화는 선생의 딸과
선생님 가까이에 붙어 앉아 불을 지키며 소곤소곤 대화를
나누고 있었다. 나는 제니퍼가 접시에 덜어다 주는 머리고기

와 떡을 안주 삼아 막걸리 한 사발을 들이켰다. 얼마 전까지 평소에 그리 즐기던 술을 산에서 돌아온 날부터 남의 음식처럼 낯설어 보이고 입맛에 당기지 않아 열흘이 넘도록 입에 대지 않았었다. 오늘은 사정이 달랐다. 어쩌면 지금 병원에 있을지, 시신 냉동실에 있을지 모르는 내 몸뚱이가 여기에 살아 존재한다는 것을 축하하고 싶었다.

"막사발에 마시는 막걸리 맛이 기가 차죠?"

제니퍼도 한 사발을 단숨에 비웠다. 청정하게 맑은 서늘한 밤기운이 진한 막걸리 한 잔에 따뜻해진다. 몸도 따뜻하고 마음도 따뜻하고 정신도 따뜻하다.

"여기 선생님은 약주를 안 하시는 모양이죠?"

"피치 못하는 자리에서 하는 수 없이 한두 잔은 하시지만 저희들은 될 수 있으면 권하지 않는 편이지요. 선생님께서는 원래부터 술은 즐기지 않았고 잠시 쉬기 위해 담배 한 대씩을 간혹 피웠는데 그나마도 끊은 지 몇 해 되었습니다. 그래서 선생님과 한 잔 술을 주거니 받거니 해 본 추억이 없어서 아쉬워요. 저도 술을 끊으려 합니다."

"창작하는 사람이 술 한 잔에 얼큰해져서 솔직한 감정을 풀어놓을 수 없다면 진정한 예술의 맛을 모르는 사람 아닐까요?"

"술의 힘을 빌려서야 솔직한 감정이 된다면 그야말로 진정한 예술가가 아닐 수도 있지요."

"그렇게 되나요?"

제니퍼는 고개를 갸웃거리며 헤실헤실 웃었다. 술기운에 더 많이 웃는 것 같았다.

"아버지가 워낙 술을 좋아해서 우리 집 살림은 엉망진창이었어요. 그래서 나는 절대로 술을 마시지 않겠다고 결심했던 젊은 시절이 있었지요. 내내 술을 멀리하다가 어머니가 집을 나가고부터 저도 친구들과 술을 마시기 시작했어요. 요장에 나가 흙 파서 지게에 져 나르는 노동 일이 힘들고 배고플 때 새참으로 내오는 막걸리 한 잔이 배를 채워줬거든요. 그 한 잔 힘에 다시 일을 해야 했으니까요. 잠시나마 고통을 잊게 해주는 술맛을 알아버렸으니 끊을 수가 없더군요. 아버지 술주정은 날로 더 심해졌고 식구들은 뿔뿔이 다 흩어졌어요. 술은 자꾸 늘어만 갔고요. 제 경우에는 술 때문에 일에 지장이 많았었습니다. 이제 시간이 아까울 나이가 되었으니 술로 빼앗길 시간이 두려운 거죠."

제니퍼가 내 얼굴을 그윽이 바라보았다. 나는 민망해 다시 술잔에 눈을 돌렸다.

"사연이 많은 분이라는 짐작은 했었지만 그런 고초를 겪었을 줄은 몰랐어요. 제 가슴이 아프네요."

잠시 말을 끊고 고개를 숙였던 그녀가 다시 내 눈을 똑바로 보았다.

"선생님은 마니산 참성단에서 며칠을 계셨던 건가요?"

그녀가 낮은 목소리로 아주 진지하게 그 질문을 던졌다. 눈을 피할 수도 답변을 거절할 수도 없게 그녀의 눈빛은 나를 옥죄었다.

"저는 전생을 믿어요. 제가 절에서 한 달간 공양주 노릇을 한 것은 주지 스님께서 꼭 그렇게 하라고 일러주셨기 때문이에요. 스님은 사람을 보면 저절로 그분의 전생이 보인답니다. 많은 사람들이 자기의 전생을 봐 달라고 찾아오지만 절대로 말해주는 법이 없어요. 그 말을 하면 또 다른 업을 짓는 거라고 하시더군요. 제가 절에 찾아온 손님께 정성껏 차린 밥상을 올린 지 한 달 만에 선생님 밥상을 차렸습니다. 바로 전날 스님께서 '내일 오시는 귀한 손님 밥상을 끝으로 절을 떠나도 좋다'고 하셨어요. 당연히 저는 그분이 누군지 몰랐어요. 그런데 선생님 밥상을 물리고 나서야 알았습니다. 스님께서 절더러 선생님 모시고 나가라고 했으니까요."

"보살님은 스님을 어떻게 알고 찾아가셨던 겁니까?"

"남편의 유골을 안고 한국에 돌아왔을 때 어느 분이 스님을 소개시켜 주셨어요. 스님이 범상한 분이 아니라면서요."

"범상치 않은 분이라는 느낌은 저도 받았습니다. 아, 그런데 절 입구에 놓인 군고구마 화덕은 무엇에 쓰는 건가요? 그게 내내 궁금했거든요."

제니퍼가 심각한 얼굴을 풀고 까르르 웃었다.

"그게 그렇게 궁금하셨어요? 지금 제 질문에 답을 회피하시려는 거죠?"

"그런 건 아니에요. 그날 절을 나오면서부터 궁금했는데 물어볼 겨를이 없었어요. 마침 생각이 나서……."

"스님이 그 먼 절까지 찾아온 손님을 맨 입으로 돌려보낼 수 없다고 하시면서 군고구마 화덕을 설치했지요. 화덕 옆에는 항상 호일에 싼 고구마가 준비되어 있어요. 구워진 군고구마를 먹고 가는 분이 또 고구마를 화덕에 넣어 놓고 가면 다음 분이 와서 잡숫고 그분이 또 넣어 놓고 가는 거예요."

"예. 그런 화덕이었군요. 저는 절에서 군고구마를 실비로 판매를 하는 줄 알았습니다."

제니퍼가 간신히 웃음을 참으며 술 한 잔을 마셨다. 어둑한 불빛에도 그녀의 볼이 발갛게 붉어진 것이 보였다.

"아직 대답 안 하셨어요."

"마니산 참성단에서 사흘을 보냈습니다."

"스님 말씀이 맞았네요. 단지 그걸 확인해 보고 싶었어요."

"스님이 뭐라고 하셨는데요?"

"사흘이나 우리 곁에 계신 줄도 모르고 이제야 모셨다면서 어리석은 중생이라고 스스로를 자책하셨어요."

"무슨⋯⋯."

그는 뒤를 이을 적당한 말을 찾지 못했다. 무슨 말도 안 되는 소리냐고 하려니 스님을 욕되게 하는 것 같고, 무슨 내가 그런 귀한 존재냐고 하려니 스님의 영험함을 의심하는 것 같은 난감한 입장이었다.

"무슨 이야기가 그렇게 재미있어요?"

한창 이야기꽃을 피우고 있는데 선생님이 잠시 딸에게 불을 맡기고 우리 자리로 와 앉았다.

"선생님 술 한 잔 하시겠어요?"

제니퍼가 사발을 들어 그의 앞에 내밀었다.

"멀리서 오신 벗이 잔을 권하시니 한 잔 받아볼까요?"

망설임 없이 그녀의 잔을 받아들었다.

"천하의 선생님도 미인 잔은 뿌리치지 못하시는군요."

내가 싱글벙글 선생님을 놀리자 그는 술잔을 비우고 나를 보며 씩 웃었다. 그 말은 농담이었지만 자기 가마에 불 때는 날 그 기분이 어떨지는 너무나도 잘 알았다.

"옛날 한창 잠 많던 젊은 시절에 밤새 불을 보고 앉았다가 새벽에 깜빡 잠이 든 거야. 잠이 깨면서 얼마나 놀랐는지. 몇 달 고생한 그릇 다 버리는 줄 알고 허겁지겁 당황하던 기억이 생생해. 아직도 가끔 그런 꿈을 꿀 때가 있어."

선생은 혼잣말처럼 옛날이야기를 하고 있었지만 나는 그 말이 가슴에 진하게 와 닿았다.

"그런데 왜 불을 꼭 밤에 때야만 하나요?"

제니퍼는 술을 마실수록 점점 소녀 같은 모습으로 바뀌어 가는 것 같았다.

"어두운 밤에 불이 선명하게 잘 보이기 때문이에요. 그리고 밤새 새빨간 불꽃을 지켜보고 있노라면 마음이 평정을 찾고 자신이 평화로워집니다. 그 순간만은 아무런 근심걱정이 없이 행복함을 느끼게 됩니다. 지금처럼."

"불 때는 날은 흥분되고 설레고 긴장돼서 종일 밥도 먹지 못하고 마당을 서성거렸지요. 저는 한 십 년 넘게 내내 그랬던 것 같아요."

나 역시 엊그제 같은 지난날을 생각하며 감회가 새로웠다.

"아직도 설레기야 하지. 이번에는 어떤 놈이 태어나려는지 기대도 되고. 아마 우리 도공들은 평생 그렇게 살겠지."

선생님 눈가가 벌써 술기운으로 붉어온다. '저 선생님은 전생에도 도공이었을까?' 나는 선생의 얼굴에 역력한 굵은 주름이 아름답다고 느꼈다. 달아오르는 불만큼 뜨겁게 살아온 그의 인생이 아름답기 때문일 것이다. 나는 나의 열정을 숙성시켜 내면으로 삭일 때가 왔음을 촉각으로 감지한다. 밤은 깊어가고 봉통의 불은 이제 제대로 소성되어 열기를 더해 가고 있다. 서리가 내리는지 잠시 지붕을 비켜났던 몸이 눅눅해진다. 밤이 깊을수록 도공의 마음 또한 깊어진다. 사람들의 대화가 잠시 끊기는 사이에 늦가을 풀벌레 소리가 사람의 말을 대신해준다. 산이 깊다.

10. 만남

이것이 나를 버린 내 모국에 대한 그리움이었던가?

정작 그가 찾고 싶은 것은 미국의 국가 이익이 되는

〈블루하트〉 작전의 실마리가 아니라 그 자신의 뿌리인지도 몰랐다.

과연 내 근원을 찾을 수 있을까?

인천 공항으로 그를 배웅 나가는 일은 철저히 공적인 일이었
다.

프랭크 장이 마이클의 명령이라고 제니퍼에게 전했을 때
그녀는 자존심이 상했지만 마이클로서는 부하 직원에게 그
렇게 말할 수밖에 없었으리라 이해했다. 제니퍼는 자신이
그의 부하 직원도 아니면서 그의 명령을 받아야 한다는 사실
에 심사가 뒤틀렸으나 일을 하기로 한 이상 그가 책임자였으
므로 토를 달지 않고 참아 넘겼다. 〈블루하트〉라는 작전에
대해서는 누구도 제니퍼에게 말해주지 않았다. 단지 마이클

은 국가적으로 큰 이득이 있는 작전을 공적으로 수행할 수 없는 입장에 대해서만 설명을 했고 그녀에게 참여를 강요했다.

"미 국적을 가진 국민이라면 누구라도 국가를 위해서 도움이 되는 존재여야 한다고 생각해. 그런 일을 하고 싶어도 능력이 없어서 못하는 국민이 대부분이겠지만 다행히 당신은 그런 능력을 갖추었고 이런 일을 맡게 된 것을 영광으로 여겨야 해."

마이클의 이런 면이 그녀를 질리게 했고 그래서 그를 떠날 결심을 굳혔는지도 몰랐다. 딸의 협박이 두려웠던 것도 사실이었다. 그러나 결정적으로 그와 끝낼 결심을 한 것은 마이클의 그 무조건적인 나라 사랑을, 가까운 사람 어느 누구에게나 그 사랑을 세뇌시키려는 버릇을 꺾을 수가 없어서였다. 그가 과연 대학시절 시를 좋아하고 반전 가수인 존 바이스에 열광하던 그때의 그 미술학도인지 의심스러웠다. 직장 상사인 마이클의 스케줄 북에서 엄마 제니퍼의 명함을 발견하고 집으로 돌아온 날부터 안나는 몇 날 며칠을 제니퍼에게 따지고 들었다.

"마이클 해외 담당관이 왜 엄마의 명함을 다이어리 포켓에 넣고 다니는지 설명해 주세요."

"나는 모르는 일이다. 우린 대학 동창이고 우리 동기생들의 화집 출간을 내가 맡았으니까 내 명함을 가지고 있었겠지."

"엄마, 그 사람이 어떤 사람인지 아직 모르는 모양인데 그런 정도의 여자 명함을 책상 서랍도 아닌 출장 스케줄 수첩에 넣어 다닐 사람이 아니야. 비서인 내가 엄마보다 그 사람 성격을 더 잘 알아. 솔직히 말해요."

"글쎄 나는 모르는 일이라니까."

"두 사람 모두 너무 불결해. 정말 이러실 거예요? 엄마가 말하지 않으면 담당관님께 직접 물어봐도 되죠?"

마이클은 안나가 그녀의 딸임을 입사 후에야 알고 처음에는 부담스러워 했다. 그러다가 나중에 마음을 바꾸어 안나를 비서실로 데려간 것은 그 사람이었다. 정보 계통에서는 믿을 수 있는 자기 사람이 얼마나 있느냐에 따라 일의 승패가 가려진다는 지론이었다. 안나가 아주 어릴 때 마이클은 가끔 아이를 보았고 바른 성품으로 밝고 성실하게 자라는 것을 칭찬했었다.

"그래. 그게 좋겠구나. 그 사람은 네가 알다시피 거짓말을 못하는 사람이니까 바른 대답을 해 주겠지."

제니퍼도 배짱으로 한 번 덤벼보는 수밖에 없다는 판단

아래 안나와 맞수를 두었다.

"엄마는 그 사람을 너무 몰라. 그는 거짓말을 못하는 것이
아니라 거짓말을 정말처럼 완벽하게 하기 때문에 아무도
그의 거짓말을 알아채지 못하는 거예요."

"나는 대학시절의 그 사람만 알아. 정부 일을 하면서 많이
변한 모양이구나."

제니퍼가 끝끝내 그와는 아무런 관계가 아니라고 잡아떼자
안나는 한동안 잠잠해졌다. 제니퍼는 안나가 그쯤에서 포기
한 줄 알았다. 한 달쯤 지났을까? 안도의 한숨을 쉴만할
즈음 딸이 제니퍼 앞에 꼼짝 못할 증거물을 디밀었다.

"엄마가 날 너무 과소평가했어요. 지난 육 개월 동안 엄마
휴대폰 통화 내역서야. 다른 사람은 모르겠지만 나는 이
내역서 중 어떤 것이 우리 담당관님 번혼지 알아요. 이래도
아니라고 말 할 수 있어요?"

제니퍼는 더 이상 추해지지 말자고 생각했다. 원래 다정다
감하고 상냥한 딸은 아니었지만 한 번도 엄마를 속 썩여
본 적이 없는 안나였다. 자기 일은 자기가 알아서 척척 해내고
자기의 진로도 스스로 결정하고 개척해 나갔다. 어느 분야에
서도 서양인에게 지지 않았다. 대학 성적도, 취업도, 회사
생활조차도. 가끔 딸이 너무 이기적인 성격이 되지 않을까

염려하긴 했었지만 안나는 결국 결벽주의자에 완벽주의를 지향하는 아이로 성장해버렸다. 두 사람은 항상 바빴고 서로 대화를 나눌 시간조차 없었다. 제니퍼는 자기 일을 스스로 잘해내는 딸 덕에 그녀의 일에만 전념하며 걱정 없이 살아왔다. 겉으로 완벽해 보이는 딸이 내면적으로 인간미 없이 피폐하게 병들어가는 줄 몰랐던 것이다.

"우리 회사 다니는 사람의 휴대폰은 회사에 등록하지 않고는 사용할 수 없는 규정이 있고, 등록된 휴대폰은 모두 회사 일련번호가 주어져요. 일반인들에게 노출되지 않게 하기 위해서예요. 내가 회사 규정을 어기고 담당관님 이름을 팔아서 이런 내역서를 떼게 만든 건 엄마예요."

안나는 전화 내역서를 제니퍼에게 던져주고 방을 나갔다. 아마도 전화 통화 내역서를 뽑기 위해 제 상관의 이름을 팔았나보다. 안나는 자신을 거짓말하게 만든 엄마에게 더 화가 났을 것이다. 제니퍼는 체념한 얼굴로 두루마리처럼 긴 내역서를 주워들었다. 이틀에 한 번 사흘에 한 번은 언제나 똑같은 번호가 찍혀 있었다. 그녀가 단축 다이얼로 입력시켜 놓은 그의 휴대폰 번호가 아니었다. 안나가 말하던 회사 요원들의 일련번호인 모양이었다. 그녀는 가느다랗게 한숨을 내쉬었다. 내역서를 든 손이 가늘게 떨려왔다. 아무런

대안도 떠오르지 않았다. 제니퍼는 딸의 방문을 노크했다. 안나는 아무렇지도 않은 듯 책을 읽다가 그녀를 맞았다.

"내가 어떻게 했으면 좋겠니? 네가 말 해 봐."

그녀는 구구한 설명도 변명도 하고 싶지 않았다. 더 이상 실망스런 말도 행동도 보여주기 싫었다.

"그냥 조용히 정리하세요. 더 이상 이런 관계는 싫다고, 그래서 끝내고 싶다고 하세요. 그러면 돼요. 그렇게 하면 다른 아무 것도 묻지 않을게요. 나는 엄마와 내가 다른 사람들한테 손가락질 받을까봐 겁난다고요. '눈 찢어진 동양인'이라는 소리 들으면서 우리가 어떻게 여기까지 왔는데…….. 그리고 그 사람의 신분이 어떤 신분인데 겁도 없이 그 사람의 숨겨진 정부 노릇을 하느냐고요."

"알았다. 그렇게 하마. 나도 너한테 부탁이 있어."

"뭔데요?"

"네가 인생을 좀 즐기면서 살았으면 좋겠다. 남자 친구와 데이트도 하고 영화도 보고 여행도 하면서 말이야. 이제 너를 짓밟고 네 자리를 네 자리가 아니라고 말 할 사람은 없어."

"그건 제 문제예요. 엄마처럼 남의 남자를 사랑하는 게 인생을 즐기며 사는 건가요?"

"그런 뜻이 아니잖니."

제니퍼는 고심 끝에 그에게 끝내고 싶다고 전화로 말했고 며칠 뒤 한국으로 떠나왔다. 그런데 그가 찾아낸 것이다. 꼭 맡아주어야 할 일이 있다는 구실로 그녀를 거절하지 못하게 만들었다. 제니퍼는 단지 그와 국가적인 일을 하고 있을 뿐이라고 자위했다.

인천 공항에 비행기 도착 시간보다 일찍 도착한 제니퍼는 제임스를 기다리는 동안 잡다한 생각에 골똘해 있어 시간이 가는 줄도 몰랐다.

"혹시 제니퍼씨 아닌가요?"

무릎 위에 놓인 네임 피켓을 보고 남자가 다가와 어눌한 한국말로 물었다. 그녀는 화들짝 놀라 피켓을 떨어뜨리며 의자에서 일어섰다.

"어머, 제임스 씨?"

제임스는 떨어진 피켓을 주워들며 넉넉한 웃음을 웃었다. 키 큰 그가 한 쪽 어깨에 멘 가방을 추슬러 올리고 약간 몸을 낮춰 악수를 청했다.

"반갑습니다. 한국인이셨군요."

키 크고 선량해 보이는 남자의 인상이 마음을 끌었다. 얼굴은 한국형인데 체구는 서양형인 그런 남자였다. 한쪽 눈을 덮는 긴 앞머리를 그는 자주 걷어 올렸다. 걷어 올려도 결국 그 자리에 있는 빳빳한 생머리가 매력적이었다. 그 모습이 청년 같아 보였다.

"저도 반가워요. 같은 과라서……."

"전 한국말보다는 영어가 더 편한 사람인데 이해해 주신다면……."

그가 영어로 그 말을 하며 양해를 구했다. 전혀 사투리가 섞이지 않은 좋은 영어를 사용하고 있어 그가 다시 보였다. 고등학교 때 유학 간 제니퍼가 도저히 흉내 낼 수 없는 그런 영어를 그는 구사하고 있었다.

"이미 영어로 말하고 있으면서…… 나도 좋아요."

제니퍼가 기분 좋게 조크를 하며 고개를 끄덕였다.

"한국말이 많이 서툴고 불편해서요. 제니퍼는 아주 한국말을 잘 하시는군요."

"나는 고등학교 일학년 때까지는 한국에서 살았으니까요. 제임스는요?"

"저는 다섯 살인지 여섯 살인지 잘 모르는 어린 나이에 미국으로 갔어요. 그동안 한국에 단 한 번도 오지 않았고요."

제니퍼는 그와 주차장을 향해 걸었다. 그의 짐은 대체로 간편했다. 어깨에 멘 숄더백과 손에 든 쇼핑 봉투와 바퀴 달린 중간 크기의 트렁크 하나가 전부였다. 그리 오래 머물 사람 같지는 않아 보였다. 제니퍼는 그의 짐을 보는 순간 안도했다. 이 작전이 긴 시간을 요하지는 않을 것이라 짐작되었고 그래야만 마이클의 명령 체계에서 벗어날 수 있어서였다. 대화가 중단된 사이 제니퍼는 다시 그녀만의 생각 속에 빠져 그가 곁에 있다는 사실을 아주 잠시 잊었다.

"제니퍼는 그동안 한국에 자주 나왔었나요?"

제임스가 큰 키 탓인지 등을 굽히며 그녀를 내려다보듯 들여다보았다. 제니퍼는 자신이 딴 생각에 몰두하고 있음을 눈치 챈 그를 미안한 얼굴로 올려다보았다.

"어느 날부터는 그랬지요. 그전에는 한국에 나올 만큼 한가하지 못했어요."

남편의 유골을 안고 돌아오기 전까지 그녀는 한국에 자주 나오지 못했다. 남편이 사고를 당한 이후는 그를 모셔 놓은 절에도 친정에도 일 년에 한 번씩은 다녀갔다. 제임스가 무슨 뜻인지 몰라 그녀를 돌아보자 제니퍼는 양어깨를 올렸다 내리는 제스처를 해 보이며 픽 웃었다. 처음 만난 남자에게 더 설명할 필요를 느끼지 않았다.

"그런데 자주 무슨 생각을 그렇게 골똘하게 하는지 말해
줄 수 있어요? 마중 나오신 분이 찾을 사람에게는 관심도
없고…….."

"그러게요. 내가 좀 멍청해서."

"멍청한 게 아니라 사연이 많은 거겠지요."

제니퍼는 못 들은 척 자동차 트렁크를 열어 그의 짐이 들어갈
공간 마련에 열중했고 제임스는 씩 웃으며 짐을 실었다.
그들은 잠시 공적으로 만난 느낌보다는 연인 같은 느낌으로
자동차에 짐을 싣고 공항을 출발했다.

"이제부터 우리는 〈블루하트〉 작전을 위한 한국 파트너입
니다."

"무엇부터 시작해야 하는 거죠?"

"우선 갈 곳이 있어요. 리움미술관이요. 거기서 본 다음
한국의 이름난 도공들을 만나야 해요. 찾아야 하니까."

"뭘 찾는 거예요?"

"사무실에 가서 설명할게요."

무엇을 보겠다는 건지 알 수 없지만 제니퍼는 리움미술관으
로 그를 안내했고, 그는 혼자 미술관에 들어갔다가 한참
만에 나왔다. 영문 모르는 채 그녀는 자동차에 앉아 그를
기다렸다. 사무실로 가는 동안 제임스는 뭔가를 골똘하게

생각하는 것 같았다. 프랭크 장이 같은 빌딩의 오피스텔 두 개를 얻어 7층은 사무실로 꾸며놓고, 12층은 제임스의 숙소로 만들어 놓았다.

"한국에는 얼마나 체류하게 되나요?"

"그건 제니퍼한테 달렸죠. 작전 성공 여부에 따라 빨리 돌아갈 수도 있고 아니면 당신과 여기서 살 수도 있어요. 작전이 성공할 때까지."

한국말을 할 때보다는 영어로 말 할 때 그는 훨씬 생기 있고 위트가 있어 보였다. 한국말을 할 때는 말이 어눌해서인 지 반짝반짝하는 기지가 엿보이지를 않았다. 제임스는 잠시 대화를 중단하고 스쳐지나가는 거리 풍경에 눈을 주었다. 알지 못할 정겨움과 인정스러움이 가슴에 와 닿았다. 미국이 아닌 한국의 거리가 생소하기는 하지만 낯설거나 거부감이 느껴지지 않았다. 추수 끝난 먼 들판이 친근하고, 아기자기 한 산이 따뜻하고, 나지막한 집들이 푸근했다. '이것이 나를 버린 내 모국에 대한 그리움이었던가?' 정작 그가 찾고 싶은 것은 미국의 국가 이익이 되는 〈블루하트〉 작전의 실마리가 아니라 그 자신의 뿌리인지도 몰랐다. '과연 내 근원을 찾을 수 있을까?' 그는 그러나 집착하지 않기로 하였다. 집착하면 마음이 성급해지고 성급해지면 의연해질 수 없고 의연해지지 못하면 이 작전을 수행할 수 없다는 판단 때문이었다.

"이번 작전은 제니퍼의 역할이 절대적이라는 사실을 알아요?"

"아니요. 난 그저 제임스를 도와주는 역할만 하면 된다고 들었는데요."

두 사람은 우선 12층에 들러 그의 짐을 내려놓고 7층 사무실로 내려갔다. 그의 숙소가 심플하고 단조로운데 비해 사무실은 세심하게 신경을 쓴 흔적이 역력했다. 30평정도 될 듯보였다. 넓지도 좁지도 않게 적당하지만 짜임새가 완벽한구조로 꾸며져 있었다.

"오! 사무실이 쓸 만한데요?"

제임스가 들어서며 얼굴을 환하게 밝혔다.

"마음에 드세요?"

"제니퍼 작품인가요?"

"뭐 그런 셈이죠. 회사에서 주는 비용 한도 내에서 솜씨를발휘한 거니까."

"정말 열심히 일해야만 할 것 같은 분위기가 좋아요. 숙소가 바로 위층에 있다는 것도 마음에 들고요. 밤늦게까지일하다가 올라가 쉴 수도 있고, 잠 안 오면 내려와 일 할수도 있고."

"일 중독자인가 봐요. 나도 그런 사람 하나 알고 있는데……."

"일 중독자는 아니고 취미 생활이 일이에요."

두 사람은 마주보며 깔깔거리고 웃었다.

"시작이 즐거운 걸 보니 예감이 좋죠?"

제임스는 들고 온 쇼핑백에서 나무상자를 꺼냈다. 도자기를 포장할 때 쓰는 단단한 나무 상자 안에는 역시 도자기가 들어 있었다. 그가 비닐 포장을 다 벗기고 부드러운 흰 종이를 다 벗겨냈을 때 드러난 도자기를 보는 순간 제니퍼는 자신의 눈을 의심했다.

"아니, 이 도자기가 왜 여기에 있는 거예요?"

그녀가 입을 다물지 못한 채 제임스를 보았다.

"이것이 우리 작전의 열쇠거든요."

'청자양각호문주병' 그것은 제니퍼가 마이클에게 선물하고, 마이클은 국무장관에게 선물했던 도자기였다. 그는 제니퍼에게 그간의 경위를 상세히 설명하기 시작했다.

11. 해후

"두 분은 인연이 닿아 만나신 것입니다.
어느 전생에서 법사님이 도공일 때 공양주 보살은
법사님을 보좌해준 애제자이기도 했고,
어느 전생에서 법사님은 보살의 부하 직원이기도 했습니다."

나는 작업장에 틀어박혀 흙을 만들고 그릇을 빚고 물레를
돌렸다. 마음을 비우고 아무 잡생각 없이 작업하려고 애썼다.
흙을 힘 있게 올리고 머리끝에서 발끝까지 몸과 마음을 하나
로 모은다. 손은 익어 있어야 하고 마음은 비어 있어야 한다.
이제 나는 오만한 기교는 배제하고 겸허한 마음으로 영혼을
바쳐야 한다. 그것은 하늘이 나에게 명하는 과제이다. 어느
날 아침 도자기 보는 눈과 감각을 새로이 내게 준 이유는
그렇게 도자기를 만들라는 계시인 것이다. 물레는 힘차게
돌리고 굽칼은 여러 번 대지 않는다. 머뭇거림이 없어야

그릇에 힘이 느껴지고 매끄러우며 군더더기가 없어진다. 내 삶도 군더더기 없이 단순해져야 하고 그 삶에서 그릇은 새롭게 태어날 것이다.

먹고 살 길이 없어서 요장에서 막일꾼 노릇을 하다가 배운 것이 없어서 어깨 너머로 배운 그릇 만드는 일을 시작했던 그때 나는 얼마나 순수했던가. 그저 값나가는 비싼 도자기 한 개만 빚어서 굶어죽지 않고 살아남는 것만이 소원이었던 무명 도공 시절 나는 오만도 겸손도 없었다. 대장을 넘볼 생각은 꿈에서조차 하지 못했고, 내 가마가 없어 남의 가마에 불 때는 날, 내 그릇 몇 점씩 동냥 구이를 하면서도 인정받을 그릇 몇 개는 만들고 죽자했다. 그러다가 남의 품안에서 태어난 내 그릇이 주인이 탐내는 그릇이 되어 실력을 인정받았을 때 나는 남의 가마 앞에서 무릎 꿇고 감사하며 울었다. 주인이 버리고 서울로 떠나간 빈 가마를 임차하여 내 가마가 생겼을 때 하늘로 솟아오를 것 같았던 그 행복을 나는 잊고 살았었다.

나는 물레를 돌리며 어깨를 매끄럽게 쓰다듬어 내리던 매병을 뭉개버렸다. 최근 들어 매번 있는 일이었다. 진실이 없다. 진심이 없다. 순수가 없다. 겸손이 없다. 내 손 끝에 닿은 흙이 내 손길을 받아 그릇으로 형성되는 순간 짓뭉개 버리는 일을 나는 별로 좋아하지 않았다. 새 생명으로 잉태되는 흙의 숨통을 끊어놓는 것 같아서였다. 그런데 요즈음은 매일 수 십 개의 흙의 숨통을 목 졸라 없애고 있다. 물레를 끄고 자리에서 일어나 도자기 보관실로 들어갔다. 그곳에는 선조 도공들의 숨결이 아직도 따뜻이 남아 언제나 나를 훈훈하게 맞았다.

 이름 없는 도공들이 만든 고려시대의 작품들을 나는 아주 오랜 동안 수집해 왔다. 그 당시는 얼마나 천한 신분이었으면 이름조차 없었을까? 그래도 그들은 천업으로 알고 그릇을 빚었다. 청자가 제일 많았고 백자, 분청, 옹기, 칠기들도 있었다. 고려시대나 조선시대의 도자기 파편들도 부지런히 얻어다 쌓아 놓았다. 나에게는 그것들 모두가 내 도자기에 색을 내는 연구 대상이었다. 온갖 안료와 유약과 기술이 발달한 현대에 와서도 흉내 내지 못한 비색의 파편들을 보고 있노라면 그들이 존경스러워진다. 문병, 주병, 유병, 주전자, 정병, 문합, 대접, 사발…… 용도조차 정확히 알 수 없는 그릇들이 제각각 세월의 흔적을 드러낸 채 누군가의 손길을 기다리고 있었다. 귀퉁이가 떨어져 나간 대접, 꼭지 떨어진 뚜껑의 주전자, 굽이 깨어진 사발, 균열이 많은 기름 병. 그 어느 하나도 소중하지 않은 것이 없었다. 나는 하나하나 매만지며 그들과 속삭였다.

"이름 없이 고달프게 살다 가신 선배님, 그 뜻을 제게 맡기시고 편안한 세상 누리소서. 제가 꼭 선배님들을 기리는 도공의 탑을 세워 여러분의 넋을 기리겠나이다."

나는 도공의 탑을 세울 계획을 오래전부터 기획해 왔다. 탑 밑에 묻을 법화경을 열 권째 사경(경을 베껴 쓰는 일)하고 있는 중이다. 법화경은 묘법연화경의 줄임말로 불경 중에 진실의 말씀을 전하는 경으로 사원 불사를 할 때는 그 밑에 소원이 적힌 여러 사람들의 사경을 묻고 불사를 했다. 먼저 가신 선배 도공의 넋을 기리고 혼을 위로할 탑을 세움은 결국은 남아 있는 도공들을 위한 일이기도 하다.

나는 오랜만에 캐비닛을 열어 내내 간직해 온 도자기의 일부분들을 한가로운 마음으로 살펴보았다. 어디서 존재의 가치도 없이 굴러다니거나 또는 누군가 움켜쥐고 있을 도자기 신체의 일부분들이 서로 결합하는 날을 기다리고 있는 미완성품들이었다. 받들어 모실 잔이 돌아오기를 기다리고 있는 국화문형 받침대, 제 몸뚱이를 찾아가 완성의 끝을 보고 싶은 주전자 뚜껑, 덮어줄 윗몸을 잃은 문합의 아래 몸…… 등등 제 짝 찾을 날을 기다리는 반쪽 도자기들을 보면 나는 언제나 애가 탔다.

"어느 시점까지 당신들의 분신을 찾지 못하면 내가 완전한 몸으로 만들어 드릴 생각입니다. 내 솜씨가 완전한 짝을 만들 수 있는 경지에 오르는 그날까지 기다려 주시오."

나는 그것들이 내 말을 듣고 있다는 것을 믿었다. 도공의 손에서 모양을 갖추고 만들어져 1300도의 불길을 견디면서 생명을 얻는다는 것을 알고 있기 때문이다. 나는 캐비닛을 닫고 다이얼을 돌려 문을 잠갔다. 선조 도공의 혼과 나의 혼이 합일치 되는 날, 그날 이 캐비닛 속의 분신들은 나머지 분신을 찾게 되리라. 나는 어두컴컴한 도자기 보관실에 앉아 지난날을 되돌아보았다.

도공 20년 만에 일본에서 내 이름이 알려지고 내 도자기들이 사랑받기 시작했다. 그 나라에서 전시회가 열릴 때마다 가지고 간 작품은 전 물량 매진이었다. 내 값어치는 일본에 이어 국내에서는 물론 한국에 관광 온 중국, 대만 사람들에 의해 몇 배씩 껑충껑충 뛰어올랐다. 요장으로 만족스럽지 않아 연구소를 설립하고, 전시장을 열고, 시연장을 만들었다. 정해진 '탄생의 날'에는 사람들 앞에서 능수능란한 솜씨로 그릇 만드는 작업 공정을 보여주는 행사도 벌였다. 나는 도공이라기보다 도공 역을 맡은 배우처럼 스타덤에 오르면서 나날이 행복해 했다. 나의 교만이 극에 달한 시점에 사랑하던 아들을 잃었다. 아담을 잃고도 나의 교만을 미처 깨닫지 못한 나 때문에 아내가 아들의 뒤를 따라 세상을 떠났다. 나는 그때부터 술에 절어 살며 우리 아버지처럼 고주망태로 전락하여 폐인으로 변해갔다. 술 취한 아버지를 길거리에서 얼어 죽게 만든 고모에게 저주를 퍼부었던 젊은 시절을 처음으로 후회했고, 30년을 안 보고 살았던 고모를 찾아가 내가 내뱉었던 말들을 속죄했었다. 고모 역시 "나한테 이런 모진 소리해 놓고 네가 얼마나 잘 사는지 내 눈에 흙이 들어갈 때까지 지켜볼 거다" 하고 나에게 쏟았던 악담이 진심이 아니었음을 고백했다. 나는 다시 일손을 잡았지만 잠시 멈칫했던 슬럼프를 벗어나 유명세를 되찾겠다는 일념으로 일에 전념했을 뿐 진정한 겸손도 깨우치지 못했고 자비도 베풀 줄 몰랐다. 나아진 것이 없었다. 시련 뒤끝이라 겉으로 내색만 하지 않았을 뿐 마음속의 오만방자함은 예전 그대로였다. 4개국 정상들 앞에서 세계적인 도자기명장으로 인정받을 욕심에 밤을 새우면서 그날을 준비하고 있었다. 하늘은 더 이상 두고 볼 수 없어 나를 마니산으로 불러올린 것이었다. 미련하던 나는 비로소 하늘의 뜻을 알아들었고 멀었던 눈이 뜨였다. 정직한 것만이 보였고 바른 생각, 바른 행동이 무엇인지 촉각으로 느껴졌다.

이제 시작이다.

멋모르고 시작했던 도자기가 아니라 알고 시작하는 도공으로 다시 태어난 것이다. 나는 아무 것도 두렵지 않았다. 먹고 입고 살고 죽는 것까지도. 두려운 것은 오로지 그 영감이 내게서 사라져버리는 일이었다. 나는 시간을 절약하기 위해 매일 점심까지 걸러 가며 일주일 내내 만든 그릇을 하루아침에 모두 내쳐 버렸다. 단 하나의 그릇도 빚어내지 못했다. 눈에도 마음에도 와 닿지 않았다.

"아버지, 어디 계세요?"

연화가 정원을 가로질러 달려오며 나를 찾는 소리가 들렸다. 전염병처럼 연화도 그릇을 완성시키지 못한 채 끙끙대고 있는 중이었다. 무엇이 비우는 것이고 무엇이 채우는 것인지 혼란스러워하고 있는 눈치였다. 나는 도자기 보관실에서 문을 열고 정원으로 나섰다. 어느 틈에 오후 해가 반을 넘어가는 시각이었다.

"왜? 무슨 일이냐?"

"손님이 찾아오셨어요."

"누군데 그리 호들갑이야?"

"제니퍼 씨가 손님을 모시고 왔어요."

연구소 응접실에 제니퍼와 남자 한 사람이 나를 기다리다가 일어섰다.

"선생님, 전화해도 만나주시지 않으시니 이렇게 무례를 범했습니다. 이분이 선생님을 꼭 봬야 할 일이 있다고 해서요."

"안녕하십니까?"

키가 훤칠하게 큰 남자가 구십 도로 허리를 굽혀 나에게 인사를 해왔다. 어딘가 한국말이 좀 서툴게 들렸다.

"저는 제임스라고 합니다."

"한국말이 많이 서툴러서 제가 통역을 하는 편이 나을 것 같지요?"

"무슨 일로 나를 만나고 싶으신지요?"

제임스는 몇 번이고 한국말이 서툴러서 미안하다고 사과를 한 다음에야 운을 뗐다. 그가 들고 온 오동나무 상자에서 도자기를 꺼냈다.

"혹시 이것이 누구의 작품인지 아십니까?"

나는 청자가 포장을 벗고 나신이 되는 순간 한 눈에 내 초기 작품임을 알아보았지만 내색하지 않았다.

"글쎄요. 낙관을 확인해 보면 아실 텐데요."

"불행하게도 낙관이 없답니다."

"어쩌면 어느 도공이 무명 시절에 만든 작품일 수도 있겠습니다만 이 청자를 만든 도공을 찾는 이유는 무엇입니까?"

나는 그들이 작가를 알면서 일부러 나를 떠보는 것이 아닐까 하고 잠시 의구심을 가졌다.

"이 도자기를 소장하고 계시는 분이 미국에서 뿐 아니라 세계적으로 유명한 정치가예요. 이번 정상회의 때도 한국을 다녀가신 국무장관이십니다. 그분이 이 작품을 만든 도예작가를 찾고 계세요."

제니퍼가 설명하는 동안 제임스라는 남자는 나를 뚫어져라 쳐다보았다. 그의 눈빛이 맑고 깨끗했다.

"그 작가를 찾아서 무얼 하시려고요?"

"그건 아직 말씀 드릴 수가 없습니다. 당사자 본인에게만 말 할 수 있는 내용이라서."

"그런데 이 작품을 어떤 경위로 소장하게 되었는지 혹 알고 계신가요?"

나는 내 초창기 작품이 어떻게 흘러 흘러 미국 땅까지 갔는지 알고 싶었다. 나는 '청자양각호문주병'을 돌려가며 살펴보았다. 비록 물레 흔적이 조금씩 엿보여 동체가 매끄럽게 빠지지는 않았지만 담회색을 띠는 태토 위에 유약이 잘 녹아서 형성된 녹청색의 투명한 유리질막이 곱게 씌워져 있었다. 동체에 전체적으로 미세한 균열이 보이나 작품의 가치를 떨어뜨릴 정도는 아니었다. 양각 무늬의 호랑이가 힘 있게 입을 벌리고 혀를 표현한 진사가 선명한 붉은색을 드러내었다. 전반적으로 안정된 주병의 풍부한 하체가 거의 반구에 가까운 형태였다. 기교는 떨어지지만 그릇에 힘이 실려 있고 진실하고 순수한 아름다움이 깃들어 있었다. 대개의 도공들은 자신의 초창기 작품을 보며 실망하는 경우가 허다하나 나는 잊어버렸던 내 초기 작품에서 가슴을 두근거리게 하는 순수를 보았다. 내가 청자를 쓰다듬고 매만지고 색을 보고 굽을 들여다보는 동안 그들은 말없이 나를 지켜보았다.

"이것뿐입니까?"

"예?"

"같은 도공이 만든 작품이 혹 또 있으신지 해서요."

"저희에게는 없습니다만…… 다른 곳에 한 점이 더 있다는 말은 들었습니다."

제니퍼가 조심스럽게 이야기를 꺼냈다.

"어디에 있다고 하던가요?"

내 마음이 바빠지고 있었다. 나는 분명 그때 매병과 주병을 한 세트로 기획했고 석 달도 넘게 그 한 세트에 매달려 씨름을 했던 것을 기억한다. 지역 공예작품경진대회에 출품하기 위해서였다. 마침 심사위원이 내가 일하던 요장의 물레대장이었던 탓에 나는 은근히 뽑힐 것이라는 기대를 걸었다. 더구나 내가 밤낮없이 그 일을 붙잡고 실랑이 하느라 몸무게까지 줄어든 것을 대장도 잘 알고 있었다. 결과는 낙선이었다. 우리 대장은 점수를 후하게 주었지만 다른 심사위원들은 낮은 점수로 기어이 나를 낙선시켰다. '아직 멀었다'는 평이었다. 경진대회에서 낙선하여 실망에 빠져 있는 나에게 대장이 기쁜 소식을 전했다. 대장이 잘 아는 여사님이 그 작품을 사겠다고 한다는 것이었다. 그것도 꽤 비싼 가격에. 나는 솔직히 삼 개월 동안 수 십 개를 뭉개고 다시 만들고 불대장이 불 땔 때마다 빌붙어 구워내던 공이 아까워서 팔고 싶은 마음이 없었다. 열 점을 가마에 넣어 단 한 개 건진 내 작품이었다. 애착이 컸지만 그때 나에게는 다시 그릇을 만들 재료 구입비 한 푼도 아쉬웠다. 거금 일백만 원을 받고 작품 한 세트를 넘겼다. 팔고나서 며칠은 짜안하게 그 도자기가 눈앞에 아른거려 도로 물러오고 싶은 심정이었다.

"어느 분에게 있는지 아십니까?"

내가 한 번 더 그녀에게 물었다.

"그게…… 사실인지 확인해 본 바는 없는 일이라서
……."

제임스는 두 사람의 말을 다 알아들었으나 아무 것도 모르는 척 선한 눈만 껌뻑거렸다. 제니퍼도 거짓말을 하고 있는 탓에 목소리가 안으로 기어들었다.

 그녀는 삼년 전 지금의 영부인에게서 이 도자기를 직접 선물로 받았다. 현 대통령이 대선후보 시절이었다. 경쟁이 치열한 다른 한 명의 후보를 견제하느라 대선후보로써 정신이 없을 때였다. 미국 잡지에 소개할 한국 대통령의 유망 대선후보들의 화보 촬영이 있던 날 마침 한국에 나와 있던 제니퍼가 카메라맨들과 동행을 했었다. 그녀가 다니는 출판사와 잡지사가 한 계열 회사인 탓에 일부러 잡지사 기자가 미국에서 출장 나올 필요 없이 그녀가 인터뷰를 하기로 되어 있었다. 더구나 한국말을 잘하는 그녀가 있어서 다행이라는 회사 측 요구가 있었던 것이다. 그때 지금의 대통령인 대선후보의 서재를 촬영하고 인터뷰를 하던 중 제니퍼는 책상 옆 푸른 도자기에 시선이 끌렸다. 촬영 조명을 받아 은은한 광택을 뽐내는 청자의 푸른빛이 너무나 아름다웠다. 한 개씩 각각 양쪽 장식받침대에 얹혀 있었는데 호랑이의 붉은 혀가 금방이라도 움직일 듯 생생했다. 인터뷰를 하고 일어서며 제니퍼는 도자기 앞에 서서 한참동안 도자기를 감상했다. 그때 후보자 부인이 물었다.

"마음에 드시나 보죠?"

"오묘한 푸른빛이 어떤 보석보다 화려하고 아름다워요. 이런 도자기는 처음 봐요. 한국을 떠난 지 오래돼서 한국 도자기를 만날 일이 흔치 않아서겠지요?"

그녀가 서재를 나와 촬영 팀과 빠뜨린 촬영분이 없는지 맞춰보는 동안 후보자 부인은 도자기를 포장했던 모양이었다. 그들이 후보자의 집을 떠나기 위해 작별 인사를 할 때 부인이 도자기가 든 나무 상자를 그녀에게 내밀었다.

"제니퍼 씨, 이거 아까 그 도자기예요. 미국 가셔서 한국이 그리울 때마다 두고 보세요. 그리고 대선후보자들 중에서 우리 바깥양반 특별히 좀 봐주세요. 값비싼 도자기가 아니기 때문에 뇌물은 아닙니다."

제니퍼는 극구사양 했고 부인은 받아도 괜찮다고 그녀의 어깨를 다독이며 기어이 상자를 손에 들려주었다. 그녀는 한국에서 미국으로 돌아가면서 곧바로 뉴욕에서 마이클과 만나기로 되어 있어 호텔에 묵으면서 자랑삼아 도자기를 풀었다. 청자를 본 마이클은 당장 자기에게 넘겨줄 수 없느냐며 호기심을 보였다.

"안 돼요. 나도 선물로 받은 거야. 당신은 이런 동양적인 거 별로 좋아하지 않잖아."

그녀는 처음으로 그의 부탁을 야멸치게 거절했다.

"내가 가지려는 게 아니야. 꼭 드릴 분이 있어서 그래."

"내 것을 빼앗아서 갖다 줘야 할 사람이 누군데? 설마 여자는 아니겠지?"

"여자 맞아."

"장난치지 말아요."

"정말이라니까. 우리 국무장관이 남자는 아니잖아."

마이클은 국무장관이 한국 도자기에 관심이 아주 많다고 설명했다. 특히나 청자에 관해서는 꽤 많은 지식을 가지고 있으며 컬렉션을 할 정도라고 했다.

"부탁이야. 대신 당신이 제일 갖고 싶은 거 뭐든 하나 사줄게. 당신은 이것으로 나에게 더없이 큰 투자를 하는 거야."

제니퍼는 더 이상 거절하지 못했다. 그의 미래가 국무장관 손에 좌우된다는 것쯤은 그녀도 알고 있는 일이었다. 마이클은 도자기 대신에 맨해튼 티파니에서 다이아몬드가 박힌 백금 팔찌시계를 선물했다.

그렇게 넘긴 도자기를 제임스가 작전의 열쇠라며 도로 한국으로 들고 들어왔던 것이다. 그의 손에 어떻게 전달되었는지는 별로 중요한 일이 아니었다. 그것이 바로 제니퍼의 눈앞에 있다는 사실만이 중요했다.

"듣기로는 대통령이 한 점을 가지고 계신다는 소문입니다."

"미국 대통령이요?"

"아니. 한국 대통령이십니다."

"그렇다면 매병이겠군요."

"예. 어떻게 그걸……."

"보통 한 작가의 작품이 두 점 뿐이라면 그것은 한 세트일 경우가 많은 법이지요. 주병이 암놈이라면 매병은 수놈입니다. 호랑이를 보십시오. 주병의 호랑이는 아담하고 순하게 앉아 있지만 매병의 호랑이는 달려들 기세로 당당하게 서 있을 겁니다. 국무장관께서는 낙관도 없는 무명 도공의 작품을 왜 좋아하실까요? 이 정도의 작품보다 훨씬 뛰어난 유명한 도공들의 작품이 얼마든지 있을 텐데요."

"그건 저도 알 수 없는 일이예요. 저는 워낙 도자기에 문외한이라서. 선생님이 보실 때 이런 성향의 작품을 하실 도예가가 짐작가지 않나요?"

"청자를 하는 사람이면 누구나 이런 작품을 한 번쯤은 다 만드니까 특별난 것이 없습니다. 더구나 서툴고 미진한

구석이 보이며 완벽하게 성공적인 작품이라고 평할 수는 없는 수준입니다."

제임스가 영어로 제니퍼에게 무슨 말인가를 하자 그녀가 곧바로 통역을 해주었다.

"제임스가 그러는데 장관께서는 거칠지만 무엇보다 그릇에 기백이 넘쳐서 좋아하신답니다. 이 그릇은 빈 그릇이 아니라 순수함과 정성으로 가득 채워진 도자기라고 설명했다는군요."

나는 국무장관의 도자기 평가가 내심 놀라웠다. 장관이 도자기를 보는 눈을 가진 것에 대해 의심할 바가 없었다. 도공 40년인 내 눈에 보이는 것을 볼 줄 아는 사람이라면 역시 보통 사람은 아니었다.

"대통령도 미 국무장관과 한 점씩 나누어 가지고 계신 사실을 알고 계신가요?"

"아닙니다. 당분간 비밀로 할 생각이니 선생님께서도 그렇게 해주시면 감사하겠습니다."

"나야 그렇게 하겠지만 그 이유를 여쭈어도 될까요? 알고 싶습니다."

"장관께서는 이 작품을 만든 도예가를 찾은 다음에 대통령께 알려드릴 계획이랍니다."

나는 허허 웃음이 나왔다. 이 무슨 조화람. 백만 원에 팔려
나간 내 낙선 작품이 한국의 최고 통치자와 미국 정부의
최고위급 인사가 각각 하나씩 갖고 있다니 기가 막힐 노릇이
었다. 미국 국무장관의 부하들이 내 앞에 와서 그 도공을
찾아달라고 하질 않는가. 나는 무슨 도깨비장난에 걸린 기분
이었다. 마니산을 다녀 온 이후 정말 이상한 일들이 내게
연속적으로 일어나고 있다는 실감이 났다.

"제임스는 이 지역이 도예촌이 되기 전에는 어떤 곳이었는
지 알고 싶답니다."

"이 동네는 온통 미나리 밭뿐이던 찢어지게 가난한 동네였
어요."

나는 마음이 다른 곳에 있어 건성 대답했을 뿐 그들의 말에
크게 신경 쓰지 않았다.

"제임스는 여섯 살쯤 미국으로 입양이 되었는데 이번에
가족들을 찾아볼 작정이라는군요."

"부디 그렇게 되길 빌겠습니다. 가족은 언제 만나도 가족
이지요."

그들은 아쉽게도 내 도자기를 서툰 솜씨로 포장하기 시작했
다. 나는 그들 손에서 도자기와 포장지들을 받아 능숙하고
안전하게 포장을 꾸렸다. 내 자식이 오가다가 다치기라도

할까봐 내심 걱정스러웠다. '안전하게 보관할 테니 맡겨두고 가라'는 말을 하고 싶었지만 미국에서 살아온 사람들이라 문화의 차이나 사고의 차이가 있을 것 같아 그 말을 그만두었다.

이 지역의 특색 있는 한국음식이 먹고 싶다며 굳이 같이 나가서 이른 저녁을 먹자는 그들을 나는 뿌리쳤다. 이천 쌀밥집에 가면 미국에서 온 그들이 좋아하겠다는 생각을 잠시 했으나 도저히 심란하여 밥상을 놓고 그들과 기분 좋게 마주앉을 마음이 아니었다. 내 고집에 그들은 다시 들르겠다는 말을 남기고 내 집을 나섰다. 몇 십 년 만에 상봉한 내 아이를 잠깐 얼굴만 보여주고 도로 데려가는 것 같아 애가 달았다. 그러나 그것은 지금 내가 감내해야할 애달픔이었다. 나는 지난날에 대해 미련을 버려야 하고 지나간 것에 연연해 하지 않아야만 한다. 내게 올 것은 반드시 오고 내가 만날 사람은 결국에 만난다는 것을 믿고 싶다. 내 머리가 기억하지 못하더라도 내 가슴이 기억하고 있는 한 저절로 발길은 내가 만날 사람을 찾아 나서게 되어있다.

도대체 절에서 공양주 보살을 하던 여자의 정체가 무엇인지 궁금해졌다. 미국에서 공부한 미술학도로 시민권자라 하고, 동해안 가는 길이라며 나를 집에 데려다 주고, 내가 존경하는 선생님 도요에 불 때는 날에는 먼저 와 앉아 있고, 이번에는 미 국무장관의 심부름으로 제임스라는 남자를 데리고 왔다. 그 여자는 갑자기 왜 내 앞에 나타났을까? 하필 마니산에서 내려오던 길에 만난 그녀와 무슨 깊은 인연이 있지 싶었다. 나는 어스름해지는 저녁, 벽에 걸린 겉옷 하나만을 집어 들고 급히 나가 자동차에 시동을 걸었다.

"반갑습니다. 어서 오세요."

주지 스님이 기다렸다는 듯이 나를 맞아 들였다.

"스님은 혹 제가 올 것을 알고 계셨습니까?"

나는 그가 예언자가 아닌가 하는 생각이 언뜻 들어 그렇게 물었다.

"아닙니다. 소승이 어찌 그런 것까지 알겠습니까. 머지않아 한 번은 꼭 오시리라 믿고 있었던 것이지요. 마침 일본에서 오시는 분이 좋은 차를 선물하고 가셔서 차 맛을 보려던 중입니다."

그는 안쪽에서 다완 두 개를 꺼내와 말차를 만들기 시작했다. 한 눈에 보아도 보통의 다완은 아니었다. 나는 차에 대한 관심보다 다완에서 눈을 떼지 못하고 차가 되기를 기다렸다. 차가 완성되어 나에게 찻사발이 건네졌다. 스님에 대한 예의상 차 맛을 보면서도 나는 다완을 살피느라 차

맛을 느낄 수가 없었다. 파란 말차의 거품이 흘러내려 차 그릇에 배어들자 그릇 안쪽에는 세상 풍광이 다 들여다보였다. 높은 산도 있고 낮은 산도 있고 개울도 있고 강도 있었다. 구름도 있고 나무도 있고 좁다란 길이 나있는 것도 보였다. 안팎으로 꽉 차게 국화 문양이 도장 찍듯 새겨진 인화상감 기법으로 장식된 '분청자인화문대접'이었다. 파르스름한 청잣빛과 흰 국화 문양의 분청이 교묘하게 어우러져 산뜻한 친근감을 주었다. 거기에 고운 연두색의 말차가 담기니 금상첨화였다.

"저는 찻사발 대신에 이 대접을 차 그릇으로 씁니다."

"예. 아주 느낌이 좋군요. 대접에 차를 담으면 찻사발, 국을 담으면 국사발, 밥을 담으면 밥사발이 아니겠습니까? 차 맛이 열 배는 더 좋은 것 같습니다. 이 기분 좋은 대접은 언제부터 소장하고 계셨습니까?"

"법사님 잔은 소승에게 법명을 준 제 스승님께서 아끼던 대접인데 입적하시기 전에 저에게 주었습지요. 제가 항상 눈독을 들이는 걸 아셨던 모양입니다. 그리고 제 사발은 외로운 대접의 짝을 찾아다니던 중에 골동품상을 하는 제 팬에게서 선물 받은 것이고요. 시대가 비슷해 보이지요?"

시대는 똑같이 15세기경으로 추정되는 두 분청자 다완은

썩 잘 어울리는 한 쌍이었다. 내가 쥔 사발은 고가 높고 깊어 남성으로 표현하자면 스님의 사발은 높이가 낮고 입이 되바라진 형태여서 여자로 표현함이 좋을 성 싶었다.

"저는 일본에서 그토록 열광하는 갈색빛의 이도 다완이나 두두옥 다완보다 푸른빛이 도는 청이도 다완을 좋아합니다."

스님이 차를 한 모금 마시고 그릇 안을 무심한 표정으로 들여다보았다. 그도 그릇에서 세상을 느끼고 있는지 평온한 얼굴이다.

"막사발의 소탈함과 검소함 대신 분청은 은은한 기품을 담고 있지요. 저도 이 사발을 좋아합니다."

나는 차 사발 안에서 파란 말차의 거품이 세상을 바꾸는 것을 보았다. 들여다보고 있으면 산이 구름이 되고 물이 산이 되는 것을 지켜볼 수 있었다.

"청·백자는 너무 부담스럽고 막사발은 거칠고 분청은 다정다감하다는 소승의 표현이 맞는 표현입니까?"

"사람마다 취향이 다 다를 테지만 일반적으로는 대개 그런 느낌들을 가지지요. 청·백자가 고급스러워서 좋다는 사람도 있고, 막사발이 만만해서 편안하다는 사람도 있는 반면 분청은 세련되었으나 차분한 맛이 없어서 싫다는 사람도 있으니까요."

"법사님도 멀리 두고 보는 관상용 도자기보다 항상 사람 손에서 애지중지 사랑받는 그릇을 만들었으면 좋았을 걸 하는 생각이 듭니다. 마음이 넉넉하고 베푸는 사람만이 나눌 수 있는 그런 그릇 말입니다."

"왜 그런 생각이 드셨습니까?"

"법사님이 너무 고독한 것 같아서요. 찻사발을 만드셨으면 차를 나눌 벗이라도 생길 게 아닙니까? 고독한 사람이라 고독한 그릇을 만드는지도 모릅니다만……."

나는 고독함을 잊은 지 오래라고 말하고 싶었지만 실은 그 말에 확신이 없었다. 그저 말없이 차를 마시며 500년의 세월을 담고도 변함이 없는 대접에 눈길을 주었다.

"뭐가 그리 복잡하고 답답하십니까?"

스님이 묵묵히 차만 마시고 있는 내게 운을 뗐다.

"한동안 정신이 맑았었는데 요 며칠 사이 뭐가 뭔지 모를 혼란스러움에 빠졌습니다. 공양주 보살은 어떤 사람인가요?"

스님이 빙그레 웃으며 내 얼굴을 쳐다보았다.

"두 분은 인연이 닿아 만나신 것입니다. 어느 전생에서 법사님이 도공일 때 공양주 보살은 법사님을 보좌해준 애제자이기도 했고, 어느 전생에서 법사님은 보살의 부하 직원이기도 했습니다. 공양주 보살은 전생에서 여자로 태어난 적이 없었습니다. 그래서 저는 그분께 한 달간 사람들에게 손수 지은 밥과 반찬으로 공양을 바치라 했습니다. 밥을 앉아서 받아만 먹고 살아온 터라 해다 바칠 줄을 모르더군요. 여자로 처음 태어난 사람이라 여자로서의 행동이 서툰 사람입니다."

"그분이 나타나면서 저는 혼란스러워졌습니다."

"아닙니다. 그분이 법사님께는 은인이나 다름없는 사람이 될 것입니다. 그래야 그분도 여자로 태어난 이생에 보람을 느끼게 됩니다. 법사님께는 결코 작은 존재로 끝나지 않을 겁니다."

"하늘에서 저에게 주는 메시지를 제가 잘못 해석할까봐 두렵습니다."

"메시지를 정확하게 번역하려면 나를 믿고 나를 수용하고 나를 품어야 합니다. 분리되었던 '자아'와 '나'가 합쳐져야 완성의 끝을 보실 수 있습니다. 법사님의 풍요가 오히려 진리의 빈곤으로 이어져 깨달음이 늦어졌다고 봅니다. 다행이 법사님은 전달자의 역할을 따로 할 필요 없이 오로지 그릇으로 그 역할을 다 하시게 되니 행복한 분입니다. 어떤 전달자는 자기가 본래 하던 일을 다 접고 온 세상을 발로 찾아다니며 하늘의 메시지를 말로, 강연으로 전파하여야만 하는 분도 있습니다."

"그런 분이 많은가요?"

"하늘과 교신하는 분을 '채널러'라고도 하고, '전달자'라고 도 하는데 법사님은 텔레파시 형태로 교신하는 경우에 해당 됩니다. '채널러'는 선천적으로 뛰어난 텔레파시 능력을 가진 영능이 있는 분들이 선택된다고 들었습니다. 의식이 뚜렷한 상태에서 메시지를 전달 받기도 하고 무의식 상태에서 전달 받기도 합니다."

"스님은 어떤 경우입니까?"

"저는 자의식이 없는 트랜스 상태에서 다른 차원의 존재가 나의 육신을 빌려 음성으로 메시지를 전달 받는 경웁니다."

"자기의 판단으로 왜곡하거나 잘못 해석할 염려가 없어서 더 정확하겠군요."

"대신 미친 사람 취급을 받을 때도 있지요. 승려인 덕에 '별난 땡중' 취급 받으며 무난하게 넘어가고 있습니다."

"사람을 만나면 상대방의 전생이 보이신다고 하던데 ……."

"그것은 전달자에게만 특별히 주신 능력이 아니라 완전에 가까워져 가면 갈수록 누구에게나 잠재해 있던 내면의 내 능력이 발휘되는 것뿐입니다. 우리가 사용하는 기억은 자신이 가진 것의 십분의 일도 되지 않습니다. 잠자고 있는 구십 프로를 다 깨워 끌어낸 사람들을 우리는 초능력자라 부릅니다만 그것은 바른 표현이 아닙니다."

  스님과 이야기를 나누며 온 밤을 꼴딱 새웠지만 졸리기는커녕 오히려 머릿속이 투명해져 옴을 느꼈다. 스님 역시 피곤한 기색은 어디에도 찾아볼 수 없었다. 스님을 찾아오기를 잘 했다는 생각에 아침 공양을 마친 발걸음이 가벼웠다. 이른 아침 산 공기를 폐부 깊숙이 들이마시며 참성단으로 올랐다. 복잡한 마음을 비우고 정신을 가다듬고 싶었다. 산은 청정하고 새로운 기운으로 충만했다. 산으로 오르는 발걸음이 나는 듯 가볍다.

12. 회한

"두려웠어요.

내가 뼛속 깊이 한국인이라는 걸 알게 될까봐.

이 막연한 그리움이 구체화 될까봐.

희미한 옛 그림자가 선명하게 형상화 될까봐."

제니퍼와 제임스는 정산택을 찾아가서도 해연에게와 똑같이 도자기를 꺼내 보이며 작가를 찾아달라고 하였다. 그의 반응은 해연과 너무 달랐다. 대충 살펴보더니 어느 무명 도공의 습작인 것 같다고 일축해 버렸다. 그들은 국무장관이 소장하고 있던 도자기라고도, 대통령이 한 점을 가지고 있다고도 말하지 않았다. 그저 도자기 작가를 찾고 싶다고 도와달라고만 말했을 뿐이었다. 그가 성의를 보이지 않았기 때문에 말할 필요성을 느끼지 않았던 것이다.

"내가 훨씬 더 정교하고 고급스럽게 만들어 드릴 테니

작가 찾는 일을 포기하세요. 시간 낭비, 인력 소모 아닙니까?"

그들은 정산택의 요를 나와 몇몇 도예가를 더 만나보았다. 제니퍼는 내친 김에 도천 선생님에게도 제임스를 안내했다. 선생님은 그들이 들고 온 도자기를 돋보기를 끼고 찬찬히 살펴보더니 고개를 갸우뚱거렸다. 그의 꼼꼼한 성격 탓이기도 하지만 어느 도예가보다 유별난 관심을 보였다.

"해연에게도 갔었다고?"

"예. 해연 선생은 자기 작품이라고 말하지 않았어요. 자기 작품을 몰라보는 경우도 있나요?"

제니퍼는 선생님에게서 무엇인가 실마리라도 찾으려는 듯 바짝 당겨 앉았다.

"간혹 자기 초기 작품을 몰라보는 도공들도 있기야 하지만 해연은 그럴 사람이 아니야. 그런데 이상하단 말이야."

"뭐가 이상하다는 말씀이세요?"

"꼭 해연을 닮았어. 색이며 문양이며 기법이 해연의 작품과 많이 닮아 있단 말이야."

한참 만에 돋보기안경을 벗고 선생님이 제니퍼에게 물었다.

"해연이 뭐라고 하던가요?"

"별로 뛰어난 수작도 아닌데 그 도공은 왜 찾느냐면서

오로지 이것 한 점 뿐이냐고 묻더군요."

"별다른 관심을 보이지는 않던가요?"

"상당한 관심을 보였습니다."

제임스도 제니퍼도 선생님의 질문에 대답하는 동안 해연의 잊지 못할 표정들이 떠올랐다. 애정이 담긴 눈빛으로 도자기 구석구석을 살피며 쓰다듬고 매만지던 그 모습이 예사롭지 않았음을 깨달았다.

"해연한테 다시 한 번 가 보세요. 장담할 수는 없지만 이번에는 해연이 답을 줄 것 같군요."

선생님의 말에 두 사람은 얼굴을 마주보며 동시에 "와이"라고 외쳤다. 왜 자기 작품인 줄 알면서도 자기가 이 도자기를 만든 작가라고 말하지 않은 것일까? 선생님은 더 이상 아무 말도 하지 않았다. 차와 과일을 대접 받고 제임스는 2인 다기 한 세트를 고르고는 그녀에게도 선물할 테니 고르라고 큰소리쳤다. 제니퍼는 저번부터 보아두었던 마음에 드는 다완 하나를 골랐다. 제임스가 값을 치르며 말은 못하고 은근히 놀라는 눈치였다. 제니퍼는 요를 나오며 기분이 좋았다. 꽤 마음에 들어 하던 다완이 생겼기 때문이었다.

"그분 다구가 그렇게 비싼가요?"

"그럼요. 오늘은 특별히 할인해 주신 건데요."

"오 마이 갓! 할인한 가격이 그 정도라고요?"

제임스가 혀를 내밀고 고개를 절레절레 저었다.

"워낙 유명하신 분이거든요. 일본 천황도 선생님께 황실 화병을 주문했을 정도인 걸요."

제임스는 자동차 뒷좌석에 놓인 포장된 다기 세트를 다시 한 번 돌아보았다.

"어디 조심스러워서 차를 마실 수나 있겠어요?"

"그래도 자주 써먹어야 본전 뽑을 것 같은데요. 저하고 생각이 다르시네."

"그건 그렇지만 깨뜨릴까봐 그러죠."

"그러니까 소중하고 조심스럽게 다루어야지요."

"지금 해연 선생님 댁으로 갈까요?"

제니퍼가 그에게 물었다. 그는 생각할 틈도 없이 "노우"라고 대답했다.

"며칠 두고 보는 게 좋을 것 같아요. 어쩌면 그 사이 해연 선생은 대통령이 가지고 계신 매병을 확인할지도 모르지요. 해연 선생이 그것을 확인하러 대통령을 방문한다면 그건 틀림없이 선생의 작품이라는 증거를 내보이는 일이 됩니다. 너무 서둘지 말고 좀 기다려 봐요. 그 사이 제니퍼는 내 뿌리를 찾는 일이나 도와주세요."

"도와주고 싶어도 뭐 아는 게 있어야 도울게 아니에요. 어디서 살았는지 어릴 때 이름이 무엇인지…….."

"필요한 걸 하나씩 나에게 물어보세요. 다 대답할 테니까."

"좋아요. 어릴 때 이름은?"

"몰라요. 그냥 사람들이 '먹보'라고 불렀던 것만 알아요. 뭐든 잘 먹었거든요."

"그럼 살던 지역은?"

"서울이 아닌 건 분명해요. 그리고 아주 가난한 동네였어요. 허허 벌판이 많았고 집은 별로 많지 않은 작은 동네였어요."

"가족은 모두 몇 명이었죠?"

"아버지, 엄마, 큰형, 작은형, 큰누나, 작은누나 그리고 나."

"아버지 이름이나 어머니 이름은 물론 모르겠지요?"

"아버지 이름은 모르지만 술 주정뱅이였어요. 그날도 아버지 손을 잡고 장에 따라 나갔다가 아버지가 술에 취해 사람들과 싸우는 바람에 무서워서 도망갔으니까요. 모르는 형들이 트럭에 올라타면서 내 손을 잡아줘서 나도 겨우 올라탔어요. 트럭은 먼지를 날리며 신나게 달리더군요. 다른 아이들은 재미나서 소리를 질렀지만 나는 처음 타보는 자동차에 멀미가 나서 구석에 쭈그리고 앉아 트럭이 멈추기만을 기다렸지요."

멀미를 하다가 깜빡 잠이 들었는데 누군가 깨우는 소리에 눈을 떠보니 아이들은 어디로 갔는지 보이지 않고 혼자 남아 있었다.

"이 꼬맹이는 누구야? 누굴 따라 온 거야? 넌 어디 사는 꼬마냐? 이름이 뭐야?" 트럭을 몰던 아저씨가 여러 가지를 물었지만 그는 겁이 나서 울기만 했다. 날은 어두워오고 아이는 자꾸 울기만 하자 트럭 운전사는 어린 아이를 파출소에 데려다 주었다.

"우리도 일하러 산으로 가야 하니 이 애 집을 찾아 줄 형편이 못 돼요. 이 근처 어디 사는 애일 테니 집에 좀 데려다 주세요. 지금은 겁먹어서 자꾸 울기만 하니까 잘 달래서 물어봐요. 부탁합니다."

그들은 우는 아이를 파출소에 맡기면서 앞 가게에서 팥소가 든 큰 찐빵 한 개를 사서 손에 들려주고 갔다.

"나는 그렇게 미아가 되어 어느 교회 복지재단에 보내졌고 귀여운 외모 덕인지 곧바로 미국에 입양이 되었던 겁니다. 그러니 내가 무얼 알 수 있겠어요? 나는 복지재단에 보내졌을 때도 입양이 되었을 때도 집을 별로 그리워하지 않았어요."

매일 술에 취해 어머니를 때리는 아버지와 두 사람을 감히 말리지도 못하고 무서워서 벌벌 떨며 울던 누나들. 견디다 못한 엄마와 큰누나가 서울로 장사하러 가고 작은누나가 끓인 개죽보다 못한 보리 풀죽을 둘이서 먹었다. 배는 고프고 술 취한 아버지는 고래고래 소리를 지르는 지옥 같은 집보다 밥도 있고 친구도 있는 재단의 시설에서 사는 것이 더 좋았다. 가끔 엄마와 형들과 누나가 보고 싶어서 눈물이 찔끔 나올 때도 있었지만 그것도 잠시뿐이었다. 간식으로 나누어주는 건빵과 사탕만 있으면 만사 오케이였다. 잘 울지도 않고 무엇이든 잘 먹고 건강한 그 아이가 시설에서는 재롱둥이로 귀여움을 독차지했다. 규칙적으로 세 끼니를 제대로 먹고 아이들과 신나게 뛰어놀기 시작하자 볼 살이 통통하게 오르고 인물이 훤하게 살아났다. 아이는 미국으로 입양 가는 순서에서도 단연 일 순위였다.

"형들에 대한 기억은 없나요?"

"큰형과 작은형은 어디론가 일을 하러 다녔던 것 같아요. 가끔 먹다 남긴 찌꺼기 같은 음식들을 신문지에 싸와서 자고 있는 작은누나와 나를 깨워 먹이곤 했어요. 큰형은 공부하겠다고 학교에 가다가 아버지한테 들켜서 매를 맞으며 울었어요. 작은형은 큰형 때리는 아버지를 지게 작대기로 내리치고 도망가서 며칠 있다가 들어오곤 하던 기억이 나요. 나는 내 대신 아버지를 때려주는 작은형이 씩씩해서 정말 좋아했어요. 큰형은 착하게 일만 했고 그런데도 아버지는 술만 취하면 큰형에게 욕설을 퍼부었지요. 돈 안 벌어 온다고."

제임스는 구구절절 기억나는 일을 다 털어 놓으면서도 별로 감상적이지 않은 표정이었다. 동화 속에 나오는 남의 이야기 같을 뿐 별 감흥이 없다고 했다.

"이야기를 하다 보니 점점 더 기억이 또렷해지네요. 한 번도 되짚어 기억을 찾으려 해 본 적이 없었어요."

"어린 마음에도 별로 기억하고 싶지 않았겠지요. 그러고 보면 꽤 영악했나 봐요. 자기 살 길은 자기가 찾은 거나 다름없으니 말이에요."

"생존의 법칙이라고나 할까? 나름대로 사랑받는 방법을 일찍 터득한 셈이지요. 운이 좋았는지, 내가 타고난 운명이 그랬는지, 꽤 좋은 집안에 입양이 됐어요. 머리도 나쁜 편은 아니라 좋은 대학에 우수한 성적으로 다니고 훌륭한 부모님 밑에서 많이 배웠습니다. 아버지는 돌아가셨지만 어머니는 아직 생존해 계시고요. 그렇게 해서 여기까지 온 겁니다. 자, 이제 내 뿌리를 찾아줄 거죠?"

제니퍼가 감동적인 표정으로 그의 이야기에 심취하자 그가 큰소리로 웃었다.

"나를 그렇게 가여운 눈으로 보지 말아요. 나는 아버지의 유산을 물려받아 부자로 살아왔고, 어머니의 유산마저 물려받을 우리 집안의 유일한 상속잡니다. 충분히 사랑받으며 성장했고 제 과거는 꿈을 꾼 것처럼 다 잊었어요. 나는 내가 하고 싶은 일을 하면서 행복하게 살고 있습니다. 아내와 저 사이에는 예쁜 두 딸과 아들이 하나가 있고 어머니는 두 손녀와 손자들을 만나는 즐거움으로 사는 분이죠. 주말이면 우리 가족은 어머니가 사는 농장에 가서 하루를 쉬다 옵니다. 내가 한국의 가족을 찾으려는 것은 그리움 때문이 아니에요. 나만 너무 잘 살고 있는 것 같아 죄책감이 들기 때문입니다. 부모님은 돌아가셨더라도 형들과 누나들은 살아있을 텐데 하고 어쩌다 한 번씩 목구멍에 가시처럼 걸릴 때가 있어요."

제니퍼는 그의 선량한 눈빛이 처음부터 낯설지 않았던 이유는 무엇일까 다시금 생각해 본다. 동공이 갈색인 어디선가 본 듯한 영리하고 선한 눈빛이 왠지 친근했다.

"오늘 난 술 한 잔 하고 싶은데 제임스는 어때요?"

"나도 좋아요. 뭔가 작전의 실마리는 찾은 것 같으니까 하루쯤 쉬어도 좋겠죠. 대신 한국적인 분위기가 물씬 나는 술집에서 한국 음식을 놓고 한국 술을 마셔요."

"나야 그 편이 더 좋지만 과연 제임스가 소화할 수 있을까요?"

"나 워싱턴에서도 가끔 한국식당에 가서 한국음식 먹어요."

"술은?"

"별로 즐기지 않아요. 꼭 마셔야 할 일이 있어서 피치 못해 마실 때는 누구에게도 지지 않을 정도로 술이 세요. 술주정뱅이 아들인데 그 유전자가 내 몸에도 흐르고 있을 테지요. 그게 싫어서 일부러 안마시고 살아왔는지도 모르겠어요. 인정하기 싫은 핏줄 말이에요."

두 사람은 사무실에 도자기 박스들을 들여 놓고 차를 파킹해 두고 홀가분한 차림으로 거리에 나섰다. 제니퍼는 인사동에 있는 한정식 집을 예약했고 두 사람은 지하철을 타보기로 합의를 보았다. 제니퍼는 일부러 경복궁역에서 지하철을 내려 늦가을의 가로수가 뿌린 낙엽을 밟으며 천천히 걸어서 인사동으로 갔다. 날씨는 포근했다. 제임스는 경복궁 마당을 통과하는 동안 부지런히 두리번거리며 고궁을 감상했다.

"좋죠?"

"정말 좋아요. 가이드가 훌륭한 덕이겠지요?"

"물론."

그들은 인사동 좁은 골목의 나지막한 한옥으로 들어갔다. 제임스는 대문을 들어설 때 자기도 모르게 허리를 굽혔다. 대문 높이가 낮아 머리가 닿을 것 같은 모양이었다. 꺼벙하게 수그리고 안으로 들어서는 제임스가 과연 오늘의 한국적인 음주가무를 즐길 수 있을까 걱정이었다. 모듬전과 잡채, 불고기 등 외국인 입맛에 맞는 단맛 나는 음식을 주로 주문했는데 제임스는 의외로 매운 낙지볶음, 배추 속 쌈, 수육 같은 얼큰하고 칼칼한 음식들에 젓가락이 자주 갔다. 너무 매워서 입 바람을 후후 불면서 또 먹고 또 먹었다.

"어쩔 수 없는 한국사람이군요. 매울 때마다 술을 마셔요."

"아, 그러면 되겠네요."

그는 동동주를 입안에 쏟아 부었다.

"조금씩 혀를 적시면서 천천히 마셔야 매운 기운이 가시지요."

제니퍼는 그의 빈 잔에 동동주를 채웠다.

"그런 건가요? 다시 마시면 되죠 뭐."

그가 이번에는 반 잔쯤 입안에 넣고 우물거리다가 삼키고 남은 술을 또 그렇게 했다.

"이 술 은근히 독해요. 뒤끝이 양주보다 더 오래갈지도
몰라요."

"제니퍼는 오늘 내가 술에 취하기를 바라지 않았나요?"

그의 말갛던 얼굴이 상기되고 눈가가 붉어왔다. 오십 대
초반의 남자지만 막내처럼 귀여운 구석이 엿보였다.

"아니요. 내가 좀 취하고 싶었어요. 가슴이 아릿해서
......."

"누가 취하고 싶었건 사십 오년 만에 고국에 와서 하루쯤
취한다고 누가 뭐라겠어요?"

두 사람 모두 열심히 술을 마시고 안주를 먹으며 배를 채우고
있었지만 가슴 속은 자꾸 헛헛해지고 공허해져 갔다.

"우린 한국 사람인가요? 미국 사람인가요?"

제니퍼는 동동주를 세 항아리째 비워내면서 과음하고 있다
는 것을 의식했지만 멈출 생각은 없었다.

"한국 사람의 탈을 쓴 미국 사람? 아니면 미국 사람인
척 하는 한국사람?"

"난 솔직하고 경쾌한 제임스가 참 마음에 들어요."

"나도 당신과 똑같은 마음이에요. 우리 이름도 '제'자로
시작하니까 '제'남매라고 하면 어떨까요?"

두 사람은 말도 되지 않는 소리를 지껄이며 마냥 깔깔거리고 웃어댔다. 가슴에 몰아치는 많은 회오리바람을 그렇게 몰아내보내고 있었다. 강릉 동해안에 이모와 단 둘이 살고 있는 어머니를 보러 갈 때마다 제니퍼는 나에게 남은 것이 무엇일까 하는 회한으로 우울해졌다. '결국 나도 엄마처럼 저렇게 외로운 늙은이로 남겨지겠지' 하며 그녀의 미래를 보는 듯했다. 차라리 딸을 미국 유학 보내지 않은 채 데리고 있다가 이웃 총각을 사위로 맞아들여 곁에 두고 살았더라면 노인네도 저렇게 외롭진 않았을 텐데. 제니퍼는 그나마 마이클을 비밀리에 가슴에 품고 살면서 혼자라는 소외감을 맛보지는 않았었다. 그를 떠나 한국으로 왔을 때 이 땅에 그녀를 반겨주는 사람이 없다는 사실 앞에 난감해했다.

"내가 사십 오년 동안 왜 한 번도 한국에 오지 않았다고 생각해요?"

"복수심 같은 것?"

"노우. 틀렸어요."

"악몽 같은 옛 기억을 되살리고 싶지 않아서?"

"아니에요. 두려웠어요. 내가 뼛속 깊이 한국인이라는 걸 알게 될까봐. 이 막연한 그리움이 구체화 될까봐. 희미한 옛 그림자가 선명하게 형상화 될까봐."

그녀의 귀에는 제임스의 영어가 영어로 들리지 않고 분명하게 한국말로 들렸다. 한국 사람만이 가질 수 있는 가녀린 한국적 심성이 그의 말속에 진정으로 담겨 있기 때문일 것이다. 두 사람은 멈출 수 없는 술잔을 떨치고 거리로 나섰다. 술집에 앉아 보낸 시간이 꽤나 길었던 것 같은데 아직 거리는 제법 많은 사람들로 부산하다.

"버리고 싶은 기억도, 간직하고 싶은 추억도 다 내 것인데 일부러 떨치려 하지 말아요. 그냥 그대로 흘러가게 둬요."

제니퍼는 굳이 제임스에게 하는 말이라고 생각지 않았다. 망설임 없이 그녀는 제임스의 팔을 끼었다. 비틀거리느니 그 편이 나을 것 같았다. 춥고 어지럽고 쓸쓸했다. 그 역시 제니퍼가 그러거나 말거나 무심하게 하늘을 향해 허허거리며 허튼한 웃음소리를 날렸다.

"이렇게 되는 게 두려웠던 거야. 이런 기분을 느끼게 될까 봐 두려웠던 거라고."

그의 눈에 눈물이 맺혔다. 그 말의 의미도, 눈물의 의미도 제니퍼는 알았다. 그가 가족을 만난다면 첫 순간 어떤 표정을 지을까 몹시 궁금했다.

그들은 휘청휘청 바쁠 것 없이 인사동 길을 걸었다. 거칠게 가을바람이 불었다.

13. 상봉

해연의 말소리가 안으로 잦아드는가 싶더니
끄윽끄윽 속으로 삼키는 울음소리로 바뀌었다.
토해내는 울음보다 더 깊고 강렬해서 듣는 사람까지도
속을 쥐어뜯기는 듯 고통이 느껴졌다.

휴대폰 벨소리에 몸을 일으켰으나 머리가 무거웠다. 숙취
탓만은 아니었다. 새벽녘까지 전화를 붙들고 울었던 기억이
어렴풋이 떠올랐다. 겨우 전화를 받았다.

"드디어 해연 선생이 대통령과 만날 약속을 잡았데요."

제임스는 한결 경쾌하고 산뜻한 음성으로 그녀의 덜 깬
잠을 깨웠다.

"제임스는 속이 괜찮은가 봐요?"

"기분이 아주 좋아요. 양주보다는 쌀동동주가 내 체질에
맞는 것 같아요. 사무실로 나오세요. 의논할 게 있어요."

"나는 술 마신 다음날에는 해장국을 먹어야 머리가 돌아가요."

"좋아요. 토스트 먹지 않고 기다릴게요. 어제 술은 당신이 샀으니까 오늘 해장국은 내가 사야죠."

"밑지는 장사라는 거 알죠?"

"절대로 밑지지 않게 보상해 줄게요."

그가 터무니없이 큰소리칠 리는 만무했고 무슨 해결점을 찾았는지 궁금했다. 고개를 숙여 머리를 감는 것조차 힘에 겨워 제니퍼는 중절모를 눌러쓰고 버버리 코트를 걸쳤다.

"실은 우리가 찾는 것은 국무장관이 맡긴 도자기의 작가가 아니에요."

제임스는 느닷없는 정보를 내놓으며 작전 내용의 보충설명을 시작했다.

"무슨 소리예요?"

"작전 〈블루하트〉는 워싱턴 후리어갤러리에 있는 고려자기의 뚜껑을 찾아내는 일입니다."

"그게 뭔데 정부에서 작전까지 세워 이 난리란 말이에요?"

"작전 이름이 왜 〈블루하트〉인지 알아요? 우리가 찾는 것이 하트 모양으로 된 푸른 청자이기 때문이에요. 얼마만큼 대단한 가치를 지녔는지는 오직 작전 명령을 내린 두 분만이 알고 계시지요."

"두 사람이라면 마이클과 국무장관을 말하는 건가요?"

"그렇죠."

핵과 포탄으로 맞서서라도 세계의 기득권을 차지하려는 지배적인 전쟁이 있다면 암암리에 소장하고 있는 국가의 보물들을 놓고 벌이는 문화적인 전쟁도 있다고 했다. 제니퍼에게는 생소한 이야기였지만 듣고 보니 이해가 되었다. 그림이나 도자기, 서예, 조각물 모두가 해당되는 부분이었다. 명화, 명작, 명필이 그 대상물인 셈이다. 제임스는 그런 문화전쟁 전략을 연구하는 학술연구소에 전략산업 팀장이라고 자신의 신분을 밝혔다. 그는 서류 봉투에서 몇 장의 사진을 꺼냈다. 한 도자기를 각각 다른 방향과 다른 각도에서 촬영한 사진이었다. '청자진사연화문주자'라고 했다.

고려 12세기경에 제작된 것으로 추정하며 한국에서는 이름이 조금 다르지만 국보 133호로 지정된 보물인데 워싱턴 후리어미술관에 있는 것도 그만한 가치를 인정받았다고 한다. 그 무렵 제작된 고려 진사청자 중에서 한국 국립중앙박물관에 있는 '청자상감진사포도당아문주자'와 함께 이 세 점이 가장 뛰어난 작품이라는 평가를 받았다.

"문제는 한국에 있는 보물은 완벽하게 그 모양새를 다 갖추고 있는데 미국 것은 뚜껑이 없다는 사실입니다. 뚜껑만 찾아 짝을 맞추면 그 가치는 백배로 달라집니다. 그 때문이 아닐까요?"

"그럼 그 뚜껑과 국무장관이 소장하고 있던 도자기와는 무슨 상관이 있는 건가요?"

"장관이 소장하고 있던 도자기가 그 뚜껑 없는 도자기와 가장 비슷하다는 겁니다. 몸체의 유색이나 진사의 발색이 매우 흡사해서 그 도예가를 찾으면 뚜껑의 출처를 찾는데 큰 도움이 된다는 거죠."

"뚜껑의 출처를 안다고 하더라도 한국 도예가가 미국에 그 값진 것을 넘겨주겠어요?"

"그러니까 전략적으로 흥정을 해야지요. 미국도 그냥 가지겠다는 건 아니니까요. 그만한 값을 치르겠다는 거니까 서로 손해 보는 일은 아니에요."

대통령과 해연이 만나 대통령이 가지고 있는 청자가 해연의 작품인 것이 밝혀지면 미국은 장관이 가지고 있는 주병을 한국 대통령에게 보여준다. 대통령을 압박해 해연에게 뚜껑의 소재를 파악하도록 하고, 그 사이 대통령과 협상을 벌이겠다는 계획이었다. 국무장관은 이름 없는 도자기 하나를 단지 미끼로 사용하고 있을 뿐이다.

 두 사람은 소문난 소머리국밥 집을 찾아가 아점 겸 해장국을 먹었다. 제임스는 집을 잃던 장날에도 이 비슷한 국밥을 팔았던 것을 기억해냈다.

 "큰 가마솥에서 김이 무럭무럭 나는 국밥에 침을 흘리면 아버지는 술안주로 나온 멀건 국물을 내게 맛보여주곤 했어요. 아버지가 막걸리 사마실 돈으로 내게 국밥을 사주었더라면 그에 대한 그리움이 더 커서 고통스러웠을지도 몰라요."

 "장날에 소머리국밥을 팔았다고요? 그렇다면 당신이 살던 곳이 곤지암이 아닐까요?"

 "곤지암 소머리국밥이 그 당시에도 존재했나요?"

 "아, 그건 아닌데……."

 제니퍼는 곤지암 소머리국밥의 유래를 어느 사람한테 들은 기억이 있어 제임스에게도 들려주었다. 1974년경 곤지암에서 포장마차를 하던 최미자씨는 남편이 시름시름 앓자 어떤 사람으로부터 소머리를 삶아 그 국을 먹여보라는 권유를 받았다. 다른 부위보다 소머리가 대체로 싼 편이라 최씨는 매일 정성들여 국을 끓이기 시작했다. 그 앞을 지나다니는 사람들은 소머리국 끓이는 구수한 냄새에 침을 흘렸고 최씨의 남편은 건강을 되찾았다. 그 집이 곤지암 소머리국밥의

원조가 되었다고 했다.

"나는 곤지암에 국밥집이 생기기 훨씬 전에 입양을 갔으니까 그렇다면 그 국밥은 내가 본 국밥이 아니겠지요?"

"그렇게 되네요. 아무튼 나는 오늘 하루 집에서 쉬고 싶어요. 머리 텅 빈 숙취도 즐기고 책 들고 침대에 누워 자다 깨다 하면서 게으름을 피울 거예요."

"그렇게 하세요. 저는 프랭크 장을 만나기로 했으니까 그 친구와 놀게요."

제니퍼는 바람에 벗겨질 것 같은 모자를 한 번 꾹 눌러주고 차에 올랐다. 제임스는 그녀를 향해 손을 흔들어주고 돌아섰다. 제니퍼는 훤칠하게 큰 키와 널찍한 가슴에 상처로 기억되는 가족이 아닌 사랑으로 간직될 가족을 안겨주고 싶었다.

어젯밤 술 취한 김에 어머니의 안부를 묻는 전화를 이모에게 걸었었다.

"네 엄마 걱정은 말고 네 건강이나 잘 챙겨라. 우리는 서로 챙겨 먹이고 챙겨 입으면서 의지하고 잘 지낸다. 가끔 동네 사람한테 집 맡기고 관광도 다니면서 복 터진 노년을 보내고 있어. 너는 네 곁에 아무도 없이 너뿐이잖니. 우리야 아무 것도 모르는 촌무지랭이라 널 챙길 능력도 없구. 남편도 없이 딸자식이라고 하나 있는 거 미국에 떼어놓고 와 있으니 네가 무슨 낙이 있겠냐고 언니는 오히려 네 걱정뿐이다."

이모가 따뜻이 챙기는 말 몇 마디에 그만 울음이 터졌던 것 같았다. 무슨 말을 하며 울었는지는 기억나지 않는다. 강릉으로 어머니를 만나러 가고 싶은 마음이었지만 컨디션이 장거리 운전을 견뎌낼 것 같지 않아 포기하고 말았다.

제임스에게 말한 것처럼 그녀는 책을 들고 침대에 들어가 편안한 자세로 자리를 잡았다. 침대 머리에 베개와 쿠션을 포개어 등받이로 삼고 책을 펼쳤다. 며칠 전 구입한 고려청자 도록이었다. 『보물선』이라는 책 제목처럼 보물에 가까운 도자기 작품마다 추정되는 제작 시기와 제작 공정을 함께 싣고, 흙과 유약과 성형에 관해 전문가의 설명이 곁들여져 있었다.

책을 뒤적거리다가 시계를 보았다. 한국 시간 오후 1시, 워싱턴은 밤 11시. 그가 자기 집 서재에 있을 시간이었다. 제니퍼는 마이클에게 전화를 걸었다. 그는 예상했던 것보다 훨씬 더 그녀의 전화를 반갑게 맞았다.

"꼭 알고 싶은 것이 있는데 대답해 줄 거죠?"

"오랜만에 통화하는데 뭐가 그리 급하오? 여태까지 당신이 알고 싶어 하는 걸 대답 안 해 준 적이 있소? 알고 싶은 게 뭔데?"

"내가 〈블루하트〉 작전을 수행할 건지 말 건지 하는 중요한 결정이 달린 문제에요. 그걸 꼭 찾아야 하는 이유 중에 우리 모두가 알고 있는 이유 말고 다른 이유가 또 있는 거죠?"

"제임스가 말하지 않던가?"

그의 음성이 낮아지기 시작했다. 경계경보이다. 제니퍼는 너무 사무적으로 따져 물었다는 반성을 하며 다정한 목소리로 바꾸었다.

"나에게도 사명감을 가지고 일할 충분한 명분을 줘야죠. 난 그저 멍청하게 제임스나 거드는 팔푼이 아줌마 같단 말이에요. 나도 미국을 사랑하는 미국시민이고 미국을 위해 뭔가를 해내는 중요한 미국 요원이고 싶다고요."

"알았어. 그건 이야기하자면 너무 길고…… 하여튼 그 진품 뚜껑에는 천년의 비밀이 숨겨져 있다는 것만 알아 둬요. 한국 진품 뚜껑에도 그 비밀의 표시는 없었어."

"천년의 비밀? 그게 뭔데요?"

"그건 전화로 말 할 수 없소. 나중에 알려주리다. 그리고 지금 나와 나눈 이야기는 들은 적이 없는 걸로 하리라 믿소. 내 사랑 제니퍼, 당신이 기필코 찾아서 들고 와요. 우리의 인생이 달라질 거요."

제니퍼는 대충의 인사를 끝내고 전화를 끊었다. 그는 밤

12시 이전에는 잠자리에 들지 않는다. 당연히 그 시간까지는 침실로 들지 않고 아내와 함께 있지도 않았다. 언제든지 밤 12시까지는 완벽하게 제니퍼의 남자였다.

제니퍼는 다시 도록을 뒤적거려 보나 눈에 들어오지 않았다. 그녀는 해연 선생 작업실에서도, 도천 선생 작업장에서도 이미 그들의 손에 의해 빚어져 초벌구이 된 그릇에 그림을 그려 넣고 싶은 충동을 느꼈었다. 자신이 미술학도였다는 것을 까맣게 잊고 살아왔는데 그들의 작업실에서 비로소 다시 깨어나는 소리를 들었다. 그녀의 관심은 도자기를 만드는 공정 어디쯤에서 그림을 그려 넣어야 하는 가였다. 어느 날 해연 선생을 찾아가 실지로 체험을 해 볼 심산인데 그렇다 해도 뭘 좀 알아야 될 것 같아 공부를 하기로 한 것이다. 해연 선생의 요에는 도자기 체험장이 있어 그림 그리기가 가능했다. 해연 선생의 어떤 작품에 그림을 그리면 좋을지 궁리하느라 전시실에 있던 그의 작품들을 더듬었다. 학창시절 재능을 인정받았던 정물화는 그리고 싶지 않았다. 사람이 놓아준 그 자리에 그대로 있어야 하는 화병에 꽂힌 꽃과 대바구니나 목기에 담긴 과일이 어느 날부터 그녀는 답답하게 느껴졌다. 그것들을 밀쳐버리는 상상을 해보고 차라리 쏟아지고 깨어진 화병과 꽃을 그리는 편이 더 생동감 있을 것 같았다. 만약 기회가 주어진다면 그녀는 살아 움직이는 것들을 그릴 작정이다. 양치는 소년의 상기된 모습이나 발정 난 암캐를 뒤따라 전력 질주하는 수캐의 숨 가쁜 모습 따위를 생생하게 그리고 싶었다. 그런 생각을 하다가 문득 제니퍼는 책을 내던지고 침대에서 내려섰다. 해연 선생이 술을 끊어야 겠다던 말끝에 들려준 이야기가 떠올랐을 때 제니퍼는 전기에 감전된 것 같은 전율을 느꼈다.

"혹시…… 설마."

그녀는 아파트를 뛰쳐나와 주차장으로 내달았다. 당장 해연을 만나 확인해야 할 것들이 넘쳐났다. 1시간이 채 안되어 해연 선생 앞에 선 제니퍼는 물 한 컵을 청했다.

"선생님 가족은 모두 어디에 살고 있나요?"

"예? 갑자기 무슨……."

"알고 싶어요. 말씀해 주세요."

"그거야 어려운 일이 아니지만 왜 그러시는지 영문을 모르겠군요."

"선생님의 부모 형제는 다 어떻게 됐어요? 저번에 말씀하다 말았거든요."

"어머니는 아버지의 술주정을 견디다 못해 큰 여동생을 데리고 서울로 장사하러 간다고 떠났어요. 아버지 술 주사는 더욱더 심해졌고 작은 남동생은 한 입이라도 덜겠다고 문맹자라서 군대에 안가도 되는데 학력을 속여 자원입대했습니다. 군대에서 총기 오발 사고로 죽었고, 작은 여동생은 장염을 앓다가 죽었어요."

"형제가 그뿐이었나요?"

"사내 막둥이 동생이 하나 더 있었는데 아버지가 장날 데리고 나갔다가 술에 취해서 혼자만 돌아왔더라고요. 몇 달을 찾아 헤맸으나 결국 포기하고 말았습니다. 어린 것이 배곯고 헤매다가 길거리에 쓰러져 죽었겠지요."

"몇 살쯤 됐던가요? 잃어버릴 때 동생의 나이가."

"내가 열여덟 살 때였으니 그 애는 여섯 살이었겠군요. 나하고는 꼭 열두 살 차이였으니까."

제니퍼는 해연의 이야기를 거기까지만 귀담아 들었다. 그 뒤로는 아무 말도 들리지 않았다. 혹시나 했던 그녀의 영감이 틀림없다는 확신이 섰다.

"선생님, 잠시 만요. 잠깐만요."

제니퍼는 그를 향해 두 손바닥을 펼쳐 보이며 뒷이야기를 저지시켰다. 그녀가 오른손을 심장에 가져다대고 아주 잠깐 눈을 감았다. 자신을 진정시키려는 모습이었다.

"너무 떨려서 말을 못하겠어요. 아직 확실치는 않지만

선생님의 동생이 맞는 것 같아요."

"누가요?"

"미국에서 나온 그 사람 말이에요. 가족을 찾을 작정이라
던 그 남자."

"제임스라고 하는 그 키 큰 남자 말이요?"

"예. 장날 아버지를 따라 나갔다가 아버지가 술 취해 사람
들과 싸우는 동안 트럭을 타게 됐대요. 큰형이 일하는 데서
준 주먹밥을 안 먹고 종이에 싸와서 먹여주곤 했다더군요.
작은 누나가 끓여주는 보리죽을 먹으며 컸대요. 큰형은 학교
에 가다가 아버지에게 들켜서 매번 얻어맞으며 울었고, 작은
형이 큰형 때리는 아버지를 지게 작대기로 내리쳐서 사흘을
집에 못 들어갔다고."

제니퍼가 줄줄이 지나간 이야기를 읊는 동안 해연의 눈에서
는 눈물이 쉴 새 없이 흘러내렸다.

"지금 어디 있습니까?"

반쯤 넋이 나간 해연의 얼굴에서 제니퍼는 이미 제임스의
얼굴을 보았다. 제임스의 영리해 보이는 갈색의 선한 눈동자
가 낯이 익다했는데 그 눈빛이 해연의 눈빛이었던 것을 이제
야 알아차렸다. 제니퍼는 떨리는 손으로 전화를 걸었다.

"내가 있는 곳으로 좀 와 줄 수 있어요?"

그녀는 침착해지려고 애썼다. '흥분할 일이 아니다. 속단할 일이 아니다. 아직 확인된 일이 아니다' 그녀는 계속 그 말을 되뇌며 수선떨지 않도록 주의를 기울였다.

"집에서 잘 쉬고 있어요?"

"집이 아니에요. 프랭크와 함께 있나요?"

"프랭크 씨한테 자동차를 좀 내달라고 하세요. 여기 해연 선생님 도요로 와 주세요."

"무슨 일이 있나요? 목소리가 왜 그래요? 심각한 일이 생긴 건가요?"

"아니. 나쁜 일은 아니에요. 와서 이야기해요."

제니퍼가 통화를 하는 동안 해연 선생은 자신의 두 손을 맞잡고 애써 무표정을 가장한 채 천천히 거실을 서성거렸다. 그녀의 통화가 끝나자 해연 선생은 맞은편 소파에 와 앉아 입술을 깨물었다.

"만약 내가 동생이 아니라고 하면 그가 많이 실망하겠지요?"

해연 선생은 자신이 실망하게 되는 일보다 제임스가 실망하게 될까봐 더 신경이 쓰이는 눈치였다.

"그렇지 않습니다. 다행히도 어린 시절 살던 동네도, 본인의 이름도, 형제들의 이름도 거의 기억하지 못해서 큰 기대를 하지 않고 있어요. 그냥 선생님이 옛날이야기 들려주듯 지나간 이야기를 들려주면서 그 사람과 대화를 해보면 무엇인가를 기억해낼 겁니다. 미리 확인하려다가 서로 더 큰 아픔만 남을지 몰라서 조심스럽습니다."

그는 자신의 두 손을 맞잡아 비비고 주무르면서 경직되어가는 몸을 풀었다. 도저히 안 되겠는지 딸을 불러 간단하게 술상을 보라고 일렀다.

"점심에 딸이 삼년 전에 담근 산수유주가 잘 익었다고 하더군요. 혼자 마실 생각이 없어서 사양했었습니다. 한 잔씩만 맛을 보시죠."

"좋습니다. 한 번도 맛 본 적이 없는 술이라 맛이 궁금하네요."

겸연쩍게 웃으며 엉뚱한 화제를 꺼내는 그가 무안하지 않도록 제니퍼는 맞장구를 쳤다. 아무 영문 모르는 채 곧 나타날 제임스를 생각하니 그녀의 가슴이 두근두근 뛰었다. 술상이 나오자 해연은 급히 두 잔에 술을 따르고 잔을 집어 들었다.

"한 번 맛을 보시죠."

술이 급했는지 해연은 단숨에 잔을 비웠다. 향긋한 산수유 향기가 코밑을 감돌고 새콤달콤한 술이 부드럽게 입술에 와 닿았다. 그녀가 한 잔을 음미하는 동안 해연은 석 잔의 술을 마셨다. 그녀는 해연의 초조한 모습을 더 볼 수 없어 술에 심취한 척 딴전을 피웠다. 술 같지 않아 야금야금 맛보던 산수유 술도 알코올 기운을 과시하기 시작했다. 얼굴이 달아 오르고 가슴이 뜨거워왔다. 그들이 미처 술상을 물리기 전에 제임스가 도착했다. 제니퍼와 해연의 얼굴이 술기운으로 발갛게 달아 있는 것에 비해 제임스는 창백하리만큼 말간 얼굴로 그들 앞에 나타났다.

"선생님 또 만났습니다."

제임스가 서툰 한국말로 그에게 인사를 하자 해연은 말없이 그의 손을 잡고 자리를 권했다. 두 사람의 얼굴을 번갈아보던 제임스가 싱글거리며 영어로 그녀를 놀렸다.

"제니퍼! 당신은 정말 술꾼인가 봐요? 어제 그렇게 마시고 도 또 해 지기 전에 술을 마시는 걸 보면."

그가 영어로 말하자 해연은 제니퍼에게 제임스가 뭐라고 하는지 물었다.

"어제 우리 둘이 인사동에 나가 동동주를 많이 마셨어요. 아직 술도 덜 깼는데 또 마신다고 절더러 술꾼이래요."

"좋은 사람들끼리 마음이 끌려서 마시는 술은 인생을 풍요 롭게 하는 윤활유라고 말해줘요. 술꾼은 술을 마시기 위해 술자리를 만들지만 인생을 아는 사람들은 술자리를 만들기 위해 술을 마시지요."

제니퍼가 통역하기 전에 제임스는 너무 멋진 말이라고 손뼉을 쳤다.

"말은 잘 알아듣나보죠?"

해연이 제임스를 그윽이 쳐다보며 직접 물었다.

"예. 발음이 신통치 않아서 그렇지 말도 다 할 줄 압니다."

제임스가 또박또박 한국말로 대답했다.

"그럼 부탁이 있는데 나하고 한국말로 이야기 나눌 수 있어요?"

"예. 그렇게 합시다."

분위기와 전혀 어울리지 않는 그의 말투에 해연도 그녀도 웃고 말았다. 낌새가 이상한지 제임스도 덩달아 웃었다.

"가족 이름은 모른다니까 더 물을 말은 없고 찾는 가족들 중에 별명을 기억하는 게 혹시 없나요? 말하자면 '악바리'니, '아구창'이니 하는 별명 말이오."

"어? 악바리? 아구창?"

제임스는 양미간을 모아 기억을 되살려 보려고 해연의 말에 집중했다.

"그건 생각나지 않아요. 그런데 생각나는 게 있어요. 큰형이 아버지 몰래 뒷마당에 땅을 파고 도자기를 숨겼어요."

해연의 동공이 커지는 것을 제니퍼는 분명하게 보았다. 그러나 해연은 침착하게 다시 물었다.

"큰형이 왜 도자기를 땅 밑에 감췄어요?"

"형이 나한테 말했어요. 아버지에게 비밀이라고. 형이 도자기 공장에서 일 값 대신 받아온 귀한 도자기를 아버지가 하나씩 들고 나가 술과 바꿔 마셨어요. 또 술꾼들이 놀러 오면 한 개씩 집어 갔고요. 형은 그래서 감춘다고 했어요."

"제임스 씨는 아버지에게 비밀로 했나요?"

"형을 아버지보다 좋아했으니까 물론 비밀로 했지요."

"그런데 아버지가 도자기 묻어 놓은 장소를 어떻게 알았을까요?"

"그건…… 아버지가 어린 나를 유도 심문해서 속인 거예요. 이미 감춘 장소를 알고 있다면서 벌써 가져다 팔아먹었다고. 그래서 나는 아버지가 잠들자 몰래 묻어놓은 땅에 나가 확인을 했던 거예요. 아버지가 자는 척 하다가 내 뒤를 밟아 도자기 감춘 곳을 알아낸 겁니다. 아, 그런데 선생님은 그 사실을 어떻게 아세요?"

"내 유도 심문에 제임스 씨가 넘어간 거죠."

"아, 그렇군요. 속임수에는 약한 터라……."

그가 자기 머리를 툭툭 치며 천진난만하게 웃었다.

"아버지는 형이 묻어 놓은 도자기를 어떻게 했습니까?"

"다 파서 들고 나갔어요. 그리고는 며칠 동안 집에 들어오지 않았어요."

"형은 어땠나요?"

"형은 밤늦게 집에 돌아와 파헤쳐진 땅 구덩이를 들여다보며 울었어요. 내가 미안하다고 하니까 나를 끌어안고 울었어요. 나는 형이 너무 불쌍해서 이다음에 돈 벌면 도자기를 많이 사주겠다고 결심을 했었지요."

제임스의 말을 듣고 있던 해연의 눈물이 흘러 수염에 가서 맺혔다.

"그런 형을 왜 사십 년이 넘도록 찾지 않았나요?"

해연의 눈물과 목 메인 음성에 제임스는 긴장하기 시작했다.

"찾지 않은 것이 아니라 기억에서 까맣게 지웠던 것 같아요. 정말 아무 것도 생각나지 않았어요. 어쩌면 기억하기 싫었기 때문에 지워졌는지도 모르죠. 최근 한국 일을 맡고 한국에 돌아오면서 거짓말처럼 하나하나 떠오르기 시작했어요. 어제 제니퍼 씨 덕에 숨어 잠자던 기억을 더 많이 끌어냈고요."

"해연 선생님도 오래 전에 막내 동생을 잃으셨대요. 몇 년을 찾아 헤매다 죽은 것 같아서 포기하셨다는데 어릴 때부터 도자기를 좋아해서 열심히 모은 적이 있답니다."

제임스가 점점 더 의아한 표정을 짓자 제니퍼가 서서히 그가 마음을 준비하도록 거들었다. 제임스가 해연의 얼굴을 유심히 살피며 그에게 좀 더 다가앉았다.

"선생님은 그때 상황을 다 기억하시나요?"

"그럼요. 내 동생은 여섯 살이었지만 나는 열여덟 살이었으니까요."

해연은 그 당시의 이야기를 제임스에게 차근차근 들려주었다.

요장에서 밤새 불 때는 일을 거들고 다음날 집에 돌아오니 제일 먼저 달려 나오던 막내 동생이 보이지를 않았다. 작은 여동생에게 어떻게 된 일이냐고 물었다. 아버지가 막내를 데리고 장에 나갔는데 술에 취해서 혼자만 돌아왔다는 것이었다. 작은 여동생 은자가 이장한테 달려가 울면서 사정 이야기를 하여 함께 장터까지 경운기를 타고 달려갔더란다. 가서 동생 종주를 찾았지만 이미 동생은 어느 곳에도 보이지 않았다. 은자는 그저 큰오빠가 돌아오기만을 기다리고 있는 중이었다. 유한주는 장날 물건을 팔러 장에 나갔던 이웃을 일일이 다 찾아다니며 막내 종주를 맨 마지막에 본 사람이 누군지 알아보았다. 대개가 다 옹기, 칠기를 팔러 나갔던 사람들이었다. 아버지가 국밥에 막걸리를 마실 때까지는 종주가 그 곁에 있었다고 모두들 증언했다. 아버지가 술판을 둘러엎고 다른 마을 사람과 싸움이 벌어지고부터 종주를 보지 못했다는 것이 공통적인 이야기였다. 혹 미아를 보호하고 있나 싶어 장이 섰던 파출소와 그 인근 파출소까지 다 찾아다니고 신고를 해놓았다. 여섯 살짜리가 아장아장 걸어서 가봤자 그리 먼 곳까지 갔을 리가 없다는 판단과 혼자 집을 찾아오다가 길을 잃었을 가능성을 감안해 동네 근처 파출소를 샅샅이 찾았지만 허사였다. 어디서 비슷한 또래의 아이가 길을 잃고 파출소에 들어왔다 하면 모두 한주에게로 연락이 왔다. 그렇게 몇 년을 헤매고 다녔지만 끝끝내 무소식이었다. 그런 중에 동생 잃고 시름에 잠겼던 은자가 창염으로 죽고 동생 용주가 군대에 입대했다가 죽었다. 한꺼번에 동생 셋을 잃은 한주는 서울로 어머니를 찾아갔다. 큰누나와 포장마차를 하던 어머니 역시 고향 사람들에게서 아이들 소식을 전해 듣고 제정신이 아니었다. 악만 살아남아 술 취한 손님들과 매일 싸움질이고 옛날의 그 여리고 착하던 모습은 남아있지 않았다. 큰 여동생 명자도 어머니의 보호자나 되는 것처럼 강인해져 있었다.

"오빠는 아버지를 책임져라. 나는 어머니를 책임질게."

한주는 그런 여동생에게 어머니를 부탁하고 고향으로 돌아왔다. 오래지 않아 어머니가 결핵으로 숨지고 명자는 장사하면서 만난 남자와 결혼해서 식당을 차렸다. 한주에게 가족은 서리서리 한이 맺힌 상처로만 기억되었다. 아버지는 그렇게 마셔대는 술에도 끄떡없는 건강을 자랑하다가 술 취해 길에서 동사했다. 그것도 고모네 식당에서 쫓겨난 그날 밤 그 근처에서.

"용주, 명자, 은자, 종주가 다 나에게는 살아가는 희망이었지요. 동생들 있을 때부터 하도 악착같이 살아서 어른들은 날더러 '악바리'라는 별명으로 불렀고 입만 벌리면 청산유수로 말을 쏟아낸다고 '아구창'이라고도 불렀지요. 동생이 어딘가에 살아있으리라고는 생각해 본적이 없었어요."

제임스가 깊은 신음소리를 내면서 눈을 감고 두 손으로 코와 입을 감쌌다. 중지로 눈 앞 꼬리를 누르고 검지로 눈 뒤꼬리를 누른 채 고개를 숙였다. 잠시 그런 자세로 있던 제임스가 얼굴에서 손을 떼고 고개를 들었다. 얼굴은 온통 눈물로 젖어 있었다.

"나는 길 잃은 지 얼마 되지 않아 시설에 갔다가 거기서 미국으로 입양을 갔던 겁니다. 불행했던 나를 완전하게 잊어버린 채 행복하게 잘 살았습니다. 죄송합니다."

그가 참고 참던 울음을 터뜨리며 소파 옆자리로 옮겨갔다. 해연이 그를 끌어안았다.

"잘 했다. 잘 했어."

해연의 말소리가 안으로 잦아드는가 싶더니 끄윽끄윽 속으로 삼키는 울음소리로 바뀌었다. 토해내는 울음보다 더 깊고 강렬해서 듣는 사람까지도 속을 쥐어뜯기는 듯 고통이 느껴졌다. 제니퍼는 슬그머니 거실을 빠져나왔다. 제임스는 "형님!"을 부르며 소리 내어 흐느껴 울었고 해연은 울음소리를 죽인 채 그를 쓰다듬으며 눈물을 쏟았다.

"그날, 아버지가 술 취해서 사람들과 싸운 것을 기억하니?"

해연이 더 무엇인가를 확인하려는 듯 말문을 열었다.

"그날을 전 생생하게 기억해요. 아버지가 술에 취해서 얌전히 국밥 먹는 사람한테 소리치고 욕하면서 시비를 걸었어요. 꾹 참고 국밥을 먹던 손님이 더 못 참고 벌떡 일어나자 국밥장사가 말렸어요. 원래 술 취하면 개가 되는 인간이니 상대하지 말라고요. 그 말에 아버지는 국밥 장사까지 싸잡아 욕하면서 가게를 다 뒤집어엎었어요. 주인과 손님이 한꺼번에 달려들어 아버지를 때렸어요. 술 취해 몸도 못 가누던 아버지는 땅바닥에 내동댕이쳐졌지요. 나는 피 흘리며 매

맞는 아버지가 싫고 무서워서 그곳에서 도망쳤어요."

"어디로 갔던 거냐?"

"나보다 큰 형들이 천천히 사람들 사이를 빠져 나오는 트럭에 마구 올라탔어요. 내가 그 트럭을 따라 뛰어가자 형들이 내 손을 잡아 끌어올려줬어요. 어딘지도 모르지만 트럭을 타고 신나게 달렸어요."

"그래서?"

"아저씨들이 깨워서 일어나니까 캄캄한 밤이더군요. 내가 트럭 구석에 잠들어 있었대요. 아마 차를 타고 달리다가 나는 잠이 들었고 형이나 아이들은 잠든 나를 두고 다 가버렸던 모양이에요. 두 아저씨가 나를 순경한테 데려다주면서 집을 찾아주라고 말했어요. 나는 파출소에서 순경 아저씨들과 며칠을 지냈어요. 집을 아느냐고 물어보고 부모님의 이름도 물었지만 나는 대답하지 않았어요."

"가족들 이름을 몰라서?"

"그땐 아버지 이름도, 형 이름도, 누나 이름도 다 알고 있었어요."

"그런데 왜?"

"집에 가기 싫어서요. 파출소에서 아저씨들이 맛있는 음식으로 배불리 먹여줬고 울지 말라고 과자도 사줬거든요.

집에 가면 또 굶어야 하고 아버지한테 야단 맞아야하니까 거기 더 있고 싶은 마음에 말을 안 한 거죠."

"어쩌다 입양까지 가게 됐니?"

"며칠 뒤에 교회에서 운영하는 시설에 보내졌어요. 다른 아이들은 낯가림하고 울고 병나서 보모들을 속 썩였지만 나는 울지도 않았고 아프지도 않았고 얼굴에 살이 오르면서 뽀얗게 귀여운 아이로 변해갔어요."

"우리 형제들이 원래 하얀 피부기는 했지. 제대로 못 먹어서 버짐은 피었었지만. 시설에서 입양 일 순위였겠군."

"그랬지요. 비행기 타고 미국 가면서 나는 한국을 다 잊었어요. 더구나 신앙심이 돈독한 양부모님들은 사회적으로나 경제적으로나 성공하신 분들이었지요. 다른 아이들의 친부모보다도 더 나를 사랑으로 키워주셨거든요. 한국의 부모형제를 생각할 겨를 없이 미국 생활에 적응하느라 바빴고 그러면서 나는 완전한 그분들의 자식이 됐던 겁니다. 고등학교를 졸업했을 때 한국의 가족을 찾아보자고 했지만 그땐 아무 것도 생각나는 게 없었어요."

두 사람의 이야기가 쉬 끝날 것 같지 않았다. 제니퍼와 연화가 저녁 식사를 알리기 위해 그들 사이에 끼어들었다. 연화가 해연의 소개를 받아 삼촌께 인사를 올렸다.

"자, 저녁 식사하고 두 분이 다시 이야기보따리를 풀어도 되겠죠?"

두 사람은 손을 놓지 못했고 해연은 반찬을 집어 아우의 숟가락 위에 얹어주었다. 해연은 목이 메는지 끝내 밥 한술도 먹지 못했다. 제임스는 형이 얹어주는 반찬을 먹기 위해서라도 열심히 밥을 먹어야만 했다. 제니퍼는 식사가 끝나자 먼저 서울로 올라왔다. 어차피 자동차가 두 대라 함께 올라올 수는 없는 일이었으므로 제임스는 해연과 좀 더 시간을 갖기로 하였다. 제니퍼는 비록 혼자 운전을 하고 있었지만 서울로 올라가는 길이 즐거웠다. 두 사람을 만나게 해준 일이 가슴 벅찰 정도로 행복했다. 두 사람이 형제일지도 모른다는 그녀의 엉뚱한 상상이 사실이 되리라고는 예측하지 못한 일이었다. 단지 '혹시'하며 번뜩 스치는 영감으로 무모하게 벌인 일이었던 것이다. '블루하트'라는 작전을 수행한 것보다 그녀는 더 큰 보람을 느꼈다. 온 몸이 가벼워진 것 같았다. 그녀는 콧노래를 불렀다. 밤 운전을 싫어하는 그녀가 이처럼 신나고 흥겹기는 처음이었다. 그녀의 애창곡 모음 CD를 틀고 3번을 눌렀다. '만남'을 듣고 싶었다.

'우리 만남은 우연이 아니야……'

제니퍼는 노래를 따라 불렀다.

14. 열정

진정한 도공은 그릇 깨는 일을 두려워해서는
안 된다고 자신에게 몇 번이고 최면을 건다.
그릇을 깨며 비로소 그릇은 다시 태어나는 거라고
선배 도공들은 말했었다.

"나에게 이 큰 행복을 주심은 무엇입니까?"

나는 그들이 돌아간 밤에 티베트에서 모셔온 부처님 앞에
감사의 108배를 올렸다. 매일 아침 일어나 목욕을 하고 108배
를 올리기는 하지만 밤에 108배를 올리는 일은 드문 일이었
다. 온몸이 땀으로 젖고 절하기 위해 엎드리면 이마에서
바닥으로 땀방울이 떨어졌다.

"제가 할 본분을 다 할 수 있도록 인도해 주소서."

이제 나는 하늘에 나를 위한 아무 것도 바라지 않겠노라
맹세하고 스스로 다짐했다. 하늘이 나에게 줄 수 있는 것은

다 주었다는 생각이 들었던 것이다. 연화와 아담이 태어나기 전까지 단 하루도 막내 동생 종주를 잊어본 적이 없었다. 나에게는 자식 같은 동생이었다. 내 나이 열세 살에 태어난 막둥이를 갓난쟁이 때부터 내가 업어 키웠다. 아버지는 술 외에는 자식들한테 관심 없는 양반이었고, 어머니는 푸성귀라도 심어 살림에 보태려고 밭에 나가 종일 일했다. 어머니의 젖이 나오지 않아 아이는 젖꼭지를 빨면서도 배고파 울어댔다. 나는 갓난아기에게 젖조차 먹이지 못할 거면서 자식을 낳은 부부를 원망했다. 미군부대에서 내가 얻어 온 분유를 물에 타서 처음 먹인 날 아기는 물똥을 싸면서도 우유를 먹었다. 며칠 지나자 아기는 더 이상 설사를 하지 않았다. 나는 그 분유를 얻기 위해 미군부대 앞을 얼쩡거리며 그들의 잔심부름을 부지런히 해주었다.

'헤이! 컴 온' 그들이 그렇게 불러주기만을 기다리며. 심부름의 대가는 아이들이 그토록 원하는 초콜릿도 껌도 사탕도 아니었다. 오로지 '미루꾸(밀크)'였다. 가끔은 물로 된 우유를 건네주는 미군들도 있었다.

"너에게 애기가 있니? 여동생이냐 아니면 남동생이냐?"

그 영어를 알아듣는 일도 오래 걸리지 않았다. 나는 '보이'를 몰라 '맨'이라고 대답하자 그들이 큰소리로 웃었다. 심부름

할 일거리가 없어서 우유를 얻지 못할 때는 아끼는 도자기를 한 개씩 들고 갔다. 나는 열두 살에도 동네 형들을 따라 가마에 일을 하러 다녔다. 요장에서 불 때고 난 뒤에 그을음이 앉은 가마를 청소하는 일이었다. 가마에 들어가 청소를 하다 보면 어쩌다 한 두 개의 도자기를 건질 때가 있었다. 그것을 주인 몰래 감추어 가지고 와서 모아둔 것들이었다. 도자기를 내보이며 그들에게 우유와 바꾸자고 제안했다. 그렇게 우유 먹여 거둔 동생이 사라졌을 때 나는 아버지를 마음속에서 버렸다. 어린 자식을 데리고 나가 장터에다 버리고 온 것이나 다름없었기 때문이었다. 연화가 태어났을 때 나는 동생에 대한 그리움으로 눈물을 흘렸고, 그것을 마지막으로 막둥이를 마음에서 내보냈다. 그런 동생이 사십 년이 넘어 내게 돌아온 것이다.

108배를 끝내고 수건으로 얼굴의 땀을 닦은 다음 명상에 들어갔다. 오늘따라 무상무념의 상태로 들어서기가 쉽지 않았다. 자꾸 눈물이 흘렀다. 사십 년 도자기 인생이 초심으로 돌아갈 즈음, 끊어졌던 인연이 찾아왔다는 것은 무엇인가 다른 의미가 있을 것이 분명했다. 나는 그것을 아직 깨닫지 못했다. 주지 스님 말대로라면 나는 내가 하던 일로써 깨달음을 얻고 그로써 전달자의 역할을 한다고 했으니 도공의 책무를 다함으로써 세상을 가르치라는 말인데 그것이 무엇인지 알 수 없었다.

'양심을 담는 그릇을 만들어라. 그 그릇이 세상 살아가는 이치를 깨닫게 하리라.'

밤 12시가 넘어서자 잠은 오히려 달아나고 들떴던 흥분이 가라앉으면서 안정이 찾아왔다. 그때 따끔하면서 정수리를 때리는 그 말이 가슴 속으로 들어왔다. 귓전에서 들려주던 첫 경험과는 다른 계시였다. 아, '양심을 담는 그릇'. 그것은 너무나 많은 의미를 포함하고 있었다. 교만을 배제하고, 내 진심을 그릇에 담고, 내 정성만큼의 값을 받고 사람들에게 건네주는 것. 그것이 나의 숙제였구나. 그 말을 듣는 순간부터 하나씩 하나씩 의문점들이 풀어지기 시작했다. 나는 큰절을 세 번 올리고 명상을 끝냈다.

나는 곧바로 작업실로 나갔다. 작업대 앞에 서서 뒷짐을 지고 곰곰이 내 작업 공정을 돌이켜보았다. 흙, 물레, 손, 도구, 말리기, 굽깎기, 초벌구이, 재벌구이…… 어느 공정에서 더 많은 사심과 기교와 교만이 담기는지를 더듬어보는 중이었다. 어느 공정이라 말할 것 없이 '모두 다'라는 결론이 내려졌다. 아직 내 마음을 비우지 못했으니 어느 공정엔들 그 마음이 다를까.

대통령을 만나기 위해 그가 보낸 차를 타고 청와대로 들어갔
다. 대통령이 가지고 있다는 내 매병을 보고 싶어서 비서에게
전화를 걸었던 것이다. 30분도 채 안되어 대통령과의 약속시
간이 잡혔다. 나는 최근 다구 세트 중 최고가를 자랑하는
'청자상감모란문' 5인 다기 세트를 선물로 준비했다. 내 그릇
을 밖으로 내지 않으려고 최대한 절제하고 있었으나 세상과
차단하고 살 수는 없는 노릇이었다. 이미 주문 받아 놓은
것은 그들과의 약속이기 때문에 지켜져야 했고, 대통령의
소장품이 된 나의 옛 그릇을 보기 위해서는 그만한 값어치를
치러야 한다고 생각했다.

"어서 오세요. 많이 기다렸습니다."

대통령이 접견실에서 반갑게 나를 맞이했다. 아무리 둘러
보아도 그곳에는 매병이 보이지 않았다. 나는 먼저 행사에
물의를 일으켜 죄송하다는 사과부터 하고 자리에 앉았다.

"신상에 무슨 궂은 일이 있었던 게 아니라니 그것만도
다행입니다. 나로서는 선생의 솜씨를 볼 기회를 놓쳐서 좀
서운하기야 했지요."

"솜씨랄 게 뭐가 있겠습니까? 그저 손에 익은 일을 기계처
럼 해 왔을 뿐이지요."

"오래된 장인들의 손을 거치면 솜씨 이외에 그 사람의 마음이 담겨 있어서 그 값어치가 높은 것이 아닙니까?"

대통령이 차를 권했다. 은은히 향기로운 발효차였다. 녹차의 풀 비린내 같은 떫은맛보다 성숙하고 완벽한 안정감을 풍기는 차 맛이 마음을 차분하게 가라앉혔다.

"오신 김에 좀 보여드릴 것이 있습니다."

대통령이 인터폰을 눌러 집무실에 있는 도자기를 가져오라 지시했다. 비서들이 각각 한 점씩을 들고 들어왔다. 한 점은 눈에 익은 '청자진사연화문표형주자'였다.

"이건 선생이 나한테 선물한 작품인데 기억이 납니까?"

"예. 야당 대표로 계실 때 저희 도자기박람회장에 오셨던 날 선물한 것 아닙니까?"

"맞아요. 이성계가 조선을 개국하고 개국공신들에게 하사주를 내린 주전자라고 설명하면서 주셨지요. 이번 정상들과의 만찬 때 이 주전자에 술을 담아 한 잔씩 돌릴 생각이었는데 아무래도 다칠까 두려워서 그만두었습니다. 이 표형주자 진품이 고려 때 강화도 피난 중에 만들어졌다는 것이 사실입니까?"

"출토된 것이 강화인 데다가 고려무신 정권시대의 세도가 최항의 무덤이라 그렇게 추측하는 것입니다. 불력의 힘을 빌어서 몽고로부터 나라를 지켜보겠다는 간절한 마음으로 강화에서 팔만대장경을 판각하던 시대와 표형주자의 제작 시기가 비슷하기도 하고요."

"아하, 그렇군요."

대통령이 주전자를 내려놓고 매병을 앞으로 끌어당겼다.

"문제는 이것입니다. 이 작품을 좀 봐 주세요."

나는 약간 떨리는 심정으로 매병을 잡았다. 제니퍼가 가져 왔던 주병과 한 세트임이 분명했다. 주병을 볼 때의 느낌과는 또 다른 느낌이었다. 으르렁거리는 호랑이의 입 모양이 주병 과는 완연하게 달랐다. 금방이라도 달려들 것 같은 기상이 매병을 힘 있게 돋보여주고 있었다.

"청자로서는 별로 뛰어난 작품은 아닙니다. 이 도자기를 좋아하십니까?"

"아주 좋아합니다. 전체적으로 기운이 넘치지 않나요? 선생이 보기에는 어떻습니까?"

"흙이나 유약은 그런대로 잘 선택한 것 같지만 성형이 초보자 수준을 벗어나지 못했습니다. 구울 때 온도를 조금 더 높였더라면 유약이 잘 녹아서 유리질 막을 형성하고 자연 스러운 광택이 났을 텐데 광택도 좀 부족합니다. 그러나 말씀대로 그릇에 힘이 있고 순수한 마음이 담겨 있습니다."

"혹 이 작품이 누구의 작품인지 알 수 있겠습니까?"

나는 그가 던질 예비 질문에 대해 이미 답안을 준비해 왔는데도 잠시 망설였다. 과연 내 대답이 어떤 여파를 불러올지 미지수였기 때문이었다.

"제 초창기 작품입니다."

내 대답에 대통령은 얼굴색을 환하게 밝혔다.

"그렇지요? 내 짐작이 맞았군요. 어쩐지 신선한 기운이 선생을 닮았다 했다니까요."

"소장하실 가치가 없는 그릇입니다."

"그 말을 듣자는 것이 아니라 이 매병의 짝을 찾자는 것이에요."

"그건 불가능한 일입니다."

"어째서죠? 작가를 찾았으니 주병을 만들면 될 게 아니오."

"저것과 똑같은 짝을 만들 사람은 아무도 없습니다. 제 작품이라고는 하나 저 또한 저것과 짝이 될 주병을 만들지는 못합니다."

"기술이 너무 좋아져서 말인가요?"

"아닙니다. 마음이 탁해져서입니다. 저 작품을 만들 때의 저는 오로지 살아남아야 한다는 한 가지 염원밖에 없던 순수하고 열정적인 도공이었습니다. 그러나 지금의 저는 재력과 권력의 힘을 알아버린 탐욕스러운 도공입니다."

대통령은 이해가 된다는 듯 고개를 끄덕였다.

"원래 한 세트였는데 어느 날부터 주병이 사라졌어요. 꼭 짝을 맞춰서 소장하고 싶은데 방법이 없단 말이오?"

대통령이 실망을 금치 못하고 아쉬움으로 다시 물었다.

"방법은 없어진 그때의 그 주병을 찾는 것이 가장 완벽한 방법입니다."

"글쎄 그것이 어디 있는지 알아야 말이지."

"제가 알고 있습니다."

"알고 있다고요? 누가 가지고 있습니까? 선생입니까?"

"아닙니다. 미국에 계신 분이 가지고 있습니다."

대통령은 호기심 가득한 얼굴로 나를 보았다.

"그게 누굽니까?"

"미 국무장관이십니다."

"뭐라고요?"

대통령이 등받이에 기댔던 몸을 벌떡 일으켰다. 처음에는 당분간 대통령께 비밀로 해달라던 제임스가 마음을 바꾸어 그 사실을 말해도 좋다고 했기 때문에 나는 안심하고 말할 수 있었다.

"선생은 그 사실을 어떻게 알았습니까?"

"그쪽에서도 주병과 짝을 지어주기 위해 작가를 찾고 있었습니다. 사람을 시켜 저에게 문의를 해 왔었습니다."

"그랬군요. 어떻게 거기까지 흘러갔을까?"

"어떻게 이 작품을 소장하시게 되셨습니까?"

내가 물었다. 그러자 대통령이 다시 물었다.

"선생의 언제 적 작품입니까?"

나는 초창기에 전국공예경진대회에 나갔다 낙선된 작품이라는 이야기부터 땟거리 살 돈도 없었던 시절 이야기까지 다 들려주었다. 그 당시 백만 원을 받고 팔았다고 하자 대통령이 웃으며 무거운 분위기를 깨려는 듯 농담을 던졌다.

"이십여 년 전이면 나도 먹고 살기 힘들 땐데 집사람이 거금을 투자했군요. 자기가 샀다고 자기 마음대로 주병을 누구한테 선물을 한 모양이구먼."

나는 그제야 내 작품을 사준 여사님이 지금의 영부인임을 알았다.

"여태 그 사실을 몰랐습니다."

나는 수습할 말이 없어 화제를 바꾸었다.

"한 번 그쪽과 자연스럽게 의사를 타진해 보심이 어떻겠습니까?"

"글쎄요. 괜히 혹 떼려다가 혹 붙이는 일이 되지나 않을지 몰라서……."

나는 대통령과 도자기 이야기 외에도 많은 이야기들을 나누고 자리에서 일어섰다. 대통령과의 면담을 끝내고 맡겼던 소지품을 찾아들었다. 그새 핸드폰에는 부재중 전화가 세 통이나 와 있었다. 모두 다 제임스의 전화였다. 청와대 직원들이 집까지 태워다 주겠다는 자동차를 사양했다. 청와대 정문 앞까지만 그 차를 이용하고 차에서 내렸다. 나는 제임스에게 전화를 걸었다. 제임스는 차를 가지고 갈 테니 그 자리에서 기다리라고 했다. 나는 택시를 타고 사무실로 갈 테니 위치를 말하라고 했다. 동생이 어떤 곳에서 생활하고 있는지 알고 싶었다.

제임스는 우리 가족에 대해 알고 싶은 것이 너무나도 많지만 묻지 않겠단다. 우리 두 사람이 만날 때마다 한 가지씩만 말해 달라고 한다. 너무 한꺼번에 다 알아 버리면 소화를 못 시키고 체할 것 같다며 우스갯소리를 했다.

"내가 서울에 살면 너를 들어와 함께 지내자고 할 텐데."

나는 제임스의 숙소를 보면서 함께 있을 수 없는 일이 안타까웠다.

"특별한 일이 없는 날은 제가 형님 댁으로 갈게요."

"한창 클 때 잘 먹어서 그런지 키가 아주 크구나. 아버지 키도 그 연배에서는 작은 키가 아니었는데 아버지를 닮은 모양이다. 어머니는 아주 키가 작았거든. 그나저나 제니퍼에게 들으니 네가 아주 중요한 일로 한국에 나왔다는 데 무슨 일인지 내가 알아도 되겠니?"

"그럼요. 형님, 앉아 보세요. 의논할 일이 있어요."

숙소를 돌아보고 사무실로 들어서자 제임스가 내 앞에 여러 장의 사진을 내밀었다.

"이 도자기 아시죠?"

예의 그 표형주자였다. 나는 고개를 끄덕였다. 알다 뿐인가. 아직도 내가 찾아내지 못한 고려청자의 비색이 바로 그것인데.

"이것이 워싱턴 후리어미술관에 있는 것입니다."

"알고 있다. 그 주자에는 뚜껑이 없지. 미완성이야."

"제가 한국에 온 이유는 그 뚜껑을 찾기 위해섭니다."

제임스는 낮게 속삭였다. 나는 내 자신의 얼굴이 굳어짐을 느낄 수 있었다.

"그것은 고려시대 것으로 그 당시에 분실된 것을 어디서 찾는단 말이냐?"

"그렇지 않아요. 골동품상들의 정보에 의하면 그 주자가 미국으로 건너가기 직전까지는 완벽하게 뚜껑이 있었다고 합니다. 출토될 때부터 뚜껑이 없었던 건 아니라는 이야깁니다. 다시 말해서 누군가가 뚜껑을 가지고 있다는 말인데 그걸 알아내야 합니다."

"그게 국가 기관에서 나설 정도로 그렇게 중요한 일이냐?"

"나라에 국보가 하나 탄생하느냐 마느냐 하는 일인데 큰일이고말고요."

"그런 일이라면 생각보다 훨씬 어려운 일인 것 같구나. 설사 누가 가지고 있다 하더라도 그 보물을 내놓을 리가 없지 않겠니?"

"그냥 달라는 게 아닙니다. 어떠한 값이라도 치르겠다는 거예요. 마지막 카드로 대통령과 비밀리에 흥정을 벌일 수도 있는 일입니다. 형님도 좀 도와주세요. 제게는 국무장관께 내 능력을 보여줄 아주 좋은 기회가 온 겁니다."

제임스는 그가 이번에 한국에서 수행해야 할 작전을 털어놓고 나에게 도움을 청했다. 그가 허심탄회하게 나를 믿고 있다는 것이 느껴졌다. 동생에게 내가 해 줄 수 있는 것이라면 무엇이든지 해주고 싶은 이 심정은 거짓이 아니다. 그렇지만 나는 그럴 수가 없다.

"너를 도울 수 있으면 좋겠다만 그건 네 능력과 상관없이 어려운 일이 될 수도 있는 일이다. 너무 가볍게 생각지 말고 신중해라. 대 미국이 그만한 일로 국무장관까지 나선다고 하니 나로서는 이해가 되질 않는구나."

외출했던 제니퍼가 돌아오자 우리의 이야기는 중단되었다. 도자협회 회원이자 도공이 주인인 특별한 한정식 집에 예약을 해놓았다고 하자 그들은 흔쾌히 나를 따랐다. 음식을 담는 그릇 모두를 도자기로 상차림하고 음식은 궁중한식이라고 설명을 덧붙였다. 제니퍼도 그런 집엔 한 번도 가본 적이 없다며 기대에 부풀었다. 그들과 함께 저녁을 먹으면서도 나는 식사에 집중할 수가 없었다. 사십오 년 만에 나타나 부탁하는 동생의 일을 도와줄 길이 없다는 사실이 가슴 아팠다.

"국무장관이 언제부터 한국 도자기에 그렇게 관심을 가지게 되었는지 알아요?"

나는 제니퍼에게 질문했다. 제임스의 한국말이 어눌하니 자연 제니퍼를 상대로 대화가 이어졌다.

"한국 도자기에 대해 관심이 많을 뿐 아니라 한국 도자기를 많이 소장하고 있답니다."

"그래요? 어떤 경위로 한국 도자기를?"

"남편이 주지사 시절에 한국 태권도를 배운 적이 있었는데 그때 주지사를 가르친 한국 사부한테서 귀한 도자기를 한 점씩 선물 받기 시작하면서 그때 도자기 매력에 빠졌다는 말이 있어요. 남편은 도자기보다 여자에게 관심이 많았지만 그의 아내였던 현 국무장관은 역사학자 선생을 구해서 도자기 역사까지 공부를 했다고 합니다."

"그랬군요."

나는 고개를 끄덕이며 제니퍼의 이야기에 열중했다.

"제니퍼는 어디서 그 이야기를 들었어요?"

제임스가 신기한 듯 그녀에게 물었다.

"뭐 떠도는 소문이야 언론사에서 제일 먼저 주워듣고 사는 걸요."

마이클에게서 들었다는 이야기는 할 수 없었다.

"제니퍼는 미국에서 화집 전문 출판사에서 작품 도록 만드는 일을 하고 있어요. 서양화 도록도 만들고, 현대자기 도록도 만들고, 판화 도록도 만들지요. 그 출판사는 잡지사도 가지고 있는 큰 회삽니다. 저는 제니퍼를 이번에 한국 와서 처음 만났지만 제니퍼가 다니는 회사는 아주 오래 전부터 잘 알고 있었어요."

제임스가 내 이해를 돕기 위해 제니퍼가 다니는 회사에

대해 자세히 소개했다. 두 사람은 기어이 나를 도요까지 바래다주고 돌아갔다. 나는 작업복으로 갈아입고 작업장에 들어갔다. 아무 잡념 없이 일에만 몰두하고 싶었다. 흙을 힘 있게 물레에 올리고 그릇을 만든다. 그냥 그릇이 아니라 내 혼이 깃든 그릇이어야 한다. 물레는 돌고 물 묻은 내손에서 흙덩이에 불과하던 것이 점차 모양을 잡아간다. 밋밋하던 모양에서 둥그스름한 모양으로, 둥그런 모양에서 잘록한 목이 탄생하고 펑퍼짐한 엉덩이가 생겨난다. 목은 늘씬하고 엉덩이는 풍만하며 주둥이는 섹시하다.

어쩌면 물레를 돌리는 그 순간이 제일 행복한지도 모르겠다. 이미 그릇의 형태를 갖추고 나면 불만과 불평이 시작된다. 가마에 들어가기 전까지는 그래도 행복한 편이다. 가마에 들어갔다 나오는 순간 실패와 좌절, 굴욕과 모멸로 자신에 대한 불만은 최고조에 달한다. 만족은 십분의 일에도 미치지 못한다. 그 불만족스러운 도자기 중에서도 버림받을 존재인지 선택될 존재인지 판가름이 난다. 흙에서 그릇으로 모양을 갖추는 그 순간 그것의 운명이 좌우된다. 흙의 운명을 좌우하는 것은 도공의 손길이지만 손길을 좌우하는 것은 그의 마음이다. 도공은 숙련된 물레 솜씨로 그릇을 만들지만 이치로는 번연히 알고 있으면서도 자꾸 빗나가는 나를 어쩌지 못한다.

어떤 잡생각도 끼어들지 않도록 일에만 매달렸다. 몸체를 만들어 놓고 물이 나오는 연잎 모양의 아가리와 손잡이는 따로 만들어 붙인다. 한 개의 주전자를 만들어 놓고 몇 개의 뚜껑을 틀에 넣어 만들어 본다.

내 손에서 내 감각으로 만들어진 그릇인데도 제각각 느낌이 다르다. 심사가 어지러운 탓일 게다. 사십 년이 허무하다. 눈을 감고도 똑같이 빚어낼 수 있다던 자신감이 사라졌다. 나는 그것이 교만이었다고 스스로를 꾸짖고 있다. 미처 눈으로 확인하기 전에 이미 손은 반사작용처럼 그릇을 완성시켜 버렸다. 마음을 담을 겨를이 없다. 나는 흙을 뭉개고 다시 시작한다. 아직 그릇이 태어날 시점이 아니다. 마음이 어지러우면 그릇도 어지럽다.

흙을 준비하고, 꼬박(일하기 쉽도록 흙을 적당한 굵기와 길이로 손질하는 것)하고, 물레를 돌려 그릇을 만들고, 알맞게 말려 굽을 깎고, 다듬고, 건조시키고, 문양을 새기고, 그림을 넣고, 초벌하고, 유약을 바르고, 재임해서 불을 때고, 칸 문을 막고, 꺼내는 그 시간들이 헛되지 않기를 얼마나 빌었던가. 그러나 그것은 단지 도공의 희망 사항일 뿐 가마를 열어 단 한 점도 쓸어안고 싶은 도자기가 없을 때 그 그릇을 하나씩 깨면서 나는 이를 악물었다. 진정한 도공은 그릇

깨는 일을 두려워해서는 안 된다고 자신에게 몇 번이고 최면을 건다. 그릇을 깨며 비로소 그릇은 다시 태어나는 거라고 선배 도공들은 말했었다. 깨어진 파편이 산더미를 이루고 그 위에 당당히 선 사람만이 비로소 장인으로 태어나는 것이라 했다. 나는 그런 장인이라 자부하며 살아왔다. 그 고통을 견딘 덕에 도공 중에 도공이 되었다 떠들어댔다. 내가 당한 고통의 반대급부로 부와 명예를 얻었다고 당당해했다. 그러나 지금 나는 그런 나 자신이 부끄럽다고 느낀다. 내 심오한 영혼과 맑은 정신을 담아 오로지 최고의 그릇을 만들기 위해 물레를 돌렸는지 자문해본다.

 연화는 며칠 내로 가마에 불을 때겠다며 내 허락을 기다리고 있었다. 불때기 전 몇 점이라도 더 흡족한 그릇을 가마에 넣고 싶어 작업을 해보았지만 더 이상은 무리라는 걸 알았다. 모든 상황이 예전처럼 밤낮 없이 일에만 몰두할 수 있는 형편이 아니었다. 유약의 두께에 따라, 불의 높낮이에 따라 색이 달라지기 때문에 똑같은 틀에서 나온 주자와 뚜껑도 어떻게 구워져 나올지 예측할 수 없다. 청자의 비취색과 녹청색을 결정하는 것은 도공의 손을 벗어나서도 얼마든지 달라질 수 있다. 불과 바람과 날씨와 기온의 미미한 변화에 따라 그 색이 결정되기도 한다. 그것조차 섬세하게 파악하여 불과의 조화를 이룰 수 있다면 그는 신의 경지에 오른 도공일 것이다.

나는 작업장을 나오며 연화를 불렀다.

"날 정해서 불을 때도록 해라. 더 기다릴 것 없다."

"아버지, 이번에는 우리도 고사를 지낼까 하는데 아버지 생각은 어떠세요?"

"그렇게 하던가……. 너한테 모두 일임하마."

마침 가을인데다가 미국에서 온 동생도 만났으니 한 판 축제를 벌이겠다는 딸의 속내를 내가 모를 리 없다. 나 역시 배고픔이 싫어서 집을 찾지 않았다는 막둥이를 불러다가 푸짐한 잔치상을 차려 주고 싶은 심정이었다. 나는 도자기 보관실로 나가 캐비닛에서 미완의 청자들을 꺼냈다. 덮개 없는 문합, 뚜껑 없는 주자가 몇 점, 몸체 없는 뚜껑이 또 몇 점이었다. 12, 13세기의 고려청자가 확실하다며 터무니없는 값을 부르는 골동상인들로부터 비싸게 사온 것도 있고, 그 가치를 몰라 어리둥절한 상인에게서 헐값으로 얻어온 것들도 있었다. 그들의 눈보다는 아직 내 눈이 정확하여 모아 놓은 청자들이 자기 분신을 만나는 날 그 몸값은 판이하게 달라진다. 나는 한지에 곱게 싸놓은 작은 뭉치를 풀었다. 은은한 담청색의 뚜껑 하나, 진사가 유독 붉은 표형주자의 뚜껑이다.

"네 몸체가 너를 찾은 지 오래였지만 이제 그들이 너를 노리고 있구나."

나는 손바닥 위에 뚜껑을 올려놓고 대화를 시작했다. 삼각 뿔 형태의 조그만 뚜껑이 새삼 위대해 보여 뚜껑 안쪽까지 세세히 살펴본다. 뚜껑과 몸체가 닿는 턱 안쪽에 작은 글씨로 '佛'자가 새겨져 있는 것이 보였다. 안쪽은 유약이 발라지지 않아 글자는 선명했지만 너무 작은 글자라 여태 알지 못했던 것 같았다. 안 보이던 글자가 이제 보인 것이 참으로 신기했다. 이 뚜껑이 내 손에 들어온 일도 기적 같은 일이었다.

어느 신인 골동품 상인이 수원에 가게를 차렸다고 해서 친구 백당을 따라 구경을 갔던 적이 있다. 꽤 많은 골동품을 확보하고 있음에 내심 놀랐다. 사람들이 인테리어로 자주 찾는 돌 절구통이나 질 좋은 멍석 등이 보기 좋았다. 보기 드문 청자 촛대도 보존 상태가 양호한 채 진열되어 눈길을 끌었다. 둘러보던 중에 굴러다니는 온갖 도자기 뚜껑들을 모아 목기 함지박에 처박아 놓은 것이 눈에 띄었다. 나는 다른 골동품을 보는 척 하면서 오로지 한 개에 눈을 주었다. 고려청자였다. 내 가슴이 벌렁벌렁 뛰었다. 나는 다른 사람들이 눈치 챌 가봐 그것에는 일부러 눈길을 주지 않고 다른 잡동사니들만 만지작거렸다.

"이런 것들은 어디서 다 주워 왔대? 아무 짝에도 소용없는 것들인데 시대별 연구나 하도록 박물관에 기증하면 고맙다는 소리나 듣지."

나는 주인을 떠보았다.

"안 그래요. 이런 것만 찾는 도예연구가들도 많아요. 고려시대 것이나 조선시대 것이라면 파편 조각이라도 좋다는 도예가도 있는 걸요. 다 임자가 따로 있다니까요."

"이건 고려시대 것도 조선시대 것도 아니니 하는 말이지. 나는 도자기를 삼십 년째 하고 살지만 파편 사왔다는 도공은 만난 적이 없네 그려. 그럼 나도 몇 개 사볼까? 개업 집에 왔으니 뭘 좀 팔아줘야 할 것 아닌가."

백당은 그곳에서 만난 지인들과 인사를 나누느라 정신이 없었다. 나는 얼른 청자 촛대 받침 한 개를 골라놓고 문합 덮개와 유병 마개, 그리고 주전자 뚜껑을 골라 값을 물었다. 주인은 청자 촛대 받침이 조선시대 것으로 추측된다고 주장했지만 내가 보기에는 근대에 들어와 만든 무명 도공의 촛대일 뿐이었다.

"탐은 나는데 가격이 문제네."

나는 오로지 촛대에 관심을 보이며 살듯 말듯 만지작거렸다. 그가 자꾸 흥정을 걸어왔다. 그가 마지막 값을 놓자 나는 촛대를 사기로 결정했다. 그가 부르는 값을 깎지 않고 받아들였다.

"이거 친구 따라 왔다가 바가지 쓰는 거 아니야? 대신에 이 허접한 것들은 그냥 주겠지요?"

주인은 근대 촛대를 조선시대 것이라 속인 것이 미안한지 얼렁뚱땅 신문지에 둘둘 말아주며 그러라고 했다. 구입하던 당시에는 그 뚜껑이 고려청자인 것만 알고 가져왔는데 미국 여행을 가서 후리어미술관을 관광하던 날에야 얼마나 기가 막힌 물건이 내 손에 있는지 알았다. 미국 여행 중에 그 사실을 알고 나는 흥분을 누를 수가 없었다. 충격을 받아 하루는 다른 관광을 포기한 채 다시 박물관을 가보기도 했었다. 아무에게도 말하지 못한 채 벙어리로 입 다물고 10년이 흘렀다. 10년 동안 침묵하던 표형주자 몸체가 이제 그의 분신을 부르고 있는 것이다. 그것도 나의 분신인 내 동생을 통해서. 나는 골동품 상인을 속이고 헐값에 챙겨와 죄를 받는 것인가 하는 엉뚱한 생각까지 해 본다. 소중하게 주자 뚜껑을 포장해서 캐비닛 깊숙이 넣어두고 다이얼로 문을 잠갔다. 절대로 이 사실을 누군가가 알아서는 안 된다. 비밀이 비밀을 만들고 그 비밀 속에 스스로 노예가 됨을 나는 알고 있다. 이제 나는 또 다른 번뇌에 휩싸임을 예감한다. 정원에 나서서 하늘을 본다. 밤하늘에 별이 총총하다. 저 별 어딘 가에서도 나와 똑같이 번민하는 생물체가 있다면 나는 지금 결코 혼자가 아닌 것이다. 한 별에 살고 있으면서도 미국이니 한국이니 경계를 짓고 내 땅이니 네 땅이니 쟁탈전인데 우리는 언제 한 가족임을 절실하게 깨닫게 될까. 그런 세상이 와서 지금 내가 갈등하는 이런 번민도 쓸 데 없는 일이 되기를 바랄 뿐이다.

15. 탄생

타오르는 장작의 열기보다 더 뜨거운 눈빛을
반짝이며 연화가 해연의 눈을 보았다.
스승에 대한 존경의 마음과 아버지에 대한
사랑으로 눈빛은 충만했다.

해연도요에 불 때는 날, 정산택은 한청도요 진일남과 그
제자들까지 거느리고 나타났다.

"해연 선생님, 얼마 만에 불러주시는 겁니까? 저번 큰불
땔 때도 부르지 않으시더니……."

이미 저번 가마에서 나온 도자기를 몽땅 깨버렸다는 소문을
들었을 텐데도 정산택은 너스레를 떨었다. 해연은 이번 불은
연화가 때는 불이므로 모든 주관을 연화에게 맡겼다. 그런
내용을 모르는 정산택은 웃는 낯으로 해연의 심사를 건드려
볼 요량이었지만 해연은 그를 덤덤하게 맞이했다.

자동차에서 과일 박스와 음료수 상자들이 줄줄이 내려졌다. 잘 나가는 도공임을 과시라도 하려는 듯 지나치게 많은 양의 선물을 제자들에게 내리게 했다.

　연화의 작품이 삼분의 이였고 해연은 특별한 몇 점만을 가마에 재였다. 이번 불은 연화에게 의미가 컸지만 누구에게도 그 말을 하지 않았다. 아버지의 신상에 변화가 생긴 사실을 누구에게도 말하지 않은 것처럼. 어쨌거나 불 땐지 얼마 되지 않아 때는 불이지만 그때는 해연 1세의 불이었고 이번에는 해연 2세의 불인 것이다. 그녀는 자신이 속해 있는 모임의 도공들에게 모두 알렸다. 그녀는 아버지의 의사와 관계없이 알고 지냈던 이웃 도공들을 그녀의 이름으로 한 번 쯤 초청하고 싶었다. 그녀가 여자이기 때문에 다른 도공들로부터 배척당한다는 것은 억울한 일이었다. 그들이 그런다고 해서 자신마저도 그들을 도외시 할 생각은 없었다. 세상은 바뀌었고 어떤 일에도 남녀의 구분이 없는 세상이 되었음을 그들에게 깨우쳐주려 노력함은 당연히 그녀가 해야 할 몫이었다. 겸손하게 부족함을 감추지 않은 채 다가가면 누구도 뿌리치지는 않을 것이라 믿었다. 존경한다고 호들갑을 떨지도, 외롭다고 엄살을 떨지도 않은 채 묵묵히 그들을 따르다 보면 언젠가 그들도 연화를 여자가 아닌 동료 도공으로 대해줄 것이 분명했다.

　해연은 직접적인 스승이 없기에 비빌 언덕도 없었다고 항상 연화에게 말해 왔다. 누구 밑에 입문하여 지도를 받은 도공들은 요장을 차릴 때도 스승과 그 스승의 제자들이 함께 가마를 짓고 첫 불을 때는 날도 자리를 함께 하며 격려해주어 용기와 힘을 얻었다. 그러나 12살부터 도요에서 잔심부름하며 뼈가 굵었고 청년이 되어서는 노예처럼 일꾼 노릇이나 하다가 어느 날 물레에 앉겠다고 했을 때 대장들은 모두들 같잖다고 비웃었다. 아무도 자기들이 부리던 일꾼에게 도자기 만드는 법을 가르쳐주지 않았다. 해연은 그들의 비웃음 속에서 어깨 너머로 훔쳐본 기술을 혼자 연마하고 혼자 터득하며 시행착오를 겪었다. 캄캄하게 앞이 보이지 않을 때 그가 찾아가 조언을 구할 선생은 어디에도 없었다. 그나마 도천 선생님 한 분이 그가 빚은 그릇을 차분히 살펴보다가 "너무 서둘지 말게"라고 말해 주었을 뿐. 해연은 딸이 자기처럼 외로운 도공이 되지 않기를 바라면서도 자기처럼 홀로 서기를 바라고 있었다. 연화는 무조건 아버지의 인생관에 맞추어 살 수는 없다고 결정을 내렸다. 그녀는 아직 젊고 무지한 길보다는 지혜로운 길을 선택할 지식도 머리도 가지고 있었다. 스스로를 외롭게 할 필요는 없다는 판단 아래 많은 도공들과의 교류를 가졌다. 그녀를 좋아하든 무시하든 속해 있는 모임에 나가 열심히 일을 거들었다. 걷어 먹이고 챙겨 주고 솔선수범하여 뛰어다녔다. 그들은 연화가 차려놓은 밥상을 앉아서 받아먹고 그녀가 깔아놓은 멍석에 가서 놀았다. 활달하고 붙임성 좋고 몸을 아끼지 않는 그녀의 바지런함에 사람들은 마음을 열기 시작했다. 그녀는 그렇게 해연과 달리 활동범위를 넓혀갔다. 그녀는 해연에 비해 월등히 좋은 조건에서 도자기를 시작했다. 누구보다 솔직하게 가진 노하우를 다 전수해 줄 스승도 있었고, 학벌도 있고, 재력도 있었다. 단지 도자기 계통에서는 금기나 다름없는 여자 도공이라는 선입견을 떨쳐내야 하는 것만이 그녀가 감당해야할 과제였고 뛰어넘어야 할 벽이었다.

제니퍼와 제임스도 시간에 맞추어 요에 도착하여 사람들의 눈을 끌었다. 눈이 파랗고 머리카락이 노란 외국인들이 함께 자동차에서 내렸기 때문이었다. 그들은 커다란 3층 케이크를 꺼내어 고사상 한복판에 올려놓았다. 프랭크 장과 미국 대사관 식구들이 초청에 감사하는 마음으로 준비했다고 한다. 연화가 삼촌 제임스에게 구경할 사람이 있으면 누구든 데리고 와도 좋다고 했던 것이다.

일찍 도착한 사람들은 뜨끈한 잔치국수로 간단한 요기를

했고, 저녁을 먹고 온 사람들은 전시장을 돌아보며 시간을 보냈다.

"형님, 저 사람들이 불 때는 전 과정을 모두 촬영을 하고 싶다는데 괜찮은가요?"

제임스가 조심스레 해연에게 물었다.

"연화에게 물어봐. 오늘은 연화의 날이니까."

"예? 형님 도자기 굽는 날이 아닙니까?"

"조금 있으면 알게 될 게야. 어쨌든 불 땔 사람이 허락해야 하는 거니까 연화에게 물어보게."

제임스가 연화에게로 다가가 이야기를 주고받았다. 자동차에서 촬영 장비들이 내려졌다. 아마 촬영을 허락한 모양이었다. 밤 촬영이라 라이트가 필요해서인지 커다란 대형 배터리부터 번쩍거리는 반사판까지 준비되었다.

"저 친구들 대사관에서 무슨 일을 하는 사람들인데 촬영 장비가 저렇게 많아?"

"대사관 홍보촬영 팀인데 이런 촬영을 허락받은 건 처음이래요. 제 덕이라며 신이 났어요. 연화가 좋다고 허락했어요."

제니퍼의 자동차에 타고 온 외국 잡지사 촬영 팀도 카메라를 꺼내들고 사진 촬영에 가세했다. 갑자기 도공 드라마를 찍는 촬영 현장 같은 분위기로 바뀌었다.

"웬 노랑머리들이 이렇게 많아. 지금 영화 찍어?"

정산택이 촬영 준비로 바삐 오가는 외국인들을 보며 못마땅한 눈빛을 굴리다가 늘씬한 금발의 미녀에게 시선을 고정시켰다. 대부분의 도공들이 주먹만 한 얼굴에 인형처럼 눈이 크고 황금물결을 연상케 하는 긴 머리의 여자에게 눈을 주고 있었다. 올라붙은 엉덩이와 마네킹처럼 미끈한 다리가 일품이었다. 홍보팀의 내레이터였다. 그녀는 촬영이 다가오자 열심히 화장을 고쳤다.

"저게 인형이지 사람이야?"

진일남이 침을 삼켰다. 정산택은 그제야 제니퍼와 제임스가 얼마 전 무명 도공의 주병을 들고 자기를 찾아왔던 사람임을 기억해 냈다. 정산택은 급히 금발 미녀 옆에 붙어 통역 중인 제니퍼에게 다가가 아는 체를 했다.

"어이구, 여기서 또 뵙네요. 저번에 만났던 세기도요에 정톱니다."

제니퍼가 성의 없이 대충 주병을 훑어보던 정산택을 모를 리 없었다.

"아, 예."

"찾던 주병의 작가는 찾으셨나? 큰 도움이 못돼드려서

섭섭하셨지요?"

눈치 빠른 정산택은 켕기는 것이 있는지 제 입으로 그렇게 말하면서도 멋쩍은 얼굴이다.

"그 일은 제임스 씨가 맡아서 처리하고 있기 때문에 저는 잘 모릅니다. 전 단지 통역일 뿐이니까요."

"아하! 그러시구나."

정산택은 큰 정보를 알아냈다는 듯 그녀와의 인사를 서둘러 끝내고 제임스에게로 가 악수를 청했다. 아마도 제니퍼에게 했던 말을 그대로 리바이벌 하고 있을 것이다. 제니퍼는 쓴 웃음을 지었다. 그는 제임스와 아주 친한 척하며 꽤 오랜 시간 그의 뒤를 따라 움직였다. 그가 이번 촬영 팀을 데리고 온 장본인임을 알았기 때문이리라.

고사상이 차려지는 과정부터 내레이터가 제니퍼의 통역을 통해 일일이 설명을 하기 시작했다. 강한 라이트에 주눅이 들었는지 잡담을 하는 사람은 한 사람도 없었다. 제주(祭主)가 등장할 순서였다. 해연의 너풀거리는 반백의 수염과 긴 머리를 틀어 올린 상투에 흰 머리띠는 언제나 멋이 있었다. 거기에 흰 무명 한복을 입고 나타나면 천치 바보가 보아도 도공임을 한 눈에 알았다. 그들은 해연의 그런 모습을 오랜만에 보게 되는 것이다. 정산택이 TV중계에서 보여준 바로 그 모습의 진짜를 보게 되는 셈이었다. 도예연구소 문이 열리고 카메라와 라이트가 문을 향해 방향을 돌렸다. 내레이터가 가마 앞에서 황급히 연구소 현관으로 걸어갔다.

"이제 고사를 모실 제주 도공이 나오고 있습니다."

격앙된 영어로 마이크 잡은 손에 힘을 주었다. 문이 열리고 도공이 나서는 순간 사람들 속에서 놀라움과 감탄사가 터져 나왔다. 머리를 땋아 뒤통수에 말아 올리고 흰 무명 띠를 그 위에 묶은 무명 한복 차림의 연화가 보였기 때문이었다. 흰색의 남자 무명 한복은 하얀 피부의 연화에게 너무나 잘 어울렸다. 발그레 상기된 볼이 조명을 받아 빛났다. 도공 영화의 주연을 맡은 여배우 같았다. 연화는 정원이 끝나는 곳에 있는 가마 앞으로 걸어갔다. 뒤를 이어 해연이 작업복 차림으로 연구소에서 나와 연화를 따랐다. 고사상을 향해 두 세 걸음 간격을 두고 걸어가는 부녀를 보며 사람들은 박수를 보냈다. 옷차림만으로도 오늘의 주인공이 누구인지 짐작이 갔다.

"뭐야? 오늘 연화가 때는 불이었어?"

정산택과 진일남은 서로 얼굴을 마주보았다. 딸을 도공으로 받아들였을 때 주변에서는 모두 여자에게 못할 짓시키는 거라고 해연을 손가락질했다. 아들 없으면 자기 대에서 끝낼 일이지 기어이 딸까지 후계자로 삼을 일이 무엇이냐고 그를 탐욕스럽다고 말했다. 워낙 유명해진 해연의 유명세를 한 대로 끝내기 아까워서 그러는 거라고 해연을 헐뜯었다. 그러나 해연이 근 10년 가까이 딸에게 다른 일꾼들과 똑같이 노동 일만 시키고 있다는 말이 나돌면서 연화를 보는 눈이 달라졌다. 단 한 번도 도요를 벗어나본 적이 없으며 아버지에게 반항해 본 적이 없다는 입소문은 빠르게 도공들 사이에 화제가 되었다. 10년이 넘어서야 물레에 앉히고 흙을 주었다. 한 점 두 점 아버지 가마에 곁들이 작품을 구워내며 완성된 그릇들을 만져 보는 정도였다. 한 달 전 가마에서 나온 그릇을 다 깨버릴 때만 해도 해연은 연화에게 요를 맡길 생각은 없어 보였다. 4개국 정상회의에서의 도자기 시연회를 앞두고 사흘간 잠적한 이후 그는 딴사람처럼 변해서 돌아왔다. 돌아와 연화에게 느닷없이 요를 맡으라고 말했던 것이다. 그날부터 연화는 잠자는 시간도 서너 시간으로 줄여 밤도 낮도 없이 작업에 매달렸다. 그중에서도 해연이 무작정 만들라고 지시한 주전자 뚜껑은 수 백 개를 만들었다. 해연도 똑같이 뚜껑을 만들었다. 최근 들어서는 해연도 연화도 '청자 양각호문매병' 과 '주병'만을 빚었다. 사람들이 가마 속에 무엇이 가득한지 안다면 아마도 기절초풍을 할 것이다. 해연에게 무슨 뜻이 있어 그러려니 하고 연화는 해연을 믿었다.

그녀가 신을 벗고 멍석위에 올라가 고사제를 거행했다. 어려서부터 일 년에 몇 번씩 지내는 불 고사를 보아 온 터라 자신 있다고 믿었는데 막상 자신이 제주가 되고 보니 머릿속이 백지장처럼 하얘졌다. 그녀의 마음을 아는지 모르는지 해연은 거들어줄 생각이 없어 보였다. 구경꾼처럼 멀찌감치 떨어져 딸이 하는 양을 그저 지켜볼 뿐이었다. 불 땔 때 손발을 맞추기로 한 숙련된 거나꾼이 그녀 곁에서 작은 소리로 "초, 향, 술, 절"하며 다음에 취할 순서를 일러주었다.

"아저씨, 꼭 내 뒤에 붙어서 있다가 내가 실수하면 가르쳐 줘야 해."

"몇 십 년을 봐 왔는데 그걸 실수하겠어?"

"당황하면 만날 하던 짓도 캄캄해지는 법이거든. 꼭."

"알았어."

혹시나 해서 그에게 미리 일러 놓았으니 망정이지 그가 아니었으면 해낼 수 없었을 것 같았다. 카메라가 바짝 다가와 연화의 절하는 모습을 클로즈업했다. 송골송골 맺힌 이마와 귀밑머리 옆 땀방울이 조명에 반사되어 반짝였다. 보는 이들은 그녀의 땀 맺힌 얼굴이 애연하게 여겨졌다. 근엄한 남자 도공만이 가마 앞에서 품위가 있는 것이 아님을 사람들은 처음 보았다. 그녀의 행동거지가 어찌나 경건하고 정성스러운지 숨소리조차 크게 내기가 미안할 지경이었다. 무엇보다 흰 무명 한복 속에 감추어진 젊음이 힘찬 기운을 뿜어냈고 그 모든 것이 싱그럽고 신선했다. 그녀의 헌주가 끝나자 내키는 사람들이 돼지머리 입에 돈을 물리고 술을 올리고 절을 했다. 사람마다 돼지머리에 돈을 꽂는 부위도 여러 가지였다. 입, 콧구멍, 귀에 만 원짜리를 갖다 꽂았다. 외국인들은 고사 지내는 과정이 마냥 신기한 듯 단 한 장면도 놓치지 않고 카메라에 담으려고 안간힘을 썼다. 외국인들까지도 절을 한 번 해보겠다고 달러를 돼지 입에 물렸다. 정성은 갸륵했지만 절이 서툴러 뒤뚱거리는 통에 웃음을 자아내는 진풍경이 벌어졌다. 제임스는 가진 마음 다하여 조카의 '해연 2세 탄생'을 축하하고 그녀가 성공하기를 빌었다. 그는 달러가 아닌 한화를 봉투에 넣어 돼지머리 앞에 올려놓았다. 해연은 끝내 절을 하지 않았다. 마음속으로야 이미 몇백 번의 절을 올리고도 남았을 그가 초연하게 손님들 치다꺼리에만 열중했다. 고사상이 치워지고 불을 댕길 순간이 왔다. 거나꾼이 불씨를 가져다 연화에게 건네자 연화는 봉통에 불씨를 댕겼다. 2, 3년을 몸을 말리며 불을 애타게 기다리고 있던 마른 소나무 장작에 불길이 달라붙는다. 잘 마르지 않은 것은 불땀을 올리기가 힘들다. 장작 굵기도 어느 칸이냐에 따라 적당해야 한다. 불을 댕길 때의 영새(20cm씩 정방형으로 쪼개진 장작)는 굵은 것을 사용한다. 일꾼 한 명이 50센티에서 90센티의 길이로 만들어 놓은 영새를 쉴 새 없이 가마 곁에 날라다 쌓으면 숙련된 거나꾼이나 요장 주인은 불길을 보면서 장작을 던진다. 중간에 장작을 한 번 던지고 칸 문에 세 개비 정도를 물려 놓는다. 장작은 서로 물리도록 던지는 것이 중요하다. 삽시에 불길이 타오른다. 봉통에 불이 치솟자 사람들이 환호성을 지르며 술잔을 높이 들어 건배를 외쳤다.

"해연 이세를 위하여!"

카메라는 여전히 불 앞에 앉은 연화의 모습을 가까이서 혹은 멀리서 위치를 바꾸어가며 잡고 있다. 처음에는 서서히 불을 올려야 하기 때문에 바짝 신경을 써야 한다.

"대단합니다. 정말 대단해요. 형님도 조카도 자랑스럽습니다."

제임스가 격앙된 목소리로 해연에게 막걸리 한 사발을 권했다. 해연 역시 눈시울이 뜨끈해질 정도로 연화가 대견했다. 아담과 어미를 잃고 홀로 된 아버지의 업을 이어 후계자가 되겠다고 결정내린 날부터 연화는 수도자처럼 살았다. 도자기와 관계된 것이 아니면 모두 내버렸다. 친구도 끊고 술도 끊고 바깥세상도 끊었다. 다니던 도자기공예과도 당시는 휴학계를 냈었다. 그렇게 달려온 연화가 지금 저렇게 아름다운 도공의 자태로 불을 보고 있다. 지난 한 달 동안 연화는 거의 잠을 자지 않았음을 해연은 안다. 가마에서 나온 그 애의 그릇을 다 깨뜨려 버렸을 때 해연은 어쩌면 연화가 도공의 꿈을 접을지도 모른다고 생각했었는데 그 애는 더 지독하게 물레에서 버텼다. 좌절하지 않고 묵묵히 일에 매달리는 연화를 보면서 이제 그 애한테 맡겨도 되겠다는 결정을 내렸다. 대견하고 사랑스러운 마음이야 이루 다 말 할 수 없지만 아마도 끝내 그 말을 하지 못할 것이다. 제임스는 무리하는 게 아닌가 싶을 정도로 신이 나서 미 대사관 팀들에게 마구 막걸리를 권하면서 마시고 다녔다.

"저 사람들 막걸리 먹어 본 사람들이야? 몸에 맞지 않는 사람도 있을 텐데……."

"아니요. 너무 맛있대요. 그런데 형님, 정토 선생이 주전자 뚜껑을 찾을 수 있을 것 같다고 한 번 만나자고 하네요."

제임스가 아주 낮고 작은 목소리로 속삭였다.

"너무 기대하지는 말고 한 번 만나보는 것도 좋겠지."

"저번에 호랑이 주병 때문에 찾아갔을 때도 자기가 새로 만들어 줄 테니 옛날 작가 찾아다니지 말라고 하던 걸요."

"그 물건이 워낙 신통치를 않아서 한 말일 거야. 여러 도공들을 만나서 정보를 얻는 것도 나쁘지 않아. 더구나 저 사람은 오래 전부터 일본과 중국에 도자기 무역업을 해오고 있거든."

"그래요? 도공이 아닙니까?"

"지금은 도공이지. 무역은 저 사람 아내가 맡아서 하고 있고. 도공들이 한창 어렵던 시절 다들 저 사람 덕을 봤어. 한국 도자기를 외국에 많이 팔아줬거든. 도예산업을 육성하고 바깥세상에 알리는데 한몫을 한 사람이기 때문에 무시하지 못하는 거고."

어느새 새벽이 열리고 있었다. 칸 불때기를 시작하면서 촬영 팀도 서서히 장비들을 접었다. 프랭크 장은 자동차 시트를 뒤로 젖히고 차안에서 잠들어 있었다. 금발 미녀도 두터운 코트를 입고 카메라 앞에 서서 마무리 멘트를 준비했다.

"새벽이 다가오는 이 시간에도 도공은 여전히 불을 지키고 있습니다. 아마도 내일 해가 중천에 들 때까지 이렇게 뜬 눈으로 밤을 새우며 자신의 작품을 만들어줄 불을 지킬 것입니다. 신비롭고 멋진 한국의 청자는 이렇게 힘들게 탄생하는 것입니다.”

 틈틈이 졸 것처럼 피곤해 하던 금발은 카메라 앞에 서자 다시 눈을 초롱초롱 빛냈다. 어떤 직업이던 자기 직업에 대한 프라이드와 프로 정신을 가진 사람은 그만큼 멋지고 아름답다고 해연은 느꼈다. 그녀의 멘트를 마지막으로 촬영을 끝냈다. 촬영이 끝나자 사람들이 하나 둘 해연에게 인사를 하고 자리를 떴다. 정산택도 해연과 제임스에게 정중하게 작별 인사를 하고 해연요를 나섰다.

 이웃이나 혹은 먼 데서 찾아온 도공들이 이렇게 끝 무렵까지 자리를 지키는 일은 별로 없었다. 대사관 홍보팀은 시루떡과 따끈한 국수 한 그릇씩을 말아 요기를 하고 서울로 출발했다. 제니퍼와 제임스는 타고 온 차 한 대를 두고 기사가 있는 차편에 편승했다. 제니퍼는 촬영하느라 술을 별로 마시지 않았다며 운전할 수 있다고 버텼지만 눈에는 졸음이 가득했다.

 저녁 내내 황홀한 불구경에 덩달아 뜨거워진 영혼들은 밤바람에 몸을 식히며 빈 도로를 달릴 것이다. 사람들로 벅적거리다가 떠난 자리에는 바람에 날리는 휴지와 음식 쓰레기와 고요만이 남았다. 해연은 몇 발짝 떨어진 곳에서 연화의 모습을 지켜본다. 저 아이가 저렇게 아름다운 여자였던가.

비록 남장의 도공 복장을 하였으나 뒤 자태마저 예쁜 여인임에 틀림이 없다. 불 땐지 세 시간, 이제 봉칸의 불은 어느만치 달아올랐다. 식솔들마저 잠자리로 돌아간 뒤 해연은 연화 곁에 가서 앉았다.

청자는 봉칸에서 노리 칸으로 옮겨 때려면 밤새껏 불을 때야만 한다. 노리 칸에서 1번 칸으로, 그 다음 칸으로 계속해 옮겨가며 불을 때고, 그 불은 그릇들을 익힐 것이다. 절정에 오른 화염 속에서 견디다 못해 유약의 껍질을 녹여내며 골고루 유리질 막을 형성하여 자체 발광하는 그릇들. 불때기는 그야말로 단 오 분을 느긋이 앉아 쉴 수 없는 사투였다.

2번 칸을 땔 때는 3번 칸의 불창도 함께 열어 살창으로 빠져 나오는 불기둥을 보고 불이 어느 쪽으로 빠지는지 보면서 불이 빠지는 쪽으로 장작을 던져야 한다. 즉 안쪽으로 장작을 더 던져 넣어야할지 가운데에 넣어야할지 아니면 마구 집어 넣어야 할 지를 가늠하는 것이다.

사각의 불창 왼편 아래 동그랗게 막아놓은 것이 불보기 창이다. 재임해 놓은 기물의 양이나 그날의 날씨, 불꽃의 빛깔 등등 가변 요소가 많지만 어느 정도 기물이 익었다 싶으면 불보기 구멍을 열고 긴 쇠꼬챙이로 불 턱에 놓아둔 시편을 꺼내 확인한다. 불보기는 칸의 맨 뒷자리에 놓아두기 때문에 불보기가 익으면 그 칸의 기물이 충분히 익었음을 알 수 있다. 불보기를 꺼내기 전에 도공은 콘으로 대충의 감을 잡는다. 콘은 일본말로 유노미라 하는데 그것은 유약만을 말아 불보기 옆에 세워두는 것으로 콘이 80, 90% 익었을 때 불때기를 끝내야 그릇이 적당히 익는다. 다음 칸으로 불을 옮겨 땔 때는 불 땐 칸에는 벽돌을 대충 쌓아 불창을 막는다.

밤 11시에 시작한 봉칸의 불은 청자는 12시간이 넘어야 노리 칸으로 넘어간다. 그때쯤 되면 이미 가마 안은 밤부터 때기 시작한 불로 달아오를 대로 달아올라 있어 4번 칸으로 넘어갈 때쯤부터는 진행이 빠르다.

재임을 하는 데만 꼬박 반나절이 넘게 걸린 이번 불때기는 연화로서는 첫 경험이나 다름없었다. 열어놓은 위 칸을 통해 불길이 안 막히고 잘 빠지고 있는지, 어느 쪽에 장작을 넣어야 하는지는 원래 그날의 가마지기가 하는 것이지만 연화는 아직 미숙하여 숙련된 거나꾼의 지시에 따라 열심히 장작을 던져 넣는다. 불의 온도가 최고조에 달했을 때 유약이 녹기 시작하면서 장작 한두 개비를 더 넣느냐 마느냐에 따라 그릇이 설익기도 하고 너무 익기도 해서 마지막 순간까지 긴장을 늦출 수 없다.

"조선시대 관요에서는 불꽃을 보아 온도를 계산하는 사람을 남화장(覽火匠)이라 했고 불을 때는 사람을 화장(火匠)이라 불렀다. 그 외에도 보조인 조역(助役)과 불 때는 대장 부호수(釜戶首)가 있었지. 각각 전문분야에 세분화된 작업들을 한 게야. 그게 합리적인 방법인지도 모르겠다."

해연은 연화에게 차분차분 옛날이야기를 들려주었다.

정작 불을 보고 장작을 던져 넣는 두 사람은 단 오 분을 쉬지 못하지만 구경꾼들에게는 불 때는 날은 축제임에 틀림없다. 봉통에 남은 숯으로 삼겹살을 구워 먹기도 하는데 요장에 따라 그것을 싫어하는 주인도 있다. 숯을 갖다 쓰려고 불을 자꾸 쑤석거리면 그 재가 날아가 그릇에 앉기 때문이다. 그래서 아예 고기 구워 먹을 숯을 따로 준비하는 경우가 많다. 산더미 같던 장작을 삼켜버린 채 입을 꾹 닫은 아궁이들.

아직도 못다 삭힌 넘실대는 불꽃을 제 몸에 가두고 저 혼자 며칠을 뜸 들이며 식어갈 일만 남았다. 이틀 후 불칸 헐어내는 작업이 도공에게는 가장 긴장되는 시간이다. 대개 식솔들끼리 치르는 일이지만 굳이 불칸 헐어내고 그릇 꺼내는 것을 보고자 하는 이도 있다.

건강한 옥동자가 태어나느냐 찌그러진 장애아가 태어나느

냐는 열기 전에는 귀신도 모른다. 봉칸 불도 이제 안정되게 불길이 잡히고 약간의 안개가 끼었을 뿐 날씨도 편안했다. 불은 순조로울 것 같은 예감이 들었다.

"잠깐 숨 좀 돌려도 되겠다."

시뻘겋게 타오르는 불빛에 연화의 얼굴도 붉다. 연화가 비로소 불에서 눈을 거두어 해연을 바라본다.

"아버지, 고마워요. 저를 믿어주셔서."

"부모가 자식을 믿지 않으면 누굴 믿겠니?"

"지금은 부족하지만 천업이라 여기고 잘 해낼게요."

"네 각오는 이미 충분히 보았다. 날 너무 의식하지 마라."

"적어도 아버지처럼만 살면 남들에게 욕먹는 도공은 되지 않겠지요?"

"인생에 모범답안은 없다. 하물며 자유와 해탈의 경지가 최대 목표인 도공에게야 무슨 모범답안이 있겠느냐. 내가 할 일은 따로 있다고 말하지 않았니."

해연은 연화에게 말할 때가 되었다고 생각했다. 그래야만 해연이 추구하는 길을 향해 안심하고 정진할 것 같았다.

"내가 사 개국 정상회의 도자기 시연회에 참석하지 않고 사라지던 날, 내게는 다른 인생이 시작되었다. 믿기 어렵겠지만 나는 하늘로부터 아주 큰 중책을 맡았다."

연화는 놀라지 않았다. 그녀는 이미 '채널러'에 대해 어느 정도의 상식을 가지고 있었다.

"컨택트 메시지와 채널링 메시지가 있는데 아버지는 채널링 메시지를 전할 채널러가 되신 거예요."

"넌 이미 그런 정보를 알고 있었구나. 왜 하필 하늘이 나를 선택했는지 아직도 이해할 수 없지만 나는 내게 전달되는 메시지에 내 촉각이 모두 응답하는 것을 느꼈다."

"하늘은 누구에게나 똑같이 기회를 주는데 사람들이 그것을 받아들이지 못하는 것뿐이래요. 아버지는 그것을 받아들일 준비가 되었던 거죠."

"나에게는 다행히 말로써 사람의 마음을 가르치고 움직이라는 계시는 내리지 않았다. 내가 가진 재주를 오로지 세상을 위해서 쓰라고 했다. 내 명예와 영욕과 부를 위해서 그릇을 짓지 말고 화합을 위하고 용서를 위해서 쓰라는 것이 내 과업이다. 그 정도는 할 수 있어야 하지 않겠니?"

타오르는 장작의 열기보다 더 뜨거운 눈빛을 반짝이며 연화가 해연의 눈을 보았다. 스승에 대한 존경의 마음과 아버지에 대한 사랑으로 눈빛은 충만했다.

"복 받으신 분이세요. 그 길이 어쩌면 여태까지 살아온 도공의 길보다 더 험난하다면 어쩌시겠어요?"

"그렇지 않다. 교만하지 않으면 더 이상의 형벌은 없다고 약속했다. 치를 만큼 치렀다고 하더라. 그 증거로 사십오 년 만에 내 막내 동생을 보내주셨잖니. 나는 이제 세상을 위하는 도자기를 만들 것이다. 나는 이미 시작했다. 가마 속에 있는 것들이 그 시작이다."

연화의 눈이 점점 커지는가 싶더니 차츰 입가에 환한 미소가 떠올랐다. 그리고는 고개를 한없이 주억거렸다. 이제야 알겠다는 뜻이었다. 해연은 미국에서 '청자진사연화문표형주자'의 진품 뚜껑을 찾고 있다는 사실에 대해서도 말해 주었다. 자신이 그것을 가지고 있다는 말은 하지 않았다. 연화에게 괜한 갈등을 만들어주고 싶지 않았고 정신적인 짐만 될 것 같아서였다.

"무슨 이유가 있겠지 하면서도 왜 그렇게 많은 뚜껑들만 만드시는지 궁금했었어요. 주병은 어떤 사연이 있는 거죠?"

그가 초창기에 만든 호문 매병과 주병에 대해서도 자초지종을 설명했다.

"혹시 순수하고 힘 있는 네게서 나의 초창기 도자기와 같은 도자기가 태어나지 않을까 해서 네게도 똑같은 것을 만들게 한 거다. 나는 네 맑은 심성을 믿는다."

부녀의 이야기는 밤새도록 계속되었다. 불 때는 짓만 십년 넘게 해온 거나꾼이 부녀가 이야기를 나눌 수 있도록 불보기에 열중하고 있어 가능한 일이었다.

아침이 밝아오고 있었다. 안개가 걷히고 맑은 하늘이 열려 천지를 밝히는 자연 현상이 두 부녀가 만들어낸 기적처럼 가슴 뿌듯했다. 연화도 아침식사를 마다한 채 봉칸 불을 다 때고 먹겠노라 한다. 어느새 해연의 버릇을 연화는 그대로 닮아 있었다. 아침 11시쯤이면 봉칸의 불때기가 끝날 것이다.

16. 증인

"그것이 미국에 넘어가면 연화문주전자는
백 배, 천 배의 가치를 높이게 됨은 물론
우리 국보 백삼십삼 호는 세계에 오로지 하나뿐이라는
희소가치를 잃게 될 테지. 당신이 아니면 하지 못할 일이야."

　돈 삼 천만 원을 준비하라는 정산택의 연락을 받고 제임스는
나에게 먼저 전화를 걸어왔다.
　"형님, 어떻게 하는 게 좋겠습니까?"
　"돈은 언제든지 준비할 수 있으니 먼저 물건부터 보자고
해라. 거절하면 너도 '됐다' 하고. 그것이 어디에 있다고
하더냐?"
　"골동품 상인이 가지고 있다는 정보를 입수했다면서 거길
같이 가자고 합니다."
　"너도 전문가를 데리고 가겠다고 말해라. 내가 사람을

붙여주마."

나는 한숨을 쉬었다. 제임스가 진품을 구하기만 하면 값은
얼마든지 쳐주겠다고 하자 정산택은 혈안이 되어 주자 뚜껑
을 수소문하고 있는 모양이었다. 그는 진품과 가짜를 구별할
수 있는 눈을 가졌으나 가짜를 가짜라 하지 않을 탐욕 또한
가지고 있는 사람이었다. 그는 원래 타고난 장사꾼이고 남
돈 벌어주느니 자기가 벌겠다고 편의상 도공이 된 사람이니
돈 욕심은 어쩔 수 없다손 치더라도 국가적인 망신은 어쩌려
고 그 큰일에 끼어드는지 걱정스러웠다. 나는 역사적인 사명
감을 가지고 골동품을 판별하는 성실한 감정사이자 내 친구
인 백당(白堂)을 제임스와 함께 보냈다.

연화는 아직 뜨거운 열기가 느껴지는 가마 앞을 하릴없이
서성거리며 가마 안을 궁금해 하는 눈치다. 왜 아니겠는가.
데이든 말든 가마 안으로 뛰어 들어가 그릇이 어찌되었는지
확인하고 싶은 심정이야 어느 도공이나 마찬가지인 것을.
불때기가 끝나고 가마를 열기까지 만 이틀을 뜸 들이는데
그 뜸이 들기 전에 가마를 여는 성급한 도공도 없지 않다.

오후 늦게 제임스와 감정사 백당이 나를 찾아왔다.

"어땠어?"

배고픈 시절 함께 요장에 일 다니던 골동품 감정사 백당은

나의 오랜 벗이기도 하다. 같이 술내기 축구도 하고 어울려 다니며 술에 젖어 살았는데 그는 어느 날 아버지를 따라 서울로 떠났다. 서울 가서 공부도 하고 학교에도 다니며 1등급 골동품 감정사가 되었다.

"뻔히 알면서 왜 물어?"

내 말에 면박을 주며 빙긋이 웃더니 담배를 물었다. 제임스는 바쁜 시간에 그 사람에게 끌려 다닌 것이 아깝다며 골이 잔뜩 나 있었다.

"뭘 내놓고 그러더냐고?"

"에잇! 썩을 놈 같으니라고. 얼토당토않은 걸 갖다 놓고 고려시대 거라고 우기는 거야."

"삼천만 원은커녕 삼만 원에도 안사겠더라."

그는 부스럭거리더니 주머니에서 종이에 싼 청자 뚜껑을 하나 꺼내 놓았다. 제임스가 기겁을 해서 도자기 뚜껑과 백당을 번갈아 쳐다본다.

"이걸 감춰 오신 거예요, 빌려 오신 거예요?"

"이 사람이 누굴 도둑으로 아나? 엄연히 값을 치르고 산걸세."

"예? 상인이 삼백만 원까지는 주겠다고 말했는데……."

"그래. 자네와 정토가 가게를 나가고 나서 내가 삼백만 원을 주고 샀다네."

백당이 순진한 제임스를 놀리듯 빙글빙글 웃었다. 그것을 보는 순간 나도 그만 허허 웃고 말았다. 가마에서 몰림 불에 산화가 져서 얼른 보면 골동품처럼 부분 부분에 갈색 빛이 도는 실패작이었다. 불길이 닿은 화도에 따라 청자색도 제각 각으로 태어나는데 고급 도자기일수록 불꽃을 직접 받지 않도록 가운데 쪽에 재임해야 한다. 그 과정을 소홀히 한 실패작을 골동품이라 내놓다니 어처구니가 없었다.

"얼마 줬어?"

"만 원."

내가 재미있어서 킬킬거리고 웃기 시작하자 백당도 웃음을 터뜨렸다. 두 사람은 한참동안 눈물이 나도록 웃어댔다. 백당이 뭐라고 공갈협박을 했을지 알 노릇이었다.

"미국서 왔다는데 저 순진한 친구는 누구야?"

"사십오 년 전에 잃어버렸던 내 막내 동생."

너무나도 덤덤한 내 말에 백당은 농담하지 말라고 흘러 넘기려 들었다.

"정말이야? 그런데 그 기쁜 소식을 왜 이제야 말하는 거야?"

"아직 좀 그럴 일이 있어."

"국보 백삼십삼 호와 똑같은 뚜껑을 찾으러 온 거지? 워싱턴에 있는 거 말이야."

"자네가 그걸 어떻게 알아?"

"정토한테 들었지. 그거 못 찾을 거니까 포기하라고 해. 괜히 저 사람만 생고생시키지 말고."

"왜?"

"이미 누구 손에 들어가 있을 걸."

"누구 손에?"

"그거야 모르지."

백당의 묘한 말이 뭘 알고 있는 것 같아 나는 화제를 돌렸다.

"내일 불칸 헐고 그릇 꺼낼 건데 올 테야?"

"보여줄 게 있는 게로군. 내 술 상대 해준다면 아예 자고 내일 가지 뭐."

"소인이 그대 술을 어찌 상대하나?"

"고주망태 아들 유한주 다 죽었구먼. 한창 축구공 찰 때 상으로 받은 코냑을 빈속에 들이붓고도 멀쩡한 건 당신뿐이었잖아. 다들 쓰러져 똥물까지 토하면서 죽는다고 아우성이었는데. 알았어. 내일 내려올게."

제임스와 백당은 서울로 돌아갔다. 오늘 밤은 기도하는 마음으로 평안하게 지내고 싶어 백당의 술벗이 되기를 거부

했다. 연화 역시 오후 내내 얼굴을 볼 수가 없다. 몸살이라도 났나 싶어 일하는 아주머니에게 물으니 작업실에 있단다. 초조한 시간을 견디기 위해 또 일손을 잡았나보다. 나도 티베트 부처 앞에 가 108배를 올렸다. 늦가을 밤이 유난히도 길다.

아침 식사를 드는 둥 마는 둥 가마로 나갔다. 연화는 아침 식사 자리에도 얼굴을 보이지 않았다. 밤새 물레를 돌렸다더니 아침녘에야 잠이 든 것이 분명했다. 그렇지 않고는 아비 혼자 아침밥을 먹게 하는 아이가 아니었다. 그러다 병이 날까 걱정이다. 벌써 한 달 남짓 제대로 잠도 자지 않고 입이 껄끄러우니 식사도 대충이었다. 그러나 나는 걱정스러운 말도 표정도 내색하지 않는다. 가마 불같은 뜨거운 열정을 쏟을 때는 아프지도 않는 것이 젊음의 특징이다. 그 열정 또한 영원한 것이 아니기에 쏟을 만큼 쏟게 하는 것도 좋았다. 오전 11시에 연화는 불을 때던 그 차림으로 가마 앞에 나타났다. 방금 목욕을 한 탓인지 젖은 머리는 틀어 올리지 못하고 고무줄로 묶어 흰 수건을 뒤집어쓰고 있었다. 나는 가마 안의 열기 때문에 그 편이 낫겠다는 생각을 했다. 마침 제임스 가 백당을 자동차에 태우고 도착했다. 백당이 해연도요에

가자고 제임스에게 전화를 했더란다. 백당은 제임스에게
불칸 헐어 그릇 꺼내는 광경을 보여 주고 싶었던 모양이다.
가마 앞에 두툼한 깔개를 가져다 깔아 놓았다. 전에 없던
일이었다. 잔 도자기가 많아 연화가 일부러 준비했나보다.
연화가 불칸을 헐어내고 안으로 들어갔다. 불때기를 거들던
일꾼들이 연화를 따랐다. 백당은 내 옆에 서서 팔짱을 끼고
연화가 나오기를 기다린다. 연화가 먼저 그릇을 안고 나왔다.
이어서 일꾼들이 밖에 있는 연화에게 그릇을 내준다. 깔개
위에 가만가만 펼쳐 놓는 그릇을 보며 백당은 너무 놀라
나를 쳐다본다. 한 칸이 몽땅 표형주전자 뚜껑뿐일 줄은
상상하지도 못한 일이었다.

"아니, 이 사람……."

제임스 역시 입을 벌린 채 다물지 못하고 있다.

"형님!"

제임스가 눈물을 글썽거렸다. 그는 조카와 형님이 자신에
게 주는 커다란 선물임을 알았다. 그릇은 예감대로 잘 익은
편이었다. 각각 다른 흙을 써보기도 하고 다른 유약을 쓰기도
해서 만든 뚜껑의 색이 각양각색이었다. 나머지 도자기가
다 나왔을 때 사람들은 또 한 번 헉하고 숨을 멈추며 놀라움을
금치 못했다. 뚜껑 외에는 오로지 '청자진사호문매병'과

'주병'뿐이기 때문이었다. 제임스는 그 이유를 곧 알아차렸
지만 백당은 어리둥절한 표정이었다. 나도 연화도 백당에게
굳이 설명하지 않아도 좋았다. 감동한 제임스가 백당에게
이미 사연을 들려주고 있었기 때문에.

갓 태어난 도자기들을 털고 닦고 씻으며 손질이 시작되었
다. 세상 밖에 나와 첫 목욕을 하는 셈이다. 이번 가마에
나는 뚜껑 수십 점과 매, 주병 20점만을 넣었다. 연화와
내가 뚜껑을 포함해 모두 200점을 재임했는데 하자 없이
그릇의 모양을 제대로 갖추고 나온 것은 70점 정도였다.
여유 있는 공간 여기저기에 수많은 뚜껑을 넣었는데 그중
뚜껑이 40점, 매병, 주병이 30점 정도였다. 나는 먼저 연화에
게 작품의 선택권을 주었다.

"네 자신에게 부끄럽지 않은 작품을 우선 하나만 골라라.
아니면 유난히 애착이 가는 장애아를 골라도 좋다. 그것은
네 마음이다."

연화가 물로 씻어서 닦아 놓은 도자기들을 빛나는 눈으로
훑어보았다. 제일 먼저 유리질막이 잘 형성된 매병 하나를
골라 나에게 주었다. 내 작품이었다. 다음으로 주병을 골랐
다. 역시 내 작품이었다.

"됐다. 백당! 자네가 눈에 드는 것을 골라보게."

"불도저 앞에서 삽질 할 일 있어?"

말은 그렇게 하면서도 피우던 담배를 황급히 비벼 껐다. 그는 서슴없이 비취색을 환하게 발하고 있는 매병과 깔개 끝자락에 놓인 주병을 안아 들었다. 연화의 작품이다.

"다음은 제임스."

"형! 저는 아무 것도 모르는 사람인데요."

"그 순수함 때문에 오히려 올바른 눈을 가졌을 수도 있어."

제임스는 미리 보아 둔 뚜껑 두 개를 골라왔다. 그의 눈에는 오로지 워싱턴 몸체를 닮은 뚜껑만 보이는 게 당연했다.

"이제 아버지 차례예요."

연화가 한 발 뒤로 물러서면서 자리를 내주었다. 나는 뚜껑 세 개와 매병 하나를 집었다. 매병은 연화가 빚은 그릇이었다. 나는 백당과 제임스를 이끌고 연구소로 들어갔다. 뒷일은 연화가 알아서 하도록 아무 지시도 하지 않았다. 골라 놓은 도자기들을 일꾼들이 안으로 들고 들어왔다. 유리 진열장 위에 흰 융을 깔고 도자기들을 올려놓았다.

"이거 말이야. 진품 같지 않아? 만 원짜리와는 확실히 다르지?"

백당이 주전자 뚜껑 다섯 개 중에서 한 개를 가리키며 우스갯

소리로 분위기를 바꾸려 애쓴다. 역시 눈이 빠르다. 나는 처음부터 그 뚜껑을 예의 주시하고 있었다. 내가 만든 뚜껑이다. 세월의 흔적이 없다 뿐이지 색도, 균열도, 약간 매끄럽지 못한 질감도, 광택도 딱 진품의 느낌을 담고 있었다. 그러나 세월이 필요하다. 나는 그 옆에 있는 뚜껑을 들고 와 손바닥에 올려놓았다.

"이건 어때? 여긴 세월을 겪은 것 같은 시련이 담겨 있지 않아? 살아남으려고 무던히도 애썼나봐."

"불이 실수한 거 아니야? 실패작이잖아. 만 원짜리처럼."

"실패작에서 미의 극치를 찾으라고 했어."

그 뚜껑은 이미 모진 세월을 겪은 것처럼 불에 시달린 작품이었다. 언뜻 보면 골동품 같은 분위기를 자아냈다.

"골동품에 너무 새 것을 얹으면 생뚱맞아 보일 것 같아서 생각해 본 거야."

"워싱턴에 보내려고?"

"사십오 년 만에 만난 동생을 빈손으로 보낼 수는 없잖아."

"그렇다면 다시 생각해 볼 문젠데……."

제임스는 사춘기 소년 같은 풋풋한 모습으로 두 사람 사이에 끼어 앉아 그들의 마음이 고마워서 어쩔 줄을 모른다. 그런 모습에 나는 또 한 번 가슴이 아려온다. 좋은 집안에서 곱게 잘 자라 곱게 나이 먹어가고 있는 것이 눈에 보였다. 내가 그리 해주지 못한 죄책감을 느낄 필요는 없었다. 막둥이의 미국 생활에 미래가 달라질 수 있다는 고려청자 진품을 보내고 싶어서 자꾸 마음이 흔들린다.

"아버지, 좀 나와 보셔야겠어요."

연화가 연구소 문을 급히 열며 헐레벌떡 달려왔다.

"무슨 일인데 그러냐?"

"영부인이 오셨어요."

나는 무슨 엉뚱한 소리냐는 얼굴로 연화를 쳐다보았다.

"제니퍼 씨가 영부인을 모시고 왔다니까요."

제임스가 제일 먼저 달려 나갔다. 백당은 내 등을 밀었다. 빨리 나가보라는 뜻이었다. 연구소 정원을 나서자 승용차 세 대가 마당에 정차해 있고, 검은 양복의 사나이들이 가운데 차에서 내린 영부인과 제니퍼를 연구소 쪽으로 안내하고 있는 중이었다. 대통령은 두 번인가 만났었지만 영부인을 만나기는 처음이었다. 제니퍼가 먼저 나를 아는 체 했다. 나는 그녀에게 인사하고 영부인 앞으로 다가갔다.

"어떻게 이렇게 먼 걸음을 하셨습니까? 처음 뵙겠습니다. 해연입니다."

허리를 굽혀 인사를 하자 영부인도 똑같이 허리를 굽혔다.

"사진에서 뵌 것과 똑같군요. 한 번 뵙고 싶었습니다. 우리 인연이 깊지요?"

TV나 언론 매체를 통해 보는 것보다 훨씬 환하고 따뜻한 인상이었다. 살굿빛 투피스 정장 차림이 잘 어울렸고 연륜이 고운 빛깔로 온몸에 배어 있었다.

"누추합니다만 안으로 드시지요."

"제니퍼 씨 말로는 오늘 가마를 연다고 하던데 이미 그릇을 꺼내셨나 봐요?"

영부인이 어수선한 가마 주변을 눈으로 더듬었다.

"예. 방금 열었습니다."

"한 발 늦었네요. 보고 싶었는데."

그녀는 나의 안내에 따라 연구소 정원으로 들어섰다.

"정원이 아기자기하니 예쁘네요. 작아도 있을 것은 다 있는 이런 정원이 즐기기 좋아요. 너무 넓은 정원은 손보기 힘들어서 부담이 돼요. 정원의 노예가 되는 기분이거든요."

조용하고 잔잔한 말씨지만 차갑지 않고 정감 가는 목소리였다. 매력적인 귀부인이라는 생각이 들었다. 응접실로 들어서서 백당과 제임스를 그녀에게 인사시켰다.

"선생님은 많이 뵌 분이군요. 유명한 골동품 감정가 아니세요?"

"예. 낯이 좀 팔렸습지요. 죄송합니다."

"원 별 말씀을……. 이렇게 만나니 저는 반갑지요."

영부인은 소파에 앉으려다 말고 유리 진열장에 놓인 매병과 주병을 흘깃 보았다. 영부인은 자리에 앉는 대신 그릇 앞에 가서 섰다.

"나는 우리 그이가 도자기에는 관심이 없는 줄 알고 주병 하나를 제니퍼 씨에게 선물했지요. 그 사람이 대통령 선거로 정신없이 바쁠 때였어요. 당선된 다음에 청와대에 들어가서 그이가 그걸 찾는 거예요. 나는 모른다고 시치미를 뗐어요. 야단맞을 가봐서. 그런데 그게 국무장관한테 가 있다니 사람 일이란 정말 알 수 없어요."

영부인은 연화가 만든 '청자양각호문매병'과 '주병'을 오랫동안 바라보았다.

"내가 삼십 년 전에 어떤 젊은 도공의 경진대회 낙선작을 백만 원을 주고 사왔는데 그 인연이 오늘까지 이렇게 이어지다니요."

나는 내 작품을 사 준 여사님이 영부인인 줄은 얼마 전 대통령을 만나고서야 처음으로 알았다.

"그때 왜 제 작품을 사 가셨는지 내내 궁금했습니다."

"알고 지내던 대장이 그 작품을 가리키며 앞으로 크게 될 도공 재목인데 경진대회에서 낙선해서 지금 죽고 싶은 심정일 거라고 하더군요. 내가 그 도자기를 마음에 들어 했거든요. 뭔가 행운을 가져다 줄 것 같은 기분이 들어서요."

"저는 그 돈으로 다시 그릇을 만들 수 있었습니다."

내가 영부인 앞에 묵념하듯 잠시 고개를 숙였다. 그때 그 작품이 팔리지 않았다면 정말 나는 도자기 만드는 일을 때려치웠을 지도 몰랐다.

"결과적으로 제가 큰 도공을 만든 거네요."

영부인이 농담을 던지며 손으로 입을 가리고 소리 내어 웃었다.

"그렇습니다. 감사합니다."

"사실은 대장의 말도 있었지만 제가 마음에 들어서 산거예요. 내 예감대로 정말 행운을 가져다주었다니까요. 이건 누가 만든 건가요?"

영부인은 연화가 만든 매병과 주병을 가리켰다.

"제 딸이 아비 업을 이어받아 도자기 만드는 일에 입문하였습니다. 그 애가 만든 것입니다."

"제가 가지고 있는 것과 느낌이 많이 닮았어요. 왜 이것을 따님께 만들라고 하셨는지 궁금해요."

"저번 찾아뵈었을 때 대통령님께서 매병이 외롭다고 하시기에 주병을 짝 채워드릴 방법을 찾고 있습니다."

"짝은 제작 시기가 비슷해야 하지 않나요?"

영부인이 백당을 돌아보고 물었다.

"그렇습니다. 아무리 훌륭한 도공이라도 삼십 년의 세월을 만들어낼 수는 없기 때문입니다."

백당이 고개를 주억거리며 답을 했다.

"그럼 어떻게 짝을 채우시겠다는 건지……."

"해연 선생이 알아서 할 겁니다."

백당은 이미 내 속을 꿰뚫고 있는 것 같다. 영부인께 차 대접을 하고 있는 동안 제임스는 자기가 국무장관의 주병을 들고 그것을 만든 도예가를 찾아 한국에 왔다고 자신을 소개했다. 주병이 한국에 들어와 있다는 말에 영부인은 큰 호기심을 내비쳤다.

"그래요? 국무장관께서도 주병의 짝을 찾고 계신 건가요? 여러 사람 애태우네요."

"죄송합니다. 선물로 주신 도자기를 제가 잘 간직하고 있었으면 문제가 간단했을 텐데……."

제니퍼가 영부인에게 정식으로 사과를 하며 미안한 표정을 지었다.

"미국과 한국이 더 가까워지는 계기가 되려고 이런 일이 생긴 건지도 모르죠 뭐. 제니퍼 씨와 제임스 씨가 중간 역할을 잘 해주세요."

영부인은 주자 뚜껑에 대해서는 알지 못했다. 단지 국무장관이 주병을 만든 도예가를 만나고 싶어 한다는 사실만을 알고 있었다. 그것이 혹 매병을 찾기 위해서는 아닐까 나름으로 짐작한 것뿐이었다. 마침 연화가 과일을 깎아 내왔다.

"제 여식입니다."

"해연 이세로군요. 반가워요. 여자라는 벽을 뛰어넘어 훌륭한 도공이 돼 주세요. 그래야 다른 여자 도공들도 힘을 얻고 자신감이 생길 겁니다."

차 한 잔을 마시고 영부인은 일어섰다. 연화의 작품 한 점을 구입하고 싶다는 뜻을 비쳤다. 연화는 심혈을 기울인 자신의 '청자상감금문대반' 하나를 들고 영부인 앞으로 왔다.

"여태까지는 놓고 보는 관상용 도자기를 즐기셨지만 이제부터는 손에서 늘 사용하는 청자를 느껴보세요. 이것은 제 처녀작이나 다름없는 대반입니다. 적은 양의 과일을 담아도 좋고 많은 양의 반찬을 담아도 좋습니다. 다용도로 쓰일 수 있어서 활용 가치가 많은 그릇입니다. 마음에 드셨으면 좋겠습니다."

"이걸 어떻게 마구 사용하겠어요. 조심스러워서."

"사용하시다가 깨지면 꼭 다시 만들어 드릴 테니 매일
사용하십시오."

"좋아요. 그렇지만 귀한 마음 들도록 값을 치르게 해주세
요."

"어렵던 시절에 아버지 작품을 비싸게 사주신 일에 대한
감사의 뜻으로 그 자식이 갚는 것이니 이번만은 그냥 받아주
시기를 부탁드립니다."

"알았어요. 감사히 잘 쓸게요."

영부인은 연화의 마음이 예쁘다며 한 번 포옹을 해주고
그 그릇을 받았다. 제니퍼는 영부인을 모시고 도요를 떠나며
제임스에게 두 시간 뒤 사무실에서 만나자는 말을 남긴다.
배웅하고 연화가 들어오기를 기다려 나는 중대 발표를 결정
했다.

"세 사람에게 의논할 일이 있으니 잠시 기다려 주시게."

나는 도자기 보관실로 들어가 캐비닛 깊숙이 넣어둔 표형주
자 진품 뚜껑과 오래 전에 내가 만든 뚜껑 한 개를 들고
전시실로 나왔다. 연화와 내가 만든 다섯 개의 뚜껑들 속에
그것을 섞어 놓고 돌아선다.

"내가 오래 전에 만든 뚜껑 두 개가 더 있어서 가져 왔어."

제임스는 일곱 개가 된 뚜껑을 무심하게 바라보고 연화는 눈을 반짝이며 일곱 개를 찬찬히 살핀다. 백당의 눈은 벌써 진품 뚜껑에 시선을 고정한 채 진단을 하고 있다.

"언제 만드신 거예요?"

연화가 물었다.

"미국 관광 다녀와서 곧바로 만들었으니까 이 십 년쯤 된 것 같구나."

백당은 아무 말이 없다. 연화가 그런 백당의 눈치를 살폈다. 연화의 눈빛이 어느 순간 잠시 흔들리는 것을 나는 느꼈다.

"선생님은 어떻게 보세요?"

연화가 백당의 마음을 읽으려는 듯 질문하고 그를 관찰하는 눈치였다.

"뭐, 거의 진품이나 다름없구먼."

백당은 흔들림이 없다. 역시 노숙한 경륜이 배어 있었다.

"진품과 가장 닮은 뚜껑을 제임스에게 줄 것이야. 제임스는 도자기 보는 눈이 없으니 골동품 전문가인 백당 자네가 한 번 골라보게."

백당이 일곱 개의 뚜껑 앞으로 다가섰다. 숨소리조차 들리지 않을 정도의 정적이 흘렀다. 어지간한 일은 농담으로 받아 넘기는 백당의 표정은 모처럼 진지했지만 행동은 여유로웠다. 그는 진품을 잡았다. 나는 백당을 믿었기에 조금도 당황하지 않았다. 그는 뚜껑을 손바닥에 올려놓고 한참을 자세히 들여다보더니 도로 내려놓는다. '그러면 그렇지' 나는 마음속으로 빙그레 웃는다. 연화가 가느다랗게 숨을 내쉰다. 이십 년 전에 만든 뚜껑을 또 손바닥에 올려놓는다. 미흡한 표정이다. 그것 역시 도로 내려놓는다. 결국 하나를 골라 쥐고 돌아선다.

"이게 십 년만 지나면 거의 몸체와 똑같아질 성질을 가졌어."

이번에 내가 만들어 구운 뚜껑이었다.

"현재로서 가장 비슷한 것은 어떤 것이죠?"

제임스가 황급히 물었다. 그가 예측했던 것과 달랐던 것이다.

"그건 당연히 이거지."

이십 년 전 내가 만든 뚜껑이었다.

"저건요."

제임스가 진품을 가리켰다.

"그건 몸체보다 너무 골동품 티를 내고 있어. 그 때문에 몸체의 우아함이 오히려 죽을 수가 있어서 유감이지. 분신은 분신의 역할만 해야지 주인 노릇을 해버리면 망치는 법이거든."

제임스가 불만스러운 얼굴로 세 사람을 차례로 돌아보았다. 이의가 없느냐는 뜻이었다.

"제임스, 너는 이것이 마음에 드는 모양이구나. 이것도 가져가렴."

나는 내가 이십 년 전에 만든 뚜껑을 그에게 주었다. 그제야 제임스의 표정이 밝아온다.

"연화야, 뚜껑 두 개만 포장을 해라."

제임스는 제니퍼와의 약속 때문에 서둘러 연구소를 나섰다. 연화가 뚜껑 두 개를 안으로 가지고 들어갔다. 나는 나머지 뚜껑을 들고 밖으로 나갔다. 백당이 뒤따라 나오며 예의 그 빙긋한 웃음을 지으며 담배 한 대를 피워 문다.

"우리가 그렇게 오래 살았나?"

"무슨 소리야? 아직 살날이 더 남아 있는데."

"우리 둘이 보낸 세월을 말하는 거야. 내가 어쩌나 보려고 진품을 잡아도 당신은 눈빛 하나 흔들리지 않더군."

"나나 당신이 아닌 다른 어느 도공이라도 다 그랬을 걸세. 우리 선조의 도자기를 남의 나라에 넘겨주겠나? 이미 가 있는 몸체도 돌려받고 싶은 마당에 그 나머지 분신을 보내주

겠느냐고. 진품을 내놓아도 놀라지 않던데 내가 가지고 있다
는 건 언제부터 알았어?"

"강화에서 출토된 고려청자 감정 연구를 본격적으로 시작
했을 때 워싱턴 표형 주자에도 뚜껑이 있었다는 걸 알았지.
한국에서 반출될 때 빠뜨린 거야. 그렇다면 한국 누군가의
손에 있을 거라 판단했지. 청자라면 자다가도 벌떡 일어나
전국을 누비고 다닌 자네일 가능성이 제일 높았던 것뿐이야.
혹시 했는데 역시였던 거지. 정말 할 거야?"

백당이 내 손에 들려있는 청자 뚜껑을 안타깝게 내려다본
다.

"지키려면 그래야겠지?"

나는 백당의 경쾌한 농담을 답으로 듣고 싶었는데 그는
의외로 김빠진 말만 하고 있었다.

"몰라. 자네가 알아서 해. 연화도 그게 자네한테 있는
줄은 몰랐던 눈치던데 아무튼 지독한 사람이야. 자식한테까
지 그렇게 철저히 비밀로 할 건 뭔고. 그냥 자식도 아니고
후계자가 될 아인데."

연화에게 부담을 주지 않기 위해서였다는 말이 나오지 않았
다. 친구에게 여린 아버지의 마음을 내보이기 싫었던 것
같다. 따뜻한 아버지보다 독한 선생이라는 소리를 듣는 것이

연화의 앞길에도 도움이 될 것이었다.

나는 뒤뜰에 도착해 청자 뚜껑들을 하나씩 깨뜨렸다. 고려 청자 진품 뚜껑을 잡았을 때 내 손은 떨렸고 백당은 담배를 더 세게 더 자주 빨았다. 차마 그 현장을 지켜볼 수 없는지 백당은 기어이 돌아서고 만다. '쨍그랑' 짧고 날카로운 비명 한 마디로 진품의 생명이 끝을 보았다. 나는 얼마 전 찾아온 제니퍼의 말을 듣고 그 비밀을 캐기 위해 온갖 노력을 다했다.

"피난 중에 나라를 구하기 위해 팔만대장경을 판각하던 시대에 만들어진 주자에 천년의 비밀이 숨어 있다는 말이 있던데 혹 선생님은 알고 계시나요?"

"천년의 비밀?"

나는 불현듯 숨겨 놓은 주자 뚜껑에 새겨진 '佛'자를 떠올렸다. 그 길로 나는 도서관으로 달려가 책을 뒤지고 역사학자, 도자기 학자들을 만났다. 아마도 '청자진사연화문표형주자' 어딘가에 나라를 구해달라는 간절한 염원이 새겨져 있지 않을까 하는 추측을 할 뿐 아무도 확신하지 못하는 내용이었다. '그것을 지닌 나라는 망하지 않고 번창한다'는 속설도 있다고 했다. 한국 보물133호에서는 아무런 비밀스런 문자나 문형을 발견하지 못했다고 한다. 나는 내가 가진 뚜껑 안쪽 턱에 깨알만한 작은 글씨 '佛'자가 그것임을 깨달았던 것이다.

이것이 세상에 존재하는 한 나라와 나라 사이에 악이 되고 탐욕이 되고 갈등이 되리라는 것을 우리는 누구보다 잘 알았다.

"시대의 보물 하나가 사라진다는 생각보다 남아있는 존재의 평안함을 먼저 생각하고 내린 결정이었어. 나라를 위해 미국에 넘겨줄 수도 없고 부를 위해 팔아먹을 수도 없는 거추장스러운 보물이거든. 존재한다는 것을 알면 도예가들은 당연히 탐을 낼 것이고 못된 장사꾼 중에는 미국에 거액을 받고 팔아넘길 자도 있을지 모르지."

나는 돌아서며 백당의 어깨에 팔을 걸쳤다.

"그것이 미국에 넘어가면 연화문주전자는 백 배, 천 배의 가치를 높이게 됨은 물론 우리 국보 백삼십삼 호는 세계에 오로지 하나뿐이라는 희소가치를 잃게 될 테지. 당신이 아니면 하지 못할 일이야."

백당이 명분과 용기를 주었다.

오늘 백당과 나는 홀가분한 심정으로 밤새 술잔을 놓고 이야기꽃을 피울 것이다. 살아온 세월만큼 곰삭은 과실주 한 독을 열어놓고 주거니 받거니 하다보면 머리는 비고 가슴

은 가득 차오르겠지. 믿음직스럽고 푸근한 벗이 있어 긴
밤이 외롭지 않으리라.

17. 화합

도공의 갈 길은 멀고 모든 것이 시작에
불과했음을 깨닫지 못하고 보낸 시간이 아까울 뿐
더 다른 후회는 없었다. 깨진 그릇은 그릇일 뿐
깨진 마음이 아니었음도 안다.

해연은 백당이 아직 잠에서 깨어나기 전 자동차를 몰고
설봉공원으로 향했다. 이른 아침 공기는 차가웠다. 숙취를
식히기에는 알맞은 기온이었다. 차를 세워두고 곰방대 가마
입구까지 걸어 올라갔다. 그곳은 2001년 세계도자기엑스포
때 백 명의 도공 작품 백 점을 타임캡슐에 넣어 묻어 놓은
곳이다. 천 년 뒤인 3001년 8월 10일에 개봉할 작품이었다.
그 근처 산기슭에 깊이 땅을 파고 '청자진사연화문주자' 뚜껑
을 묻었다. '佛'자가 새겨진 고려청자 진품이었다. 어제 백당
이 돌아선 사이 해연은 다른 뚜껑 한 개를 깨뜨리고 그 진품은

한복 소매에 숨겼다. 천 년 전의 진품이라는 보물의 가치보다
도 그것을 가진 나라는 망하지 않고 성한다 했으니 그것을
어찌 깨뜨려 버리겠는가. 3001년 타임캡슐이 개봉될 때
혹 누군가에 의해 발견된다면 그 나름대로 좋은 일이고 그렇
지 않다 해도 나라를 지키는 일이 될 것이었다. 그곳에 아무런
표시를 하지 않았다. 해연은 깊이 파묻고 나라의 평안과
안녕을 기원하고 돌아섰다. 하늘의 명을 하나는 이루어낸
것 같아 산을 내려오는 발걸음이 날듯 가벼웠다.

 지구촌 소식에 단신으로 소개된 뉴스가 도공들 사이에서는
화제였다.
 "자기 분신을 잃은 채 팔백 년을 살아온 고려청자에 우정
어린 분신을 만들어주어 화제가 되고 있습니다. 워싱턴 후리
어미술관이 소장하고 있는 '청자진사연화문주자'가 팔백 년
넘게 뚜껑을 잃은 채 지내오다가 한국의 한 도공이 그 시대의
느낌으로 재현한 뚜껑을 만들어 덮어줌으로써 제 모습을
찾게 됐습니다. 미국 후리어미술관 측은 한국 도공의 따뜻한
배려에 감사한다고 밝혔습니다. 비록 남의 나라에 나가 있어
도 우리 도자기는 우리가 보살핀다는 장인 정신이 만들어낸
감동이었습니다."

미국 땅에 있는 것이면 미완인 채 내버려 두었어야 한다는 둥 그래도 우리 것인데 잘 한 짓이라는 둥 의견이 분분했지만 해연은 그저 묵묵히 작업실에 박혀 꼼짝 않고 있었다. 제임스가 귀국하기 위해 짐을 꾸리는 사이에 주전자 뚜껑은 벌써 미국에 도착했고 감사의 뉴스는 한국에 상륙했다. 그 도공이 해연인지 연화인지는 누구도 정확하게 알지 못했다. 정산택이 어쩐 일로 해연을 찾아왔다.

"해연 선생님께 드릴 것이 있어서 왔는데……."

연화가 정산택을 연구소 안으로 안내하여 기다리게 하고 해연의 작업실로 들어갔다. 해연은 두 손 가득 흙을 묻힌 채 일에 몰입되어 있었다. 연화는 살며시 문을 닫고 도로 연구소로 나갔다. 모처럼 몰입해 있는 해연의 정신을 흐트러뜨리고 싶지 않았다.

"정토 선생님. 아버지가 너무 열심히 작업 중이라서 오셨다는 말씀 못 드렸어요."

"됐어. 그럼 작업 끝나시면 이걸 좀 전해드려라."

그가 종이와 에어 비닐 포장지에 몇 겹이고 싼 어린 아이 머리만한 크기의 뭉치와 봉투를 연화에게 건넸다. 연화는 그것을 받아 장식장 위에 잘 올려놓았다. 정산택은 돌아갔다. 밤늦게 작업을 마치고 연구소로 나온 해연은 장식장 위에 놓인 뭉치를 보고 무엇인가 싶어 풀었다. 그는 포장지를 벗고 드러난 청자에 숨을 멈추었다. 표형주자 뚜껑이었다. 해연은 눈을 의심했다. 분명 그가 가지고 있던 진품은 아니었다. 그는 연화를 불러 "이것이 무엇이냐?"고 물었다. 연화도 포장지 속에서 드러난 것이 표형주자 뚜껑인 것에 놀라고 있었다.

"정토 선생님이 아버지께 전해 달라고 가져 오셨어요. 편지가 있는 것 같던데요."

해연은 정산택의 편지를 읽었다. 며칠 전부터 밤마다 자기의 시신이 새에게 쪼아 먹히는 끔찍한 꿈을 꾸다가 이 물건을 전하게 되었다고 적혀 있었다.

"전화를 넣어라."

연화가 전화를 걸어 해연을 바꾸어 주었다.

"정토 선생, 다녀가셨다는 데 뵙질 못했군요."

"보셨습니까?"

"예. 봤습니다. 재현 품이라고 말하기 어려울 정도로 좋습니다. 색감이나 유채나 균열이 아주 그대롭니다. 그리고 꿈 이야긴데 저도 그런 꿈을 꾸고 나서 눈이 뜨이고 머리가 맑아졌습니다. 아마 정토 선생이 더 큰 도공이 된다는 예몽인 것 같습니다."

정산택은 해연의 말이 채 끝나기 전에 먼저 속을 털어놓았다. 제임스가 진품을 구해 오면 값을 얼마든지 쳐준다고 해서 백방으로 알아보았으나 찾을 길이 없었다. 그는 한 달 넘게 매일 하루에 몇 십 개씩 뚜껑만 만들었다고 했다. 천 개도 넘게 만들어 가마에 불을 땠다.

"내가 봐도 다 아니었어요. 실망하고 포기하려는데 제일 안쪽 가마에서 한 개를 발견했는데 바로 그거였어요. 저도 놀랐습니다. 그렇게 똑같이 나올 줄 몰랐으니까요."

"그런데 왜?"

"제가 한 발 늦었던 거예요. 생각해 봤어요. 그걸 죽기 살기로 만든 이유가 정말 오로지 돈 목적뿐이었는지. 그런데 그렇지 않다는 것을 알았어요. 한 번 똑같이 만들어보고 싶은 욕구 때문이었던 거예요. 이미 미국에는 뚜껑이 전해졌고 이제 그들이 돈을 주고 살 것도 아니니 해연 선생님이 알아서 하십시오. 그곳 사람들과 의논해서 바꾸시든 그냥 기념으로 놓아두시든 선생님께 맡기겠습니다. 제가 감사의 뜻으로 드리는 선물이라고 해 두지요. 이상하게도 그것을 완성하고 나서 매일 그 꿈을 꾸게 됐습니다. 이제 오늘 밤부터는 편하게 잘 것 같습니다."

정산택이 전화를 끊었다. 해연은 뒤통수를 세게 얻어맞은 것처럼 멍한 느낌이었다. 묘한 감동에 휩싸여 고개를 쳐들고 하늘을 보았다. 다시 뚜껑을 만지며 세세히 살펴본다. 뚜껑 맨 꼭대기에 기어가는 자벌레가 꿈틀대고 있는 착각이 일었다. 명작이다. 그가 오천만 원을 받기 위해 만들었건, 일억 원을 받기 위해 만들었건 문제가 되지 않았다. 기필코 해내겠다는 의지가 그 작은 그릇에 고스란히 담겨 있었다. 제임스를 통해 미국에 보낸 내 뚜껑보다 훨씬 수작이었다. 나는 빈 오동나무 박스 뚜껑 안쪽에 붓글씨로 정토라는 이름을 적어 넣고 정성스레 포장을 했다. 정토 역시 진정한 도공임을 해연은 그 순간 인정하지 않을 수 없었다.

또 한 가지 기쁜 소식은 제니퍼가 한국에 남기로 했다는 사실이다.

"전 미국을 포기하기로 했어요. 돌아가서 그 사람을 만나지 않을 자신도 없고 여기 있는 제 가족을 떠나고 싶지도 않아요. 대신 제게 일할 기회를 주세요."

제니퍼는 자신이 살아온 미국 생활을 해연에게 털어 놓고 도움을 요청했다. 연화의 성화에 못 이겨 해연은 그녀의 청을 허락했다. 제임스가 떠나면 해연 도예연구소에서 도자기에 그림 그리는 일을 하기로 결정을 보았다. 꼭 해보고픈 일이라 했다. 연화는 대환영이었다.

제임스는 굳이 공항에 나오지 못하게 하고 도요를 찾아와 작별인사를 나누었다.

"이제 한국에 가족이 있으니 자주 나올 겁니다. 돌아가 공식적으로 형님을 초청할 테니 워싱턴에서 만나요."

"이걸 가져가거라. 정토 선생이 네게 전하라는 물건이다. 공식적인 초대는 돌아가서 그걸 열어본 다음에 결정해야 할 거다. 잘 챙겨 넣어."

제임스는 핸드 캐리어할 가방에 오동나무 박스를 챙겨 넣었다.

"형님, 아버지 너무 미워하지 마세요. 형님만 괴로워요."

제임스가 해연을 포옹하며 귀에 대고 속삭였다.

"그래. 이제 아무도 원망하지 않는다. 잘 가라 막내야."

해연이 그의 넓은 등을 두 손으로 도닥거렸다. 키 큰 남자가 조그만 남자의 품에 안겨 울먹거렸다. 제니퍼의 독촉에 제임스는 버버리 자락을 펄럭이며 자동차에 올랐다. 자동차가 빨간 브레이크 등을 흔들며 도요를 떠났다. 연화가 아버지의 팔짱을 낀다.

"곧 만날 거니까 너무 섭섭해 마세요."

"섭섭하지 않다. 모든 것이 감사하고 모든 것이 아름답구나."

그때 주머니에 든 핸드폰에서 요란스럽게 음악 벨이 울렸다.

"해연 선생님, 대통령님의 전화입니다. 바꾸겠습니다."

미처 뭐라 대답을 하기도 전에 대통령의 웃음소리가 귓전을 울렸다.

"해연 선생, 국무장관이 주병을 내게 넘겼어요. 오늘 오전에 제임스라는 사람이 우리 비서실에 전했답니다. 다른 말없이 그저 해연 선생님 덕이라고만 하더랍니다. 무슨 영문인지 모르겠으나 여하튼 고마워요."

일간 한 번 초대할 테니 식사라도 하자며 전화를 끊는다.

"모든 게 다 제자리로 돌아온 기분이에요."

연화가 바람에 날리는 머리카락을 얼굴에서 떼어내며 까르르 웃었다.

"나만 방황을 끝내면 되겠구나. 내 재주를 어떻게 세상을 위해서 쓸 것인지 오늘부터 본격적으로 고민해 볼 생각이다."

"아버지는 금방 해답을 찾으실 거예요. 도공이 가야할 길과 운명을 너무 잘 알고 계시는 분이니까. 저는 제니퍼 아줌마와 같이 일 할 수 있어서 행복해요. 따뜻하고 정겨운 그림이 나올 것 같아요."

도공의 갈 길은 멀고 모든 것이 시작에 불과했음을 깨닫지 못하고 보낸 시간이 아까울 뿐 더 다른 후회는 없었다. 깨진 그릇은 그릇일 뿐 깨진 마음이 아니었음도 안다. 아무런 잘못도 없이 순수함에서 밀려나 탐욕이라는 오욕을 뒤집어 썼다는 억울함도 실은 억울할 일이 아니라 반성할 일이었음을 깨달았다.

 거칠게 찬바람이 불었다. 곧 겨울이 올 것이다. 겨울과 함께 나의 평화도 올 것이다. ≪끝≫

작가의 말

미지의 세계는 항상 설레고 흥분되는 즐거움이 있다. 이번 소설이 그랬다.

소설 쓰는 내내 책상 하나를 따로 준비하여 가득 펼쳐 놓은 자료를 들여다보며 몇 달 동안 책에 묻혀 살았다. 행복하고 즐겁고 또 한편 고통스러운 시간이었다.

어디에서나 흔히 볼 수 있는 도자기, 대개의 사람들은 '비싼 도자기구나' 혹은 '귀한 도자기구나' 정도로 보아 넘긴다. 그 도자기를 만들며 작가가 어떤 고초를 겪었는지, 어떤 사연이 있는지 생각하는 사람은 극소수에 불과하다. 나 역시 도자기를 그저 도자기로만 보았을 뿐 도자기 뒤에 숨은 절절한 애환이 있다는 생각은 하지 못했었다.

처음 도공들의 이야기를 소설로 쓰기로 했을 때 나는 내심 두렵고 많이 부담스러웠다. 두려운 이유는 도공들의 고통스러운 삶을 과연 읽는 사람에게 재미를 주는 소설로 만들 수 있을까 하는 점이었고, 부담스러웠던 것은 작가인 내가 단 한 번도 도자기 작가에 대해 큰 관심을 가져 본 적이 없다는 점이었다.

전국의 유명 도자기 지역을 돌아다니며 취재를 하고 여러 도공들을 만나는 동안 나는 하찮은 도자기 한 점에도 결코 무심할 수 없었다. 그리고 많은 분들을 만나면서 서서히 자신감이 생겨나기 시작했다. 도자기라고 다 도자기가 아니며 도공이라고 다 도공이 아닌 그 뒷면에 수많은 사연들이 있음을 알았기 때문이었다. 실의와 좌절, 끝없는 도전, 자기와의 싸움, 그것을 이겨내고 완벽한 그릇이 탄생했을 때의 환희와 감동이 모두 그들 삶의 일부였다. 자동차를 몰고 이천과 서울을 오가기를 수십 번, 이제 이천 가는 길이 우리 집 가는 길만큼 낯이 익다.

많은 도예가들을 만나면서 존경과 실망을 되풀이했다. 너무나도 겸손하고 인간적인 장인 정신의 작가가 있는가 하면 권위와 탐욕에 젖어 안하무인인 작가도 있었다. 그러나 그들 모두 좋은 그릇을 만들고 싶은 도공임에는 틀림이 없었다. 몇몇 작가를 제외하고는 매우 경제적으로 힘든 상황에 처해 있음을 보았다. 단지 흙이 좋고 도자기가 좋아 어려운 환경에서도 작업을 계속하고 있지만 앞으로 얼마나 버틸지 의문이었다. 그들에게 진정 빛과 같은 구원의 손길은 없는 것일까?

끝으로 너무나 열심히 도공의 삶을 정확하게 알리려고 애써 주신 몇몇 도자기 작가님께 진심으로 감사의 말씀을 드린다. 만나 본 대부분의 도공들은 어린 아이와 같은 순수함과 열정으로 그릇을 만들고 있었고, 그분들 덕에 예술과 창조적인 문화는 죽지 않고 살아 사람들에게 감동을 주는 것이라 믿는다.

2010년 한 해도 저물어가는 12월에
노수민